La Peste sur vos deux familles

Du même auteur

Mère Russie, Plon, 1979 ; 10-18, 1985 ; Points, 2011.
Le Transfuge, Presses de la Cité, 1980 ; 10-18, 1988 ; Points, 2010.
L'Amateur, Presses de la Cité, 1982 ; 10-18, 1988 ; J'ai lu, 2005.
La Boucle, 10-18, 1983.
Les Sœurs, Presses de la Cité, 1985 ; Points, 2011.
Le Cercle Octobre, 10-18, 1985 ; Points, 2013.
Coup de barre, 10-18, 1988.
Les Larmes des choses, Julliard, 1989.
Un espion d'hier et de demain, Julliard, 1991 ; Points, 2011.
Ombres rouges, Denoël, 1992 ; Gallimard, 1999.
Le Sphinx de Sibérie, Denoël, 1994 ; Gallimard, 1996.
Les Enfants d'Abraham, Denoël, 1998 ; Gallimard, 2000.
Le Fil rouge, Denoël, 1999 ; Gallimard, 2007.
La Compagnie : le grand roman de la CIA, Buchet-Chastel, 2003 ; Éd. du Seuil, 2004 ; Points, 2011, 2015 ; J'ai lu, 2022.
Légendes, Flammarion, 2005 ; J'ai lu, 2007.
La Défection de A. J. Lewinter, J'ai lu, 2006, 2013.
L'Hirondelle avant l'orage, Baker Street, 2009 ; Points, 2010.
Philby : portrait de l'artiste en jeune homme, Baker Street, 2011 ; Points, 2012.
Une belle saloperie, Baker Street, 2013 ; Points, 2014.
Requiem pour une révolution : le grand roman de la révolution russe, Baker Street, 2014 ; Points, 2016.
Vladimir M., Baker Street, 2016 ; Points, 2017.
Koba, Baker Street, 2019 ; Points, 2022.

« En l'absence d'une révolution sœur quelque part dans le monde – peu importe où, bordel ! – vos fichus bolcheviques ne sont pas sans faire penser aux lemmings qui cherchent la direction du ravin le plus proche. »

Ophelia, le bel oiseau anglais nostalgique
de Léon Trotski et de Willy Shake-Pique.

« La peste sur vos deux familles ! – Elles ont fait de moi de la viande à vermine. »

Derniers mots de Mercutio avant de mourir,
William SHAKESPEARE, *Roméo et Juliette*,
Acte III, scène I.

1

« Le mouchard a avalé son oreiller… »

Colonie pénitentiaire de régime strict n° 40,
Koungour, kraï de Perm
Samedi 25 décembre 1971

Quand le petit Ossète naquit avec une jambe plus courte que l'autre de dix bons centimètres, on lui donna le surnom de Timour, en référence à Shuja-ud-din Timour, le terrible guerrier mongol qui conquit la Perse, plus connu dans le monde entier sous son nom tartare de Tamerlan qui signifie Timour le Boiteux. À l'âge de quatorze ans, Timour quitta son trou perdu d'Areshperani en Géorgie et rejoignit Moscou. Quelques jours après avoir débarqué dans la capitale il fut arrêté pour vol à la tire dans une station de métro, incapable de distancer les deux policiers en civil qui s'étaient lancés à sa poursuite. Craignant que le juge ne l'estime trop jeune et trop handicapé pour l'envoyer en prison, les tchékistes lui brisèrent trois doigts de la main droite et lui cassèrent le nez. Les doigts se rétablirent mais son nez aquilin, mal remis en place dans une clinique du quartier, ne se redressa jamais complètement : sa narine émettait toujours un léger sifflement lorsqu'il s'échauffait en parlant.

Quarante ans plus tard Timour est devenu le *pakhan*, c'est-à-dire le parrain ou le *capo dei capi* de trente-huit *vory v zakone* ossètes – littéralement des « voleurs légaux », des truands professionnels qui se targuent d'obéir à un code d'honneur très strict – cantonnés dans le grenier dénué de fenêtres de l'un des vingt-quatre baraquements en bois soigneusement alignés sur la steppe recouverte de gel : le climat s'avère si rigoureux qu'on n'a pas jugé utile d'ériger la moindre enceinte pour empêcher les prisonniers de s'enfuir. Les anneaux tatoués sur les doigts médians de sa main gauche – trois dômes minuscules en forme d'oignon entourés de barbelés – indiquent son statut de *vory vozhd*, ou guide. Étant le doyen des *vory* de la Colonie pénitentiaire n° 40 il est en fait le commandant fantôme du camp, celui qui fait régner l'ordre ou provoque le désordre selon son bon vouloir. Rien n'arrive jamais dans la *zona* – qu'il s'agisse du meurtre d'un *vor* par d'autres *vory*, d'un garde musulman poignardé par des gardes orthodoxes ou du viol collectif d'une nouvelle prisonnière par d'autres *zeks* mâles ou femelles – sans le consentement du *pakhan*.

Il fait -28 °C à l'extérieur, -4 °C à l'intérieur grâce au poêle installé dans le grenier. Les *zeks* ossètes de Timour disposent de larges réserves de bois, des chaises, des sommiers et des bancs démontés ou de simples bûches qu'ils enfournent dans le poêle ventru. Les Ossètes, à qui leur code de *vory* interdit toute participation aux travaux de la prison, passent leurs heures de veille à jouer au backgammon, à faire des pompes, à rêver à la vie qu'ils menaient avant d'échouer en prison – ou à celle qu'ils mèneront une fois sortis d'ici, s'ils ont la chance de survivre au régime strict de la Colonie pénitentiaire n° 40. Les *zeks* qui ont été à l'école lisent dans leur coin ou font la lecture à ceux qui ne savent pas lire. Comme les gardiens du camp, les Ossètes dorment dans des lits superposés munis d'épais matelas de l'armée et même d'oreillers (contrairement aux *zeks* ordinaires du rez-de-chaussée, qui dorment sur des planches en bois couvertes de paille ou à même le sol). Le *pakhan* porte un pull à col roulé en laine sous une veste bleue délavée où figure son matricule de prisonnier : Ф7532319Ж, inscrit au pochoir sur sa poche de poitrine. Cette longue veste matelassée lui descend jusqu'aux genoux et il est chaussé de galoches en cuir (dont l'une est équipée d'une semelle anormalement épaisse et renforcée au talon) et trop grandes pour lui, afin qu'il puisse les bourrer de chiffons pour se protéger du froid. Une casquette de marin en laine lui couvre les oreilles. De même que tous ses *vory* ossètes, il arbore un tatouage sur la poitrine, du côté gauche : un portrait minuscule mais remarquablement fidèle de Vladimir Lénine. Ce tatouage cache en fait un message codé : VOR (Vladimir Organisateur de la Révolution) est le mot qui désigne un voleur en russe. Non pas *voleur légal*, comme Timour et ses Ossètes, mais voleur tout court : les *vory v zakone* détestent Vladimir Lénine et Joseph Staline (même si le défunt et *non regretté* despote était censé avoir du sang ossète, du côté de son grand-père) ainsi que tous les communistes, de manière générale. Ces salopards n'ont rien changé en Russie, déclarait parfois Timour : quelques privilégiés continuent de posséder bien plus qu'ils n'en ont besoin et l'immense majorité a besoin de bien plus que ce qu'elle possède. Le *vor* n'a pas davantage d'estime pour les juifs – « d'étranges créatures imprégnées des puanteurs du ghetto et jacassant dans un affreux yiddish » –, convaincu que c'est une conspiration juive internationale qui a porté Lénine, Staline et les communistes au pouvoir.

On entend deux gardiens escalader l'échelle qui mène au grenier. Le premier, qui porte une cagette en bois remplie de bouteilles d'un litre de bière soviétique, soulève la trappe de l'épaule et la maintient ouverte pour laisser passer son collègue, chargé quant à lui d'une énorme marmite noire d'où s'échappe la vapeur du goulasch. Après l'avoir déposée, il extirpe de la vaste poche de son pantalon de parachutiste une cartouche de cigarettes bulgares et la boîte de chocolats à la menthe destinée à Timour. Ce qui manque le plus au *pakhan* dans la *zona* ce ne sont pas les cigarettes ni la vodka mais le chocolat – qui lui rappelle sa lointaine jeunesse dans la steppe à Areshperani : sa mère le récompensait toujours d'un bout de chocolat lorsqu'il ramenait une bonne note de l'école à la fin du mois.

Après avoir glissé les chocolats sous sa couchette, le *pakhan* fait un signe de tête à Cephalus Papachristodoulopoulos, plus connu sous le sobriquet du Grec, les Ossètes éprouvant quelques difficultés à retenir son nom ou à le prononcer, pour ceux qui s'en souviennent. Fils d'une infirmière ossète et d'un minéralogiste grec qui s'était retrouvé coincé en Géorgie pendant la Grande Guerre patriotique, le Grec est le gardien de l'*obshchak* des *vory*, leur fonds commun en quelque sorte. Comme tous les *vory* de Timour, il a des anneaux tatoués sur les doigts de la main gauche : ces anneaux constituent une sorte de passeport dans le monde des voleurs, ils indiquent combien de fois il a été condamné à une peine de prison (deux), combien d'années il a effectuées (douze) et pour quels crimes exactement (extorsion de fonds, contacts illégaux avec l'étranger selon l'article 88 du Code pénal soviétique). Le Grec extrait une boîte métallique de sous sa couchette, libère le verrou de sécurité et compte les roubles destinés à payer les gardiens.

Après avoir humecté son pouce, le gardien en tenue de parachutiste les compte à son tour.

« Tu me dois encore 10 roubles, le Grec, lui dit-il sur un ton de reproche. Le chocolat a plus de valeur que l'or dans ces terres désolées de Perm. La boîte coûte 80 roubles à présent.

— Elle ne coûtait que 70 le mois dernier », lui rappelle le Grec.

Le gardien hausse les épaules.

« L'inflation n'épargne personne ici-bas. »

Après avoir ajouté un billet de 10 roubles à la liasse du gardien, le Grec se tourne vers Timour.

« Vous mangez trop de chocolat, *pakhan*, lui dit-il sans se donner la peine de retenir un petit rire. La gourmandise finira par vous perdre.

— Il faut bien mourir de quelque chose », rétorque Timour.

Travers de Porc entreprend de servir le goulasch dans les assiettes en fer-blanc disposées sur la longue table en bois.

« Va chercher le poète », lance Timour au Grec.

Le poète, famélique, mal rasé, une couverture crasseuse recouvrant ses épaules comme un châle, escalade lentement l'échelle qui mène au grenier. La semelle d'une de ses chaussures de ville se décolle à chacun de ses pas. Du menton, Timour lui fait signe d'aller s'asseoir sur l'un des bancs qui entourent la table et on pose une assiette de goulasch devant lui. Il mange avec une cuillère en fer-blanc, mâchant avec lenteur en raison du mauvais état de ses gencives. Timour et les autres *zeks* prennent place sur les bancs autour de la table, décapsulent leurs bouteilles de bière et les agitent en bouchant le goulot d'un doigt, dans l'espoir de provoquer un peu de pression supplémentaire. Les yeux injectés de sang sous l'effet de la peur, le poète repousse son assiette, sort un livre écorné de sa poche et se met à lire d'une voix presque inaudible : les *zeks* doivent tendre l'oreille pour l'entendre.

Les coudes sur la table, le menton en appui sur sa paume, Timour le dévisage.

« Un peu plus fort, s'il vous plaît », lui dit-il d'une voix douce.

Je languis aux barreaux d'une humide prison.
L'aiglon, grandi captif, mon morne compagnon,
Sous la grille agitant ses ailes impuissantes
Dépèce tristement sa pitance sanglante.

La dépèce et la laisse et fixe la fenêtre,
Une même pensée comme moi le pénètre.
Son regard et ses cris à nouveau me supplient.
Il a envie de dire : « Envolons-nous d'ici. »

Oiseaux de liberté, que faisons-nous en cage ?
Rejoignons la montagne au-delà des nuages,

Partons pour cet espace où les flots bleus flamboient,
Là où seuls nous errons, le vent fou… et puis moi [1] *!*

Le poète ferme son livre et relève les yeux, ses paupières tremblent en refoulant des larmes.

« Le poème a été écrit par notre Alexandre Sergeïevitch Pouchkine, murmure-t-il. Il l'a intitulé *Le Captif.* »

Autour de la table, les *zeks* frappent avec leurs cuillères sur les assiettes en fer-blanc en guise d'applaudissements. Le poète, qui avait eu son heure de gloire dans les cercles littéraires avant d'être arrêté comme ennemi du peuple, se redresse à demi et salue, le buste incliné.

Une fois qu'il a redescendu l'échelle pour rejoindre sa litière de paille, le Grec et son ami le *vor* Mikhaïl (dit Mika) Raspoutine sortent leurs dominos, fabriqués avec de minuscules lambeaux de savon séché, et entament comme chaque soir leur partie quotidienne. Raspoutine, dont on prétend qu'il est le petit-fils illégitime du célèbre moine assassiné, porte un pull à col roulé en laine effiloché par-dessus une chemise beige. Il est doté d'une longue barbe noire frisottée et d'un caractère de cochon. Il n'arrive à lire qu'en prononçant les mots à voix haute mais déchiffre couramment le langage codé des tatouages qu'arborent les *vory* : une carte à jouer signifie que le prisonnier est un joueur professionnel, un dollar que c'est un spécialiste des coffres-forts, un poignard tatoué dans le cou que le *zek* a été condamné pour agression sexuelle. Le Pou, l'un des petits-six de

1. Traduction de Jean-Marc Bordier. (*N.d.T.*)

Timour (l'échelon le plus bas des *vory v zakone*, ainsi désigné d'après la carte ayant le moins de valeur dans le jeu russe), a fait réchauffer plusieurs fers à repasser sur le poêle à bois. Comme aux autres petits-six de la bande d'Ossètes de Timour, on confie au Pou des tâches domestiques quand on ne l'envoie pas faire une commission quelque part, faire une pipe ou trancher la gorge d'un individu que le *pakhan* a condamné à mort. Il crache sur l'un des fers pour s'assurer qu'il est à la bonne température, étale une couverture sur la table en bois et entreprend de repasser l'un des caleçons longs de son chef. Au bout d'un moment un gardien émerge au sommet de l'échelle qui permet d'accéder au grenier : il regarde autour de lui, aperçoit Timour et lui tend un bout de papier plié en quatre.

Timour le déplie, prend connaissance de son contenu et relève brusquement les yeux.

« Vous êtes sûr qu'il s'agit de lui ? »

Offensé, le gardien fronce les sourcils.

« Je suis payé pour vous communiquer des renseignements fiables. »

Timour se retourne et fixe l'horizon imaginaire où les flots bleus flamboient. Le gardien empoche les roubles que le Grec lui a donnés et s'éclipse. Sur un geste de Timour, deux petits-six referment la trappe derrière lui et poussent par-dessus un large coffre en bois rempli de boîtes de conserve sur lequel ils ajoutent une caisse de vodka pour faire bonne mesure. Timour fait signe à son homme de main, Mika Raspoutine, qui a trois crânes tatoués sur trois des doigts de la main droite, correspondant chacun à un mouchard qu'il a étranglé. Timour lui murmure quelque chose en remuant à peine les lèvres.

Raspoutine se retourne et claque des doigts pour appeler deux petits-six à ses côtés, le Pou et Travers de Porc. Les trois hommes échangent des regards entendus. Raspoutine fait le signe de croix orthodoxe (bien qu'il soit *assdin*, de confession ossète, du côté de sa mère) puis se dirige entre les rangées de lits jusqu'au fond du grenier, avant d'arracher de sa couche le prisonnier connu sous le sobriquet du Bigleux. Le Pou, qui participait à des compétitions de sumo avant d'être envoyé à la colonie pénitentiaire, et Travers de Porc, lui-même haltérophile amateur, le traînent à travers la pièce jusque devant Timour, avant de lui ôter son pull et son maillot de corps. Le visage de Staline est tatoué sur la poitrine du Bigleux, au niveau du cœur – une pratique à laquelle les *zeks* avaient souvent recours : ils pensaient que s'ils se retrouvaient un jour face au peloton d'exécution, les soldats hésiteraient à tirer sur le génial Sauveur de l'humanité... Comme tous les *vory* ossètes, il arbore également sur le côté droit un minuscule tatouage représentant Lénine.

« *Choukhan* ! lance Timour d'une voix sifflante à travers sa narine brisée. Sale mouchard ! »

D'un bout à l'autre du grenier, les *zeks* se redressent sur leurs couchettes, curieux d'assister au spectacle qui va suivre.

« *Khjanous mamoi*, pleurniche le Bigleux. Je le jure sur ma mère... je n'y suis pour rien... »

Timour fait un signe de tête à Raspoutine. Le condamné implore sa grâce.

« ... mon épouse est enfermée dans le baraquement des femmes... Ils m'ont menacé en disant que les gardiens la violeraient à tour de rôle si je ne travaillais pas pour eux... »

Son nez s'est mis à couler, la morve atteint sa lèvre supérieure. Une tache s'étend à la hauteur de l'aine sur son gros pantalon de toile.

Hochant la tête d'un air furieux, Timour fait volte-face.

« Effacez son tatouage de *vor* », ordonne-t-il.

Comprenant qu'il vient d'être condamné à mort, le Bigleux lâche avec hargne :

« *Youb tvoyou mat*… va niquer ta mère ! »

Raspoutine et les petits-six traînent le Bigleux jusqu'à son lit et le forcent à s'étendre sur le matelas. Le Pou soulève l'un des fers qui chauffaient sur le poêle et l'applique sur l'image de Lénine qui orne la poitrine du condamné. Le Bigleux pousse un cri déchirant mais Raspoutine écrase aussitôt un oreiller sur son visage. Le condamné gigote dans tous les sens. Au bout d'un moment ses épaules sont parcourues de soubresauts spasmodiques, puis ses membres se raidissent et s'immobilisent enfin.

« Désolé, *pakhan*, déclare Raspoutine d'une voix laconique, mais le mouchard a avalé son oreiller. Il va falloir que je me fasse tatouer un autre crâne sur les doigts. »

Les *vory* qui ont observé la scène depuis leurs lits éclatent d'un rire nerveux.

« Tu préviendras le médecin demain matin au moment de l'appel des malades, répond Timour à son homme de main. Tu lui diras qu'un de nos *zeks* a succombé à ses brûlures d'estomac. »

Tout habillé – il n'enlève même pas ses galoches pour dormir – Timour s'étend sur sa couche, remonte ses deux couvertures sur son menton et embrasse du bout des lèvres l'extrémité de son pouce dont il effleure ensuite, avec le baiser qu'il vient d'y déposer, la photo épinglée sur le mur derrière lui, tout près de sa tête, et qui porte cette inscription à l'encre noire : « Roman le jour de son cinquième anniversaire. »

2
« Ton congé sabbatique est terminé… »

Moscou
Mercredi 25 décembre 1991

Le gémissement des trois moteurs du Tupolev a peu à peu décru, réduit à un bruit atone qu'il ne perçoit même plus. Au-dessus de lui le signal « *Fasten Seat Belt* » s'allume (le *lt* de *Belt* clignote) tandis que l'une des ailes se soulève et que l'appareil entame sa descente vers l'aéroport international de Cheremetievo, au nord de Moscou. Roman sent qu'ils perdent de l'altitude à la pression dans ses oreilles. Il relève le store du hublot ovale. Les mèches effilochées des cumulus qui ressemblent à du coton balaient la carcasse argentée du Tupolev. Le disque orange du soleil couchant nimbe l'horizon. Le corpulent homme d'affaires anglais assis à côté de lui ferme les yeux et empoigne d'une main moite l'accoudoir de son siège mais Roman, tout en sirotant le reste de son *kvas*, se sent en harmonie avec l'étrangeté du monde que l'on découvre en se déplaçant à travers les nuages. D'une certaine façon ce genre de vol lui est depuis toujours familier, d'aussi loin qu'il se souvienne. L'aile gauche bascule d'un seul coup et le sol brusquement visible dans la lumière déclinante à travers le hublot ovale se précipite à la rencontre de l'appareil. Les plaques du pont tremblent sous ses pieds tandis que les volets des aérofreins s'ouvrent avec un bruit sourd. Roman aperçoit une longue file de camions immobilisés devant le poste de contrôle de la police sur l'autoroute Moscou-Petersbourg. Une nuée de voitures jaunes de la milice se bousculent sur la voie d'accès à l'aéroport, les gyrophares bleus clignotent follement sur les toits des véhicules tandis que leurs sirènes hurlent en silence. Le tarmac gris sillonné de marques de pneus s'élève doucement vers les roues de l'avion et entre en contact avec elles à deux reprises, puis le bruit atone vrille le crâne de Roman tandis que les moteurs du Tupolev, originellement conçus pour accroître la puissance des bombardiers soviétiques, passent en marche arrière. L'Anglais rouvre les yeux et esquisse un timide sourire, soulagé d'être encore en vie. Quelques passagers applaudissent et deux femmes assises un peu plus loin font le signe de croix, ce dont Roman s'abstient pour sa part.

L'idée d'être de retour ne l'enthousiasme guère.

À l'intérieur de l'aéroport il prend place dans l'interminable file qui s'étire devant le bureau de contrôle des passeports. Lorsqu'il arrive au guichet, une inspectrice de la police des frontières aux sourcils aussi épais qu'obstinément froncés étudie son passeport avec attention.

« Venez-vous en visite ou pour un retour définitif ?

— Pour un retour définitif.

— Enlevez vos lunettes de soleil. »

Roman s'exécute. D'un regard dénué d'expression la femme compare la photo du passeport au visage de l'individu qui se tient devant elle.

« Qu'est-il arrivé à votre barbe ? demande-t-elle.

— Un rasoir a eu raison d'elle.

— Si vous vous croyez drôle vous vous trompez lourdement.

— Je ne cherche pas à être drôle, j'expose objectivement les faits. »

L'inspectrice jette un coup d'œil dans le miroir disposé au-dessus de Roman pour s'assurer qu'il n'essaie pas de paraître plus petit ou plus grand que la taille mentionnée sur le document. Elle finit par apposer un coup de tampon sur une page vierge et lui rend son passeport à travers la fente du guichet. Roman s'abstient de la remercier. Il y a déjà fort longtemps, Timour lui avait appris que les *vory v zakone* témoignent toujours le minimum de politesse possible au personnel en uniforme, afin que cette politesse ne passe pas pour du respect.

À l'étage inférieur une interminable file d'attente s'est formée devant le tapis roulant où doivent arriver les bagages. Lorsque ceux-ci commencent à se déverser, le duffle-bag blanc de Roman portant le sigle du HMS *Ceylon* – il l'a acheté pour une bouchée de pain dans un magasin de seconde main londonien, non loin de Piccadilly Circus – est parmi les premiers à émerger des soutes. Après l'avoir récupéré et accroché à son épaule, il se dirige vers le couloir « Rien à déclarer » qui mène à la sortie. À peine s'y est-il engagé que trois hommes en imperméables lui barrent le passage. L'un d'eux brandit sous son nez une carte d'identité plastifiée.

« Vous n'avez pas besoin de me la montrer, dit Roman. Je sais reconnaître un flic quand j'en vois un.

— Roman Timourovitch Monsourov, fils de Timour Monsourov ?

— À quoi jouez-vous donc ? Pourquoi me poser la question alors que vous connaissez déjà la réponse ?

— Veuillez nous suivre, dit l'imperméable qui semble diriger l'opération.

— Où m'emmenez-vous ?

— Vous le saurez lorsque nous serons arrivés. »

Roman le suit et les deux autres imperméables ferment le ban. L'homme d'affaires anglais, tout en poussant une énorme valise à roulettes, reconnaît son voisin de vol.

« Dites donc, mon vieux, ça ne vous dirait pas de partager un… »

Il remarque alors la présence des trois imperméables qui prennent Roman en sandwich et s'interrompt en s'étranglant à moitié.

« Mais je vois que vous avez pris d'autres dispositions… »

Roman est conduit dans une pièce surchauffée qui pue la peinture fraîche et les écorces d'orange. Un groupe d'individus, certains en civil, d'autres en uniforme de la police des frontières, ainsi que plusieurs femmes faisant office de secrétaires sont attroupés devant un petit téléviseur disposé dans un coin, sur une chaise de cuisine branlante. « Nous sommes désormais en mesure de confirmer que Mikhaïl Sergeïevitch

Gorbatchev a démissionné de son poste de secrétaire général du Comité central du Parti communiste ainsi que de ses fonctions de président de l'Union soviétique », annonce le présentateur à l'écran d'une voix blanche. L'une des secrétaires pousse un petit cri, une autre porte la main à sa bouche. « Boris Nikolaïevitch Eltsine, poursuit le présentateur, l'homme qui a conduit la résistance en août dernier au moment de la tentative de coup d'État contre Gorbatchev lancée par quelques généraux soviétiques égarés et les tenants aujourd'hui discrédités d'une ligne dure au KGB, émerge à présent des décombres de l'Union soviétique comme le personnage politique le plus puissant de Moscou et le chef de la communauté des États indépendants récemment constituée. »

« Si vous êtes accrochés à la télé au point d'avoir le nez collé dessus pendant les heures de bureau, lance d'une voix chargée de sarcasme l'imperméable qui a conduit Roman dans cette pièce, vous êtes priés d'aller la regarder ailleurs.

— S'il vous plaît, camarade Ivanov, l'implore l'une des femmes. C'est le seul poste qui fonctionne par ici. »

Le camarade Ivanov, qui a visiblement l'habitude qu'on lui obéisse, rétorque d'une voix cinglante :

« Puisque vous ne voulez pas éteindre cet appareil, je vais le faire moi-même. »

Il se penche et débranche d'un geste sec la prise du téléviseur, dont l'écran devient brusquement noir. Le petit groupe de policiers et de secrétaires quitte la pièce en grommelant.

L'un des imperméables retourne le sac de voyage de Roman et en déverse le contenu sur une table à tréteaux avant de se lancer dans son examen méthodique. Le chef prend place sur une vieille chaise en bois derrière l'énorme bureau, typique de l'administration soviétique, et fait signe à Roman de s'asseoir sur le siège en face de lui. Soupçonnant qu'il va devoir passer un certain temps dans cette pièce, Roman ôte son blouson des surplus de la RAF et le suspend au dos de la chaise avant de s'asseoir. Devant la table à tréteaux, l'imperméable qui fouille ses affaires ouvre un tube de mousse à raser Musgo Real et le renifle d'un air soupçonneux avant d'en vider le contenu dans une bassine remplie d'écorces d'orange.

« En Angleterre, remarque Roman d'un air détaché, la police des frontières aurait été contrainte de me rembourser ce tube de mousse à raser.

— Tout d'abord, lui répond le camarade Ivanov, permettez-moi de corriger votre erreur : nous n'appartenons pas à la police des frontières. Mes collègues et moi-même dépendons du Sixième Bureau du tout nouveau Département de la lutte contre le crime organisé, au ministère de l'Intérieur. (Il accompagne sa remarque d'un sourire qui n'a visiblement rien d'amical.) En second lieu, au cas où cela vous aurait échappé, nous ne sommes pas en Angleterre. Si vous voulez récupérer votre crème à raser, il faudra la remettre dans son tube. »

Il fait brusquement volte-face avant de se tourner à nouveau vers lui, comme s'il remontait un mécanisme, puis se penche au-dessus du bureau en inspectant la tenue de Roman : son jean délavé, sa chemise bleu pâle au col blanc amidonné, son pull vert cintré qui lui arrive au ras du cou. D'un geste impatient, Roman regarde sa montre et son interlocuteur aperçoit la Patek Philippe qui orne son poignet gauche.

« Je me demande quelle utilité un *vor* peut bien trouver à consulter le calendrier lunaire, lance-t-il d'un air sarcastique.

— Le fait de disposer d'un quantième perpétuel me permet de me sentir supérieur à l'*homo sovieticus* du Département de la lutte contre le crime organisé, dont la montre de fabrication locale se contente de lui indiquer l'heure – à moins bien sûr qu'elle n'ait fait son temps et qu'on ne puisse plus la consulter avec certitude que deux fois par jour.

— C'est vous qui avez fait votre temps, mon jeune ami, rétorque le camarade Ivanov d'une voix glaciale. Prenez garde : vous vous adressez à un *homo sovieticus* efficace, qui sait parfaitement qui vous êtes et d'où vous venez. Vous avez le soleil dans le dos, Roman Timourovitch, et votre ombre vous précède. Les radars vous ont détecté quand vous avez piqué une Land Cruiser Toyota blindée derrière la Loubianka pour la revendre au chef des opérations du KGB auquel vous l'aviez volée.

— J'étais un gamin à l'époque. Il s'agissait d'une simple plaisanterie. »

Le camarade Ivanov désigne du doigt la cicatrice qu'on distingue au-dessus de l'oreille gauche de Roman.

« Le juif qui vous a tiré dessus lorsque les Ossètes de votre père se battaient pour le contrôle du port fluvial de Rechnoy Voksal a été retrouvé flottant dans une fosse d'aisances quelques jours plus tard. L'enquête a établi qu'il avait été abattu par une balle au-dessus de l'oreille gauche – curieusement au même endroit que votre cicatrice. »

Roman effleure la marque du bout des doigts.

« Vous vous trompez en croyant qu'il s'agit d'une blessure par balle, dit-il. J'ai simplement glissé dans ma salle de bains.

— On prétend que vous avez abattu le directeur général adjoint de l'aéroport Vnukovo de Moscou et que cela constituait votre rite de passage avant d'intégrer les *vory v zakone* de votre père. »

Roman étouffe un petit rire.

« Je me demande où vous êtes allé chercher une histoire pareille. Ce directeur adjoint devait une petite fortune à mon père et il s'agissait d'une simple farce destinée à lui faire peur, pour l'obliger à payer sa dette. Le revolver était chargé à blanc. Suite à la détonation le directeur général adjoint a malencontreusement été victime d'une crise cardiaque, ainsi que l'a établi l'autopsie demandée par l'enquête officielle. Le résultat fut d'ailleurs tout aussi malencontreux pour mon père, me permettrai-je d'ajouter, car suite à la disparition inopinée de ce brave homme sa dette n'a jamais été remboursée.

— Vous êtes réputé dans certains milieux pour avoir monopolisé le marché du sucre quand tout le monde en Russie essayait de fabriquer de la vodka de contrebande, après l'apparition des *soukhoi zakon* de Gorbatchev. Et vous n'étiez plus un gamin à l'époque.

— J'ai suivi un cours à l'université Lomonosov sur les avantages du marché public et j'étais à l'affût de débouchés commerciaux. Les "lois sèches" de Gorbatchev semblaient offrir de tels débouchés.

— On pourrait se dire qu'un individu qui a été inscrit à l'université de Moscou et qui a plus récemment goûté aux charmes de Londres, la Mecque du capitalisme, avant d'être expulsé d'Angleterre par nos collègues du MI5 – que cet individu avisé et portant le jean délavé d'un grand couturier abandonnerait derrière lui toutes ces conneries de *vory v zakone*. En clair, Roman Timourovitch, êtes-vous revenu en Russie pour explorer d'autres débouchés commerciaux ?

— Je suis revenu en Russie parce que je suis russe. »

Devant la table à tréteaux, l'imperméable commence à ranger ou plutôt à fourrer en vrac dans son sac les affaires de Roman.

« Je vais vous faire l'insigne faveur de vous parler franchement, reprend le camarade Ivanov. Avec ce clown alcoolique d'Eltsine qui mène aujourd'hui la danse, la situation ne tardera guère à empirer. Le *pakhan* Timour et ses *vory* ossètes seraient bien inspirés de ne pas jouer avec le feu en croyant que le chaos qui se prépare leur offrira de nouveaux débouchés commerciaux. Vous pouvez transmettre ce message à votre illustre père.

— De la part de qui ? »

L'officier se relève, redresse le menton et désigne du doigt l'insigne du Parti communiste épinglé au revers de son imperméable.

« Du camarade Boris Ivanov, *homo sovieticus* comme son père avant lui. »

En franchissant la porte du terminal, Roman est saisi par la sécheresse glaciale de l'atmosphère moscovite. L'obscurité a recouvert l'aéroport, la lueur des phares et des lampadaires perce la brume du soir. Pendant quelques instants il éprouve de la peine à respirer : s'arrêtant net, il prend une large inspiration et une sensation de brûlure lui déchire les poumons. Une Range Rover noire aux vitres teintées s'arrête au même instant devant lui le long du trottoir. La portière s'ouvre et Mika Raspoutine, penché en travers du siège du passager, lui lance :

« Dépêche-toi de monter avant que tes couilles n'aient gelé sur place ! »

Roman n'est que trop heureux de s'exécuter. Après avoir balancé son sac sur la banquette arrière il monte sur le siège avant et claque la portière. Le chauffage de la Range Rover est au maximum.

« J'ai cru que tu ne sortirais jamais, grommelle Raspoutine en redémarrant à toute allure pour rejoindre la bretelle d'accès. Je m'étais garé au dépose-minute, les flics n'arrêtaient pas de passer pour me dire de dégager, ce que je n'ai évidemment pas fait. Mikhaïl Raspoutine n'a aucun ordre à recevoir des flics. Où étais-tu passé, bordel ?

— J'avais une conversation fascinante avec un lemming qui cherchait la direction du ravin le plus proche.

— Ce lemming a un nom ?

— Le camarade Ivanov, du Département de la lutte contre le crime organisé au ministère de l'Intérieur. »

Mika émet un reniflement méprisant.

« Il y a une vanne qui circule en ce moment : puisque tout est désorganisé aujourd'hui en Russie, avec l'effondrement de l'Union soviétique et l'explosion de la libre entreprise, comment se fait-il que le crime soit pour sa part si bien organisé ? (Sa plaisanterie le fait ricaner.) Les pantins de ce département fantoche sont comme des chiens courant après leur propre queue. Quand Gorbatchev a débarqué – bon Dieu, cela fait déjà six ans… comme le temps passe ! – les employés communistes du ministère des Finances ne récoltaient même pas assez d'impôts pour payer les factures d'électricité de l'État. Ne parlons pas des salaires… Aussi l'estimé secrétaire général a-t-il été contraint de réduire drastiquement le budget du KGB et de renvoyer vingt mille officiers dans leurs foyers. Certains de ces enfoirés ont été engagés dans ces nouveaux bureaux de lutte contre le crime, les autres ont rejoint des agences de protection privée plus ou moins légales. Avec ou sans les communistes, notre mère Russie continue de tourner en rond : les défenseurs de l'ordre luttent contre les *vory* qui luttent contre les agences de protection privée où travaillent les anciens défenseurs de l'ordre ! »

Roman regarde son vieux compagnon, de vingt ans son aîné.

« Qui a dit qu'il était impossible de gouverner un pays dont le territoire couvre onze fuseaux horaires ?

— C'est ton vénérable père qui l'a dit. »

Le regard de Roman se pose sur les quatre crânes à moitié effacés qui ornent les doigts de Mika, crispés sur le volant.

« Vous revenez de loin, Timour et toi.

— On peut le dire, Roman. On peut le dire.

— Qu'est-ce qui a changé en Russie depuis que je suis parti en Angleterre ?

— Ah… moi, j'ai changé… Je suis amoureux.

— Encore ?

— Cette fois c'est du sérieux. Je suis amoureux de cette Range Rover. J'ai gravi les échelons. Dans ma vie antérieure, au temps de la Colonie pénitentiaire n° 40, j'étais l'homme de main de Timour. Aujourd'hui je suis le chef de ses lieutenants. Mon homonyme, le moine Raspoutine qui tutoyait en privé le tsar Nicolas, aurait été fier de son petit-fils illégitime. Moi, Mikhaïl Raspoutine, élevé au grade de lieutenant en chef ! La promotion s'accompagne d'une Range Rover, d'une prime mensuelle de 500 dollars US et d'un téléphone mobile fabriqué en Allemagne de l'Ouest qui fonctionne, contrairement à nos merveilleux modèles soviétiques, du moment qu'on se trouve à l'extérieur et qu'on n'a pas oublié de déplier l'antenne.

— Mes félicitations, lieutenant en chef Raspoutine. Je me demandais pourquoi tu avais rasé ta superbe barbe bouclée.

— Et moi, je me demandais pourquoi tu avais rasé la tienne. Tu as l'air… disons plus jeune, sans ta barbe. Qu'as-tu étudié à Londres, mon bon Roman ?

— La langue anglaise. La différence entre les pièces de Shakespeare publiées dans le Quarto de 1604 et celles du Folio de 1623… *Roméo et Juliette, Le Roi Lear, Hamlet*… Les pubs. Les *fish and chips*. La Guinness à la pression. Les filles en minijupes à la pression. L'une d'entre elles en particulier, qui s'appelle Ophelia.

— Ah, voilà qui explique l'absence de barbe ! s'exclame Mika avec un clin d'œil. D'après mon expérience, qui n'est pas négligeable, la plupart des filles n'aiment pas trop qu'on leur broute le con avec une barbe. (Sa plaisanterie le fait rire.) À propos de cons, Rosalyn a appelé tous les jours pour savoir quand tu serais de retour.

— Que lui as-tu dit ?

— Que j'ignorais si tu rentrerais un jour, répond Mika sans quitter la route des yeux.

— Pourquoi lui as-tu menti ?

— Écoute… Ton père n'est pas très chaud à l'idée que tu fréquentes… une juive, pour dire les choses trivialement. Ne lui dis pas que c'est moi qui te l'ai dit, mais c'est avant tout pour cette raison qu'il t'a envoyé à Londres.

— Il n'a pas mâché ses mots, la seule fois où nous avons abordé ce sujet.

— Que vas-tu faire ? »

Roman jette un coup d'œil à travers la vitre. Au bout de quelques instants il reprend :

« J'ai vingt-six ans, Mika. Je compte bien mener ma vie à ma guise.

— Ton père a peut-être d'autres… »

Il laisse sa phrase en suspens. Les deux hommes roulent en silence pendant un bon quart d'heure. Roman finit par se tourner vers son ami.

« Alors dis-moi, Mika : qu'est-ce qu'un lieutenant en chef est censé faire, pour 500 dollars par mois ? »

Mika est visiblement soulagé de changer de sujet.

« Plus ou moins la même chose qu'avant, mais sur un rythme plus soutenu. Je me retrouve à la tête des vingt-trois hommes de main de Timour. Je surveille de près les affaires de ton père. Je dégote de jeunes Ossètes susceptibles de venir grossir les rangs de nos *vory v zakone*. Et je prends soin de ta précieuse personne lorsque celle-ci daigne nous honorer de sa présence à Moscou. »

Roman essuie de l'avant-bras la buée qui s'est formée sur la vitre et contemple l'aura lumineuse que Moscou diffuse dans l'humidité du ciel.

« À part ça, qu'est-ce qui a changé par ici ?

— Tu te fous de moi ? Qu'est-ce qui a *changé* ? Mais c'est toute la Russie qui a changé ! L'économie parallèle qui a poussé ces enfoirés de communistes à escalader le Mur, ou devrais-je dire à le *franchir*, a fini par leur exploser en pleine figure. Les Levi's, les baskets Nike, le Chanel numéro je ne sais plus combien et tout le tralala sont maintenant fabriqués ici, dans des garages crasseux. Les restaurants privés prolifèrent comme des termites dans la datcha d'un apparatchik. Un nouveau vient tout juste d'ouvrir en face du cimetière de Novodevitchi, il faut payer cash et l'addition est salée mais ils ont du vin français et leurs galettes de mouton aux oignons grillées au feu de bois sont une pure merveille. Ah… et la semaine dernière, des *vory* arméniens entreprenants ont ouvert un casino dans le sous-sol d'un hôtel. Tu peux commander ce que tu veux, on l'importera directement pour toi ou on le fabriquera sur place avant de rajouter l'étiquette *Made in France.* »

Mika s'est engagé dans la voie express qui rejoint Moscou et zigzague au milieu de la circulation en faisant des appels de phares aux véhicules qui le précèdent si ceux-ci roulent trop lentement ou ne lui cèdent pas assez vite le passage.

« Les rigolos du Département de la lutte contre le crime organisé n'ont pas empêché nos *vory* de fournir ce que le Parti communiste est incapable d'assurer – je parle de la *krysha*, un "toit" protégeant les têtes de ces nouveaux adeptes du capitalisme qui montent leurs entreprises à une telle vitesse que Lénine doit se retourner dans sa tombe de la place Rouge. La protection contre les bandes originaires de Géorgie, d'Arménie, d'Azerbaïdjan ou du Daghestan, qui montent des combines qui leur rapportent un maximum et ne vont pas laisser le code des *vory* de ton père se mettre en travers de leurs plans. La protection contre tous ces *gros bras*, catcheurs ou haltérophiles, qui se pavanent dans Moscou à bord de leurs pick-up Chevrolet avec ces ridicules pantalons trop larges et le crâne rasé de près, en mâchant du chewing-gum américain et en brandissant leurs fusils à pompe ou leurs Kalachnikov. Ils négocient le prix de leur *krysha* quitte à doubler le tarif le lendemain et à descendre à bout portant le pauvre connard de capitaliste qui refuse de les payer pour protection. La semaine dernière ils en ont enterré un vivant dans un cercueil jusqu'à ce que sa femme leur ait cédé sa chaîne de magasins, où il vendait des parfums d'importation. Pourquoi souris-tu ? Crois-moi, je n'invente rien.

— D'accord, je vais te faciliter la tâche : qu'est-ce qui n'a pas changé, alors ?

— C'est plus facile à résumer, en effet… Ton satané père n'a pas changé, par exemple : toujours le même *pakhan* borné, respectueux d'un code que tous les *vory v zakone* à part lui jugent complètement dépassé. Ceux qui n'ont pas changé non plus, ce sont ces enfoirés de communistes – ou ce qu'il en reste… Ils avaient bien besoin de nous pour assister à leurs défilés militaires deux fois par an sur la place Rouge et pour nous embarquer dans cette guerre de merde en Afghanistan, mais ils n'ont jamais trop cherché à savoir qui faisait le sale boulot à leur place. »

Roman remarque que Mika ne cesse de regarder dans son rétroviseur. Il se penche et jette un coup d'œil dans le sien.

« Mika, dit-il, une voiture nous suit. Elle était déjà derrière nous quand nous avons quitté l'aéroport.

— Bien sûr qu'une voiture nous suit. Tu as perdu la main, mon garçon : il t'a fallu un sacré bout de temps pour t'en apercevoir. Tu ne crois pas que j'allais te conduire chez ton père sans assurer nos arrières. Ce sont deux de mes assistants, le Pou et Travers de Porc. Quand tu les as connus c'étaient de simples petits-six. Ils ont bénéficié d'une promotion eux aussi. »

Soulagé, Roman esquisse un sourire.

« Dis-moi un peu : où en est notre guerre des gangs ?

— Ah, la grande "guerre des gangs à Moscou", comme les propagandistes de la *Pravda* l'ont baptisée… Ces derniers temps elle alimente les journaux et distrait les Moscovites. En tout cas, cette lutte entre les différents *vory* pour le contrôle de leurs territoires est plus acharnée qu'avant ton départ. On dirait qu'un studio hollywoodien s'est installé en ville pour tourner un film sur la guerre entre les parrains de la mafia. Les vétérans d'Afghanistan ont lancé un *naezd* sanglant et arraché le gigantesque marché de Danilovski aux mains des Azerbaïdjanais : il y avait tellement de cadavres dans la rue que la police a dû faire venir un camion de l'armée pour déblayer les lieux. Cela se passait début décembre. La semaine dernière les flics ont découvert les corps de trois gorilles de Koptevo, coulés dans le sol en ciment d'un sauna. De l'avis général, les Tchétchènes copient les méthodes et jusqu'au jargon des films américains sur la mafia. Ton père a un faible pour eux. À mon avis, c'est parce qu'ils ont combattu comme lui le pouvoir soviétique.

— Pas du tout, dit Roman. C'est parce qu'il a été jadis en taule avec leur *pakhan*, Zaur Zazarov. "Ils ont infusé dans la même théière", comme il aime à dire. Pour Timour, tout se ramène au code des *vory*. Tant que les Tchétchènes continueront à respecter celui-ci, mon père les respectera.

— Les *vory* juifs constituent pour l'instant notre plus gros souci. Ils viennent de recruter une quarantaine de nouveaux tueurs, des juifs de Vilnius et de Samarcande – et même de Birobidjan, l'oblast juif que Staline avait institué en Sibérie. Cela signifie qu'ils se retrouvent avec davantage de bouches à nourrir et de portefeuilles à remplir. Et tout à coup, la répartition sur laquelle les cinq clans de *vory* s'étaient mis d'accord l'an dernier en se partageant Moscou ne leur suffit plus. Ton père n'est pas plus ignorant qu'un autre et sait fort bien ce qui se prépare : il ne s'agit plus de se demander si la *razborka* avec les *vory* juifs aura lieu, mais quand. »

Mika engage la Range Rover sur une route en lacets qui remonte les monts Lénine. Roman aperçoit une foule de vieillards, hommes et femmes, entassés sous un abribus et battant des pieds pour ne pas geler sur place. Ils ont étalé tout un fouillis d'objets personnels sur le trottoir : des lampes, des miroirs, des vases remplis de fleurs en plastique, des hachoirs à main, toute une collection d'instruments de musique, des manteaux d'hiver, des toques en fourrure, des galoches… dont ils débattent le prix avec les Moscovites qui attendent leur bus à l'arrêt.

« Qui sont ces gens ? demande Roman.

— Des retraités. On en voit dans les stations de métro et aux arrêts de bus à travers toute la ville, depuis quelque temps. Voilà dans quel état soixante-dix ans de communisme ont laissé la Russie : avec l'inflation, leurs pensions ne leur permettent pas de vivre. Ils doivent vendre leurs maigres biens pour s'offrir ne serait-ce qu'un repas par jour.

— Et quand ils n'auront plus rien à vendre, que se passera-t-il ?

— Ils arrêteront de manger », lance Mika après avoir dévisagé un bref instant son jeune ami.

La Range Rover s'arrête bientôt devant une imposante grille en fer forgé surmontée des initiales V. T. Mika fait clignoter ses phares à deux reprises et la grille s'ouvre lentement : la voiture, suivie du véhicule qui la couvre, s'engage dans une longue allée de gravillons menant à la vaste demeure construite en retrait de la route selon le vœu de son ancien propriétaire, le richissime banquier tsariste Victor Touganov, qui avait horreur d'être dérangé par le bruit de la circulation et termina ses jours face à un peloton d'exécution bolchevique.

La Rover s'immobilise devant le seuil de la demeure. L'un des *vory* de Timour, enveloppé dans un épais pardessus à capuche de l'armée réservé aux soldats de l'Arctique, est visible en haut de l'escalier en fer à cheval : de la vapeur s'échappe de ses lèvres, il tient une Kalachnikov entre ses mains et examine la voiture à la lueur d'une torche aveuglante. Mika lève la main pour se protéger les yeux.

« Laisse ton sac, dit-il à Roman, je dirai au garde de le monter. Ton congé sabbatique est terminé. Et ton père t'attend. »

3

« Le communisme est un palimpseste : la bouse bolchevique se superpose à la merde tsariste… »

Londres
Le passé simple de Roman

Avec le recul, je soupçonne que mes yeux ont commencé d'être irrités à l'instant même où j'ai posé le pied sur le sol britannique, à l'aéroport de Londres. Malgré l'absence de toute preuve empirique, j'attribue intuitivement cette réaction allergique à la ville elle-même – laquelle, si elle n'a pas la majesté de la Grande Principauté de Moscou, n'en possède pas moins un certain attrait pour quelqu'un qui n'est pas insensible au charme des sorcières de *Macbeth*. Le spectacle de ces gens armés de parapluies, attendant d'un air constipé que le feu soit passé au vert pour traverser une rue manifestement vide, ne fit qu'aggraver mon allergie naissante. J'étais habitué à l'indescriptible chaos qui règne en Russie, où les gens n'attendent jamais que le feu soit passé au vert pour traverser, quelle que soit l'intensité du trafic, de crainte de passer pour des moutons. Pour ne pas donner une image entièrement négative, je reconnais avoir été agréablement surpris de me sentir aussi détendu en franchissant le guichet du contrôle des passeports à l'aéroport.

« On se dit russe, à présent », me lança de l'autre côté de la vitre le policier irlandais aux joues rubicondes en tamponnant d'un geste vigoureux une page vierge de mon passeport. « Profitez de votre séjour, mon garçon, ajouta-t-il avec un clin d'œil injecté de sang.

— C'est bien ce que je compte faire », lui répondis-je.

L'allergie mise à part, et avec un peu de chance, cet exil londonien – décidé par mon père afin de mettre deux mille cinq cents kilomètres entre ma petite amie juive Rosalyn et moi – allait prendre la tournure de vacances prolongées dont j'espérais bien tirer par ailleurs quelques bénéfices. (Et par bénéfices, je songeais aux photos que j'avais vues dans *Vogue* de toutes ces nénettes court vêtues qui déambulaient sur King's Road.) J'avais mis au point une histoire censée me servir de couverture lors de mon inévitable entrevue avec le MI5 mais je me suis retrouvé à la tester lorsque Anthony, huitième comte de Torthorwitch, essaya de me tirer les vers du nez (comme on dit là-bas). Suite à une petite annonce que j'avais passée dans le *Guardian*, je m'étais présenté pour louer une chambre donnant sur le jardin des anciennes écuries de sa propriété de Belgravia.

« Je suis le fils unique d'un prisonnier soviétique, lui expliquai-je (les meilleurs mensonges étant ceux qui contiennent une part de vérité). Après avoir réchappé au goulag, il s'est serré la ceinture pendant des années pour me faire venir à Londres. Vous savez ce qu'est le goulag, n'est-ce pas Anthony ?

— Ça me dit vaguement quelque chose, répondit Anthony qui avait à peu près mon âge. Un livre de géographie écrit par ce Soljenitsyne, c'est bien ça ? À propos d'un archipel situé je ne sais plus où. Écoutez, si vous êtes toujours partant pour disposer de ce malheureux bout de terrain envahi par les mauvaises herbes, la chambre est à vous. Quand mes amis sauront que j'héberge un authentique citoyen russe il leur tardera de vous rencontrer. Pour nous, en Angleterre, la Russie c'est un peu la face cachée de la Lune. Une fois installé, passez donc me voir vers 18 heures pour prendre un petit remontant, mon vieux. »

Le petit remontant d'Anthony, trois doigts d'un Laphroaig de seize ans d'âge versé avec délicatesse sur un unique glaçon, s'avéra d'autant plus efficace que ce premier verre fut suivi d'un second.

« Et vous, lançai-je, encouragé par mon remontant. Que faites-vous donc ? »

Ma question eut l'air de l'amuser.

« Je ne suis pas sûr de bien vous comprendre, mon vieux. Qu'entendez-vous exactement par là ?

— Quel est votre travail, si vous préférez ?

— Mon *travail* ! Comme vous y allez ! Je craignais que vous ne me posiez la question. Les gens de mon espèce ne travaillent pas vraiment, pour tout vous dire. Pas même dans cette mine à extraire des livres sterling que nous appelons la City et qui n'est pas faite pour moi, je l'avoue sans honte. Je me contente de gérer le pécule que m'a légué feu mon regretté *pater familias*, septième comte du nom – ou du moins les miettes qui m'en restent une fois que ces enfoirés des impôts en ont prélevé l'essentiel, bien qu'ils n'aient nullement été couchés sur le testament de feu le septième comte. Quand je parle de miettes, tout est relatif, *ça va sans dire*[1]. Lorsque je ne suis pas enfermé avec des conseillers financiers plus ou moins retors qui tentent de me convaincre d'acheter des actifs ou de vendre à découvert, je m'échappe et je prends l'air. Littéralement : je suis le fier propriétaire d'un Cessna 172 Skyhawk que je pilote moi-même – un appareil qui était à la pointe du progrès à sa sortie, en 1956. Il faut parfois batailler un peu avec le starter pour le faire démarrer mais cela marche neuf fois sur dix. Le week-end je file ainsi à Paris, Amsterdam ou Dublin. Je suis même allé un jour jusqu'à Prague. Et j'espère pousser jusqu'à Vilnius, dans les pays Baltes, lorsque j'aurai compris comment fonctionne leur fichu système de radiobalises. Je compte aller à Barcelone dans quinze jours avec une copine. Vous pouvez vous joindre à nous si vous n'avez rien d'autre à faire. »

C'est comme ça que j'ai rencontré Ophelia, la copine d'Anthony.

La tête posée sur une table de repassage (je jure l'avoir vue procéder de la sorte lorsque je me suis réveillé dans sa chambre le lendemain matin), elle passait le fer sur ses mèches de cheveux afin qu'elles restent lisses et retombent sans faire de boucles sur ses adorables petits seins. Ses longues jambes étaient nues malgré la froideur hivernale, elle arborait d'épaisses bottines à lacets pour bien affirmer son ancrage dans la classe ouvrière et une minijupe vert pomme qui lui arrivait en haut des cuisses, preuve qu'elle n'avait rien contre une activité sexuelle librement consentie, ainsi qu'un pull-over noir qui la moulait étroitement et témoignait de son mépris

1. En français dans le texte. (*N.d.T.*)

féministe envers les sous-vêtements. Elle était arrivée armée d'un couteau suisse à vingt-huit lames et d'une passion sans borne pour l'acteur qu'elle surnommait Willy Shake-Pique. Ainsi que pour la révolution mondiale. Étant moi-même originaire d'un pays que ladite révolution avait laissé exsangue, je dois reconnaître que le coup de foudre entre nous ne fut pas immédiat. Elle était favorablement impressionnée par le fait que j'étais russe mais tout aussi dépitée d'apprendre qu'à l'image de mon vénéré père j'étais un anticommuniste viscéral.

« Qu'est-ce qui vous révulse à ce point dans le communisme ? me cria-t-elle à l'oreille tandis que le Cessna d'Anthony survolait la Manche et se dirigeait – du moins l'espérais-je – vers l'aéroport de Barcelone.

— Et vous ? lui criai-je en retour, qu'est-ce qui peut bien vous attirer à ce point dans le communisme ?

— Trotski.

— Trotski ? Vous voulez dire : Léon Trotski ? »

J'avais quitté la Russie pour des vacances prolongées (et leurs éventuels bénéfices) et à côté de qui me retrouvais-je assis ? Sans doute la dernière personne sur terre prête à défendre Lev Davidovitch Bronstein, alias Léon Trotski…

« Bon Dieu, qu'avez-vous donc fumé ce matin ? ne pus-je m'empêcher de lui crier à l'oreille.

— Allez vous faire foutre. »

Je venais de constater avec une agréable surprise que le contact de son souffle sur mon oreille avait quelque chose d'imperceptiblement érotique.

« De quel trou sortez-vous donc ? me lança-t-elle ; voyant que je ne comprenais pas sa question elle la reformula dans un anglais plus correct : D'où êtes-vous originaire ?

— Je suis d'origine ossète. Les Ossètes viennent de Géorgie et la dernière fois que j'ai regardé une carte la Géorgie, malheureusement, faisait toujours partie de la Russie.

— Bon, maintenant écoutez-moi : en dehors de Tolstoï et de sa bande, avant que Lénine et ses bolcheviques ne débarquent sur la scène et ne changent le cours de l'Histoire, pouvez-vous me citer la moindre contribution de la Russie à la civilisation occidentale ?

— L'année solaire, lui hurlai-je à l'oreille.

— L'année solaire ? Qu'avez-vous fumé, de votre côté ? »

Du bout du doigt, j'écartai de son oreille une longue mèche de cheveux blonds afin qu'elle m'entende mieux.

« Un dénommé Oulugh Beg, qui était le petit-fils de Tamerlan – vous avez entendu parler de Tamerlan, je suppose ? –, creusa une longue tranchée et après avoir observé le déplacement de l'ombre à midi calcula que l'année solaire durait trois cent soixante-cinq jours, cinq heures, quarante-neuf minutes et quinze secondes. Il ne s'était trompé que de vingt-cinq secondes.

— Vous reconnaissez donc qu'il s'était trompé ?

— Cela se passait en quatorze cent et quelques, bon Dieu ! »

Ce que je redoutais c'était qu'Anthony, qui pilotait l'appareil vêtu d'un élégant pantalon de Savile Row, ne tombe en panne d'essence avant d'avoir rejoint une piste d'atterrissage – et que nous ne nous écrasions au beau milieu de l'infini tapis de serres qui recouvrait la campagne espagnole, transformant le sol en un immense miroir où se reflétait le ciel. Je n'avais aucune envie de terminer mes jours aux côtés d'une ravissante jeune femme qui ne portait pas de soutien-gorge, dernier rejeton d'une race en voie d'extinction et atteinte d'un trotskisme incurable en phase terminale. *Travailleurs du monde entier unissez-vous – oubliez vos chaînes, vous n'avez rien à perdre en dehors de vos misérables vies !*

Contournant la couche de nuages qui s'étendait sur Barcelone, Anthony aperçut heureusement un avion de la compagnie Iberia qui s'apprêtait à atterrir : supposant que le pilote espagnol connaissait le chemin, il suivit la traînée de vapeur qu'il laissait derrière lui et ce fut ainsi qu'il parvint à poser son Cessna sur le tarmac, à l'instant même où la jauge du niveau d'essence virait au rouge sur le cadran.

« Eh bien, il était moins une… dit-il en émettant un petit rire nerveux avant de détacher la ceinture de son siège.

— Comme Willy Shake-Pique l'a dit dans une comédie dont il a piqué le sujet à Boccace : tout est bien qui finit bien », commenta Ophelia en m'adressant un demi-sourire légèrement narquois.

Après avoir déposé nos valises dans un petit hôtel sur les hauteurs de la ville, nous échouâmes dans un bar à tapas le long des Ramblas.

« Qu'y a-t-il donc chez feu le peu regretté Trotski que vous trouviez à ce point admirable ? demandai-je à Ophelia.

— Vous êtes du genre direct.

— Je parle trop souvent sans réfléchir : mon vénéré père considère cela comme un grave défaut. Rosalyn, ma petite amie occasionnelle, estime quant à elle que c'est une marque de spontanéité.

— Ce qui passe pour de la spontanéité n'est bien souvent qu'un manque de tact. Quant à Trotski, pour répondre à votre question spontanée, il n'a cessé jusqu'à la fin de ses jours de prêcher pour une religion qu'il appelait "la révolution permanente". Il considérait la révolution bolchevique comme un début, non comme une fin. Il était convaincu que l'entreprise du vieux Lénine ne survivrait pas si une autre révolution n'éclatait pas dans un pays voisin, en Allemagne, en Italie, en France ou en Angleterre. Le fait est qu'en l'absence d'une révolution sœur quelque part dans le monde – peu importe où, bordel ! – vos fichus bolcheviques ne sont pas sans faire penser aux lemmings qui cherchent la direction du ravin le plus proche. »

Elle plongea son pouce dans la sauce au homard et le fourra dans sa bouche, avant de le sucer d'un air gourmand. Ce geste la rajeunissait bien de dix ans et ne faisait qu'ajouter à son sex-appeal.

« Si c'était Trotski plutôt que Staline qui avait pris les rênes du pouvoir à la mort de Lénine, poursuivit-elle, il n'aurait jamais fait preuve d'une telle brutalité et la Russie n'aurait pas souffert à ce point. Sans compter que l'expérience communiste entamée en Russie en 1917 n'aurait peut-être pas fait long feu aussi vite. »

Je commis l'erreur de vouloir remettre dans le droit chemin quelqu'un qui croit qu'une ligne brisée est le plus court moyen de rejoindre deux points.

« Trotski, votre héros, était un fanatique de la terreur rouge, lui rappelai-je. Il soutenait à fond la collectivisation des terres et de l'agriculture, qui a provoqué des millions de morts. Il a décrété que si les anciens officiers tsaristes engagés dans sa nouvelle Armée rouge trahissaient les bolcheviques, leurs femmes et leurs enfants seraient exécutés. Comment peut-on être sain d'esprit et se déclarer trotskiste ? Trotski, votre héros, a restauré la peine de mort et en a fait un usage impitoyable. Pendant la guerre civile qui a suivi la révolution, le commissaire des armées Trotski se rendait sur le front dans un train blindé : si une division des Rouges reculait face à une attaque des Blancs il ordonnait qu'un soldat sur dix fasse un pas en avant et le faisait sommairement exécuter.

— Eh bien, je parie que grâce au camarade Trotski les soldats qui avaient échappé à ce triste sort ne reculaient plus jamais, remarqua Ophelia avec un sourire goguenard. Grâce au camarade Trotski les Rouges ont gagné la guerre civile.

— Vous ne savez probablement pas dans quelle estime votre Trotski tenait la guillotine. Il a écrit quelque part que la Révolution française devait son succès à cette machine qui raccourcissait d'une tête les ennemis du peuple. Il considérait la guillotine comme une brillante invention et estimait que chaque ville en Russie devait en posséder une. Les têtes doivent tomber, ajoutait-il.

— Il n'avait pas tort.

— Et que faites-vous, Ophelia, lorsque vous ne chantez pas les louanges de Trotski ? »

Elle faillit éclater de rire.

« Je chante les louanges d'un certain Willy Shake-Pique, comme certains ont surnommé le barde de Stratford-upon-Avon. Je donne un cours de deuxième année au King's College de Londres sur les trois versions de *Hamlet*.

— Ah… nous autres Russes entretenons une vieille histoire d'amour avec le prince danois de Shakespeare. Les enfants dans les écoles apprennent par cœur le poème que lui a consacré Pasternak. Grigori Kosintsev a réalisé une adaptation cinématographique envoûtante de la pièce, d'après la traduction de Pasternak et sur une musique de Chostakovitch. Mais j'ignorais qu'il y avait eu trois versions d'*Hamlet*…

— Il y en a une – sans doute la toute première de Willy – dans le Quarto fautif de 1603 et une autre dans le bon Quarto, celui de 1604, qui comporte elle-même deux cent trente vers qu'on ne retrouve pas dans le Folio de 1623.

— Qui les a donc coupés ?

— Même s'il était mort et enterré depuis un bon bout de temps, il y a de fortes chances pour que ce soit Willy lui-même. La version de 1623 peut très bien avoir été composée d'après le livret manuscrit de la pièce – mais personne n'en a la certitude absolue. Couper ou ne pas couper, telle est la question !

— Ce ne sont pas seulement des siècles mais des univers entiers qui séparent votre Trotski de votre Hamlet.

— Je n'en suis pas si sûre. Ils ont certains points communs. Trotski, comme Hamlet, est à la fois l'outil et la victime d'une vengeance. Hamlet venge le meurtre commis par son oncle de son père le roi du Danemark et il meurt lui-même après avoir tué Polonius, le père de Laerte. Ce n'est pas sans ressemblance avec le sort de Trotski qui en faisant *tomber les têtes* venge les crimes séculaires commis par les tsars à l'encontre du peuple russe et qui finit par succomber, sur l'ordre de Staline, d'un coup de piolet en travers du crâne.

— Vous devriez donner un cours sur les trois versions de cette histoire », lui suggérai-je.

Elle perçut le sarcasme dans mon intonation et me gratifia d'un doigt pointé.

L'après-midi suivant Anthony, qui semblait connaître Barcelone comme sa poche, nous entraîna à la Plaza de Toros La Monumental. Nos places étaient situées du côté ensoleillé des gradins et nous louâmes deux coussins chacun, l'un pour nous asseoir et l'autre pour nous protéger du soleil. Les hurlements et les *Olé ! Olé !* qui résonnaient de tous les côtés m'empêchaient de me concentrer et de poursuivre cette conversation avec Ophelia, la belle blonde qui donnait un cours sur *Hamlet*. Anthony nous apprit que le matador qui officiait était devenu la coqueluche des corridas ces derniers temps parce qu'il avait réhabilité des passes depuis longtemps abandonnées, comme la *larga afarolada*. Il déchaîna l'enthousiasme de la foule qui se leva comme un seul homme à la suite d'une série de véroniques plus classiques, qui firent gicler le sang du malheureux taureau déchiré par les banderilles et souillèrent son habit de lumière. Quand les chevaux traînèrent le cadavre de la bête dûment amputée de ses oreilles, Ophelia profita du calme qui régnait pour me dire :

« Il y a un endroit durant la corrida où pour une obscure raison le taureau se sent en sécurité, à l'abri de la foule qui pousse le matador à le tuer. Les Espagnols ont un mot pour désigner ce sanctuaire : ils l'appellent la *querencia*, ce qui signifie littéralement “le repaire”. Quand on y pense, Trotski agissait plus ou moins de la même manière : il essayait de construire un repaire, une sorte de sanctuaire pour les ouvriers et les paysans exploités depuis des siècles par les tsars et les riches propriétaires terriens.

— Votre fameuse – ou devrais-je dire *infâme* – dictature du prolétariat serait donc l'équivalent de la *querencia* dans les arènes espagnoles ?

— C'est une simple métaphore. Hegel nous dit que, à la base, l'histoire du capitalisme est un *Schlachtbank* – un abattoir. Une fois la classe ouvrière libérée de ses chaînes, la dictature du prolétariat constituera en effet un sanctuaire, un lieu qui aura échappé aux blessures des guerres impériales, de la violence sociale et de la misère.

— Et si un tel endroit existait, iriez-vous vous y établir avec vos exemplaires du bon et du mauvais Quarto ainsi que du Folio de 1623, pour donner votre cours sur les trois versions de *Hamlet* aux ouvriers et aux paysans ? »

Le sourire d'Ophelia s'effaça.

« Vous vous foutez de moi, dit-elle. Maïakovski lisait ses poèmes aux ouvriers dans des gares où le froid était tel que ses pieds gelaient sur place. Pour répondre à votre question : oui, bien sûr, je n'hésiterais pas un instant à aller m'établir dans un sanctuaire du prolétariat, si un tel endroit existait. Et je donnerais ce cours sur les différences textuelles entre les Quarto de 1603 et 1604 et le Folio de 1623 si j'estimais que cela servait les intérêts de la révolution.

— Maïakovski s'est suicidé quand il a compris que l'Union des républiques socialistes soviétiques qu'il avait participé à instaurer n'avait rien d'une *querencia.* Et que dans son essence, le communisme est un palimpseste : la bouse bolchevique se superposant à la merde tsariste.

— Allez vous faire foutre, Roman.

— Avec vous, je ne demande pas mieux », répétai-je d'un air enjoué.

Et en dépit de mon anticommunisme viscéral, ce fut bien ce qui arriva. Le soir même. Dans un lit étroit aux draps en nylon et au matelas trop mou, au dernier étage de cet hôtel de Barcelone, tandis que sur le mur le visage de la Vierge Marie jetait sur nous un regard aussi chaste qu'embarrassé.

« C'est la première fois que je couche avec une communiste, lui dis-je lorsque nous fûmes un peu rassasiés.

— Tu n'étais pas si endormi que ça, dit-elle d'un air mutin avant d'ajouter plus sérieusement : Pour moi aussi, c'est une première. Je n'ai jamais baisé avec un anticommuniste auparavant. »

Environ deux mois après notre retour à Londres, Anthony m'invita une nouvelle fois à boire trois doigts de son remontant de seize ans d'âge.

« Tu t'es envoyé cette foldingue d'Ophelia, pas vrai ? me demanda-t-il d'un air détaché.

— Ma vie privée ne regarde que moi, Anthony. Elle m'a emmené voir Mel Gibson qui tient le rôle d'Hamlet dans le nouveau film de Zeffirelli. Ils se sont inspirés d'une édition révisée de la pièce à laquelle elle a participé, basée sur le Folio de 1623. »

Un vers me revint soudain à l'esprit, fiché comme un éclat de bois dans ma mémoire : « *Oh que désormais mes pensées soient sanglantes pour ne pas être dignes du néant.* »

« Ton Ophelia est trop intello pour moi.

— Elle a d'autres charmes cachés, Anthony. »

Il se fendit d'un sourire typiquement britannique, entre l'ironie et la condescendance. Nous avions à peine descendu deux doigts de Laphroaig qu'il se racla la gorge, comme s'il avait une mauvaise nouvelle à m'annoncer.

« Vas-y, crache le morceau, dis-je en pensant qu'il allait augmenter mon loyer.

— Des types du MI5 sont venus fouiner par ici ce matin, me dit-il. Tu ne serais pas un espion communiste, par hasard ?

— Si tel était le cas, crois-tu que je te le dirais ?

— Je n'avais pas vu les choses sous cet angle.

— Comme la plupart des gens, j'ai bien ce que Dostoïevski appelait des "petites démangeaisons", mais l'espionnage au profit du camarade Staline n'en fait pas partie, Anthony. Mon père a passé vingt-deux ans au goulag. Il déteste les communistes. Et l'ennemi du père reste l'ennemi du fils.

— Je t'imaginais mal dans ce rôle, de toute façon. J'ai dit à ces connards du MI5 que tu étais tout le contraire d'un espion, quoique à bien y réfléchir je vois mal ce que cela pourrait signifier… En tout cas, j'imagine qu'ils pensent que le moindre individu qui vient de l'autre côté du rideau de fer est forcément suspect. Oublie ça. Oublie même que je t'ai posé la question. Santé ! »

J'aurais volontiers prolongé mes rendez-vous nocturnes répétés avec Ophelia, la trotskiste *aficionada* de la *querencia*, et suivi le conseil d'Anthony en oubliant les connards du MI5 si ceux-ci n'avaient pas remontré le bout de leur nez quelques jours plus tard.

« Monsieur Monsourov ? » lança un type qui surgit dans mon dos au moment où j'insinuais ma clef dans la serrure, devant le domicile d'Anthony.

Je fis demi-tour et aperçus trois individus plutôt jeunes en costumes trois pièces, qui me donnèrent la désagréable impression de ne pas me considérer d'un œil favorable.

« Que puis-je pour vous ? demandai-je.

— Quitter le pays, par exemple, répliqua avec un accent qui me parut être irlandais celui dont les favoris mangeaient la moitié du visage.

— Nous ne voulons pas vous prendre de court, ajouta le deuxième. Vous avez vingt-quatre heures pour rassembler vos affaires.

— Pouvez-vous me dire pour quelle raison je suis expulsé d'Angleterre ?

— Non, répondit négligemment le troisième. C'est un secret d'État.

— On peut le lui dire, intervint le deuxième.

— La mafia britannique ne voit pas d'un très bon œil la mafia russe marcher sur ses plates-bandes dans le royaume d'Angleterre.

— Il y a donc une mafia britannique ? rétorquai-je.

— Il y a donc une mafia russe ? répliqua le type aux favoris.

— J'imagine que vous n'êtes pas en mesure de me présenter le moindre mandat d'expulsion…

— Vous avez parfaitement raison, répondit le deuxième. Nous ne le sommes pas.

— Manque de bol, ajouta le troisième.

— Bon voyage néanmoins », conclut le type aux favoris.

C'est ainsi que je me retrouvai à bord d'un Tupolev à destination de Moscou à boire du *kvas* chaud à côté d'un homme d'affaires anglais corpulent et tellement inquiet à l'idée de voyager à bord de ce cigare volant qu'il garda les yeux fermés pendant l'essentiel du trajet, qui n'était pour moi qu'un vol de retour.

4
« Nous sommes du mauvais côté de l'Histoire… »

Moscou
Mercredi 25 décembre 1991 (suite)

Revenu dans la demeure de son père, collée contre le ciel comme sur du papier tue-mouches au sommet des monts Lénine, et tandis que Mika Raspoutine lui ouvre les immenses portes d'entrée, Roman se trouve soudain emporté dans un flot de souvenirs : il se rappelle le chaos qui régnait dans les pièces du rez-de-chaussée envahies par une cohorte d'individus qu'il ne connaissait pas, des hommes et des femmes venus quémander les faveurs de son père – dont certains qui ne s'étaient pas lavés depuis des semaines et n'avaient rien mangé depuis des jours. Aujourd'hui encore, traversant ces grandes pièces vides, il revoit le gamin qui cherchait désespérément à quitter les rangs de l'Armée rouge, la jeune fille qui menaçait de se suicider si elle ne pouvait pas échapper au mariage arrangé par sa famille, la femme drapée dans des fourrures rongées aux mites, prête à coucher avec le diable en personne pour décrocher un rôle dans un film de Kontchalovski… Aussi loin que remontent ses souvenirs, Roman se revoit traversant ces pièces au milieu d'un fouillis de sacs à dos de l'armée usés jusqu'à la corde, d'*avoskas* remplis d'oranges, de cendriers débordant de mégots, de bébés rampant sur les tapis élimés et constellés de graines de tournesol… Même à présent, dans ces pièces désertes, il entend encore les quintes de toux et les sanglots des femmes épuisées, il revoit encore les visages mal rasés des hommes courbés au sol et implorant pitié.

« Pourquoi ces gens ne cessent-ils de venir ? » avait-il demandé un jour à son père.

Timour avait évité son regard.

« Ils espèrent que je vais leur procurer ce que les communistes ne peuvent pas ou ne veulent pas leur offrir.

— Et toi, tu es en mesure de le faire ?

— Parfois oui. Cela dépend de ce qu'ils me proposent en échange. »

Roman s'engage dans l'escalier du fond et longe la galerie de photos encadrées représentant les villes où son père était passé trente-huit ans plus tôt en traversant l'Oural, au cours de huit longs mois : le kremlin de Tobolsk et ses sources chaudes, Tcheliabinsk, Perm et le désert de sel de la rivière Kama, Oufa, Ekaterinbourg où les bolcheviques exécutèrent le tsar Nicolas, son épouse d'origine germanique et leurs cinq enfants. C'est dans la salle à manger du premier étage qu'a eu lieu la scène qui reste le plus ancien souvenir de Roman : la réception donnée à l'occasion de son cinquième anniversaire (bien qu'il n'ait pas la certitude de s'en souvenir réellement : il a vu tant de fois la photographie qui trône sur un mur de la pièce qu'il a peut-être *imaginé* en avoir gardé le souvenir…). Sur cette photo en noir et blanc à gros grains, une douzaine d'enfants sont assis autour de la table en bois massif, leurs parents debout derrière eux comme des sentinelles, les domestiques en veste blanche alignés derrière les parents et Roman présidant à une extrémité de la table, son visage angélique empreint d'une moue dubitative. De toute évidence, la seule personne qui manquait sur la photo était Timour lui-même. Dans l'espoir d'expliquer cette absence à son petit protégé, la nourrice ossète de Roman lui avait raconté que son père était quelqu'un de très important, l'équivalent d'un commissaire du peuple, à la tête d'une équipe stationnée dans une base soviétique reculée et chargée d'une mission secrète pour la défense de la mère patrie. Toutes choses qui se révélèrent *partiellement* exactes : Timour était en effet le *pakhan* des trente-huit *vory v zakone* de la Colonie pénitentiaire n° 40, un détail que Roman ne découvrit qu'au cours de son adolescence, un soir où Mika, passablement éméché, laissa échapper qu'il avait fait de la taule avec son père.

« Comment ça, "fait de la tôle" ? avait demandé Roman qui ne connaissait pas l'expression.

— Il n'y a qu'une façon de *faire de la taule* dans ce pays, mon garçon – et c'est dans une prison soviétique. »

En l'observant tandis qu'il prenait place à table, le jour où il était revenu de sa lointaine base secrète, Roman avait examiné son père : ses traits ravinés qui demeuraient inexpressifs quand l'un de ses hommes remettait en cause une de ses décisions, ses yeux étroits qui paraissaient toujours attentifs à ce qu'on évitait de lui dire, ses cheveux gris coupés si court qu'on distinguait les taches qui dessinaient une carte sur son cuir chevelu, les tatouages à moitié effacés qui ornaient trois des doigts de sa main droite : trois petits dômes miniatures en forme d'oignon et entourés de barbelés – ce qui signifiait, comme Mika l'avait expliqué à Roman, que son père était un *vozhd*, un guide.

« Et qui guide-t-il donc ?

— Tu poses trop de questions, mon garçon.

— Tu me dis ça parce que tu ignores la réponse ?

— Je te dis ça parce que tu ne la comprendrais pas. »

Par la suite, bien sûr, Roman avait fini par connaître la réponse. Et par la comprendre.

En rejoignant le deuxième étage, Roman remarque la photo encadrée représentant le clocher blanc du monastère de Saint-Nicolas-le-Thaumaturge à Dzerjinski, une ville située à une demi-heure de Moscou. Et cela lui rappelle brusquement le jour où Timour, peu après son retour de la base secrète soviétique, l'avait gardé à la maison au lieu de le laisser partir à l'école, afin de l'emmener en expédition.

« Où allons-nous, père ? se souvient-il lui avoir demandé tandis que la Volga à quatre portes se mettait en route et longeait Volgogradski Prospekt, l'un des petits-six ossètes de Timour au volant.

— Nous allons voir la Sibérie, mon fils », lui avait-il répondu en esquissant pour une fois un sourire.

Roman, qui avait onze ans à l'époque et portait des bottines à lacets et des culottes de golf lui arrivant aux genoux, était excité comme un pou à l'idée de se rendre en Sibérie avec son père. Il imaginait déjà les histoires qu'il allait pouvoir raconter à ses copains une fois rentré. En escaladant les marches de l'escalier métallique qui menait au sommet du clocher, il se rappelle avoir demandé à son père qui le précédait :

« Et toi, tu es déjà allé en Sibérie ? »

Aujourd'hui encore, regardant la photo du clocher dans l'escalier de l'ancienne demeure du richissime banquier tsariste, Roman entend son père lui répondre d'une voix un peu essoufflée par l'ascension :

« J'ai passé un certain temps en Sibérie, mon garçon.

— Dans une base secrète reculée ?

— La base était aussi secrète que reculée, en effet…

— Et il fait aussi froid là-bas qu'on le dit dans mon livre de géographie ?

— Encore plus froid, avait lancé Timour par-dessus son épaule. En hiver même la vodka gèle, on doit se contenter d'en sucer les glaçons. Et si jamais tu pleures, les larmes se figent sur ton visage avant d'avoir eu le temps de rouler au sol. »

Après avoir atteint le sommet du clocher, juste sous le dôme doré, Timour avait expliqué à son fils :

« Tu te trouves au sommet du clocher le plus haut de tous les monastères de Russie. On prétend que d'ici, on peut apercevoir la Sibérie. Grimpe sur cette caisse et dis-moi ce que tu vois.

— Je ne vois que la forêt, père.

— Regarde bien, mon fils… regarde à travers les arbres, par-delà la forêt, et dis-moi si tu ne distingues pas autre chose. »

Soucieux de plaire à son père, Roman se souvient avoir inventé de toutes pièces une Sibérie imaginaire.

« Oh oui, père, je vois une grande steppe gelée ! Et des ours polaires qui se dandinent péniblement dans la neige ! Je vois une renarde qui s'est réfugiée avec ses petits dans un nid de brindilles et de feuilles pour les préserver du froid…

— C'est parfait, mon fils. Désormais, si jamais on te pose la question, tu pourras dire que tu as vu la Sibérie. »

Ouvrant la porte qui permet d'accéder aux appartements de son père, Roman aperçoit le *vozhd* qui lui tourne le dos et porte une feuille de papier à ses yeux sous le halo d'une lampe. La vue de la silhouette étonnamment frêle et un peu voûtée de son père en train de déchiffrer quelque chose à l'aide d'une loupe émeut Roman jusqu'aux larmes – lesquelles, heureusement, se figent dans ses yeux avant de rouler au sol. Entendant quelqu'un à la porte, Timour tourne la tête, pousse un petit cri et se lève en contournant le chariot couvert de zakouskis pour prendre son fils dans ses bras, en une maladroite étreinte.

« Sois le bienvenu dans la mère Russie, murmure-t-il. Le bienvenu à Moscou. Et le bienvenu à la maison. »

Ses cheveux gris sont coupés court comme ceux des marins et les lunettes rondes à verres progressifs que Roman lui a envoyées de Londres lui glissent sur le nez. Timour remplit de glaçons deux verres qu'il fait tourner pour les refroidir en les tenant par le pied, avant de les remplir à moitié de vodka. Il en tend un à Roman et lève l'autre pour porter un toast.

« *Na nashe zdorov'ye*, mon fils chéri. À notre santé !

— *Na tvoe zdorov'ye*, mon cher père. À *ta* santé ! »

Le *tvoe* de Roman déclenche un petit sourire chez son père.

« Je ne suis jamais monté à bord d'un avion, dit-il, mais j'ai entendu dire par des gens qui en ont fait l'expérience que la crainte suscitée par le vol a tendance à vous ouvrir l'appétit. Si c'est la vérité, tu dois avoir faim, ajoute-t-il en désignant le hareng de la Baltique, le caviar de la mer Caspienne, les tranches de saumon de l'Arctique et les radis marinés. Mange donc, ne te rédime surtout pas. Tu me raconteras ensuite à quoi ressemblait ce séjour de trois mois à l'étranger. »

Il conduit Roman jusqu'au canapé en cuir et s'assoit en face de lui.

« J'ai raté ton anniversaire, dit Roman. Quel effet cela fait-il d'avoir soixante-quatorze ans ?

— Un effet déplorable. En faisant le compte, je me suis dit que j'aurai passé – et surtout perdu – presque vingt-cinq ans de ma vie à dormir.

— Tu arrivais à dormir huit heures par jour en prison ?

— En prison je perdais seize heures tous les jours en restant éveillé. »

Le père, vêtu d'une veste croisée de couleur sombre et d'un pantalon qui a peut-être eu un pli dans une vie antérieure, et le fils dans son jean délavé et son pull vert cintré ont vite fait le tour des sujets anodins. Timour fume à la chaîne des Camel américaines, allumant la nouvelle à la braise de la précédente comme s'il cherchait à compenser le manque de cigarettes dont il a souffert en prison. Au bout d'un moment, le silence devient aussi épais que le nuage de fumée qui a envahi la pièce. En se raclant la gorge, Roman chasse la fumée de la main et rompt ce silence qui finissait par devenir gênant.

« Père, il y a quelque chose… (Il hésite, puis reprend.) … une question que je n'ai jamais eu le courage d'aborder depuis toutes ces années : tu ne parles jamais de ma mère.

— Tu ne m'interroges jamais à son sujet.

— Eh bien, je le fais aujourd'hui.

— Elle était infirmière…

— Cela, je le sais. Étiez-vous mariés ?

— Nous étions mariés depuis bien longtemps quand elle a comblé le vœu le plus cher à mon cœur en me donnant un fils.

— As-tu souffert quand elle est morte ? »

Timour se détourne et fixe son reflet dans l'obscurité de la vitre.

« Ce que je n'aime pas dans cette maison c'est qu'on ne perçoit pas la rumeur de la circulation qui monte de la ville. Ce bruit me manque. Il me permet de savoir où je me trouve et le fait de le savoir me rappelle que je ne suis plus dans la Colonie pénitentiaire de régime strict n° 40. Il m'aide aussi à mesurer le chemin parcouru depuis que j'ai quitté mon village natal d'Areshperani en Géorgie pour me retrouver ici. »

Il quitte son reflet des yeux et se tourne vers Roman.

« Excuse-moi… que me demandais-tu ?

— Si tu avais souffert à la mort de ma mère.

— J'ai souffert en découvrant le pâté de viande ossète qu'elle m'avait préparé afin que j'aie de quoi manger pendant son séjour à l'hôpital.

— Pourquoi l'a-t-on hospitalisée ? Elle était malade ? »

Timour remplit à nouveau leurs deux verres de vodka.

« Ne gâchons pas cette soirée de retrouvailles. Nous parlerons de tout cela une autre fois, ajoute-t-il avec un petit sourire avant de changer de sujet. Qu'as-tu appris dans cette grande métropole capitaliste de Londres qui puisse s'avérer utile à un vieux *vor* vivant dans la métropole communiste de Moscou ? »

Roman lui répond sans même prendre la peine de réfléchir.

« J'ai appris, père, que nous sommes du mauvais côté de l'Histoire. Et que nos *vory v zakone* vont devoir changer leurs méthodes s'ils ne veulent pas disparaître. »

Il ne peut s'empêcher de remarquer que les yeux de son père se sont étrécis. Ce qui signifie qu'il est à l'écoute de ce que ses mots ne disent pas.

« Il faut que tu m'expliques cela un peu mieux », répond Timour d'une voix si douce que Roman la perçoit à peine.

Il passe le doigt sur le bord de son verre, ce qui déclenche un son cristallin, et relève les yeux pour fixer son père.

« À Londres, j'ai lu des livres et des articles qui ne sont pas arrivés jusqu'ici, père, à propos de la guerre des gangs en Russie. Les Anglais et les Américains semblent obsédés par ce qu'ils appellent la mafia russe. Ils estiment que notre règne durera quelques années tout au plus, au fil de ce qu'ils ont déjà baptisé les *roaring nineties*, les tumultueuses années 1990. Mais leur idée est qu'à long terme l'État qui succédera à l'Union soviétique, que ce soit sous l'égide de cet abruti d'Eltsine ou de l'étoile montante de Petrograd, ce pur produit du KGB nommé Poutine, achèvera le travail et finira par rétablir tout ce qu'un État est censé fournir : des tribunaux, des magistrats, une justice équitable. Par rétablir, en bref, la sécurité. Ce nouvel État promulguera de nouvelles lois puis, dans son infinie sagesse, recrutera ceux qui opèrent dans un cadre légal en éliminant ceux qui opèrent dans l'illégalité. Il collectera des impôts afin de garantir la sécurité que tout le monde attend. La protection privée – la *krysha* – ne sera plus qu'une relique du passé. Une fois que cet État post-soviétique aura renoué avec l'économie il assurera la protection du monde des affaires en statuant sur les différents litiges dans le cadre de tribunaux appropriés. À ce stade, nos *vory* auront à peu près le même statut que les Néandertaliens qu'étudient les anthropologues : des créatures primitives vêtues de peaux de bêtes se disputant les derniers débris du dinosaure que nous appelons l'État. »

Concentré sur sa cigarette et hochant lentement la tête, Timour digère un moment le discours que vient de lui tenir son fils.

« Voici mon avis, dit-il enfin. Tu débarques d'une autre planète. Mais tu restes mon fils et je respecte ton opinion, même si je ne la partage pas.

— Et toi, tu restes mon père. Et j'honore ta personne.

— C'est dans l'ordre des choses.

— La planète d'où je débarque s'appelle Londres, père. En Angleterre, la nostalgie du passé – de l'époque où le soleil ne se couchait jamais sur l'Empire britannique – a entraîné une évaluation anticipée de l'avenir.

— L'erreur que tu commets, et qui fausse l'ensemble de ton raisonnement, c'est de croire que le passé est passé, rétorque Timour dont la narine brisée émet un léger sifflement. Le futur État que tu évoques n'achèvera jamais l'entreprise de Gorbatchev, si l'on peut qualifier ainsi la gaffe monumentale qu'il a commise. Je ne fais pas allusion à cette lamentable perestroïka qui a mis l'Union soviétique à genoux après soixante-dix années d'existence, mais à celle qu'il a faite en 1989 en autorisant le démantèlement du mur de Berlin et en ouvrant du même coup la porte à la réunification de l'Allemagne. Aux yeux de ceux d'entre nous pour qui le passé n'est pas passé, la division de l'Allemagne en deux États distincts n'était même pas suffisante. Mon Dieu, l'Allemagne réunifiée au cœur de l'Europe va être l'équivalent d'un de ces trous noirs dont des esprits plus savants que moi soupçonnent l'existence dans l'immensité de l'univers... (Timour se tourne à nouveau vers la fenêtre, non pas pour y contempler son reflet mais pour fixer le ciel au-delà.) ... et qui avalent tout ce qui les entoure : les planètes, les étoiles et la lumière elle-même – raison pour laquelle, dit-on, on ne peut pas les voir. Une fois qu'un de ces trous noirs se forme quelque part dans le cosmos, le destin de l'univers est scellé. Cela peut prendre une éternité mais il n'y aura aucun moyen d'y échapper. (Se retournant vers Roman, Timour a un haussement d'épaules exaspéré.) Un État post-soviétique achevant le travail dans un avenir proche ! Mais cela n'arrivera jamais, mon cher fils qui débarque de cette autre planète appelée Londres ! L'avenir que ton père envisage, pour ce qui le concerne, est celui d'une Russie réduite au rôle de vassal économique de cette Allemagne réunifiée au cœur de l'Europe, qui avalera comme un trou noir tous les pays qui l'environnent. »

Mika les a rejoints dans la pièce et tend à Timour le journal du soir, qui proclame à la une l'accession de Boris Eltsine à la tête de l'État post-soviétique. Timour a un petit ricanement et laisse tomber le journal sur le sol.

Roman aperçoit la une à son tour.

« C'est enrichissant tout de même de prendre un peu de recul, insiste-t-il, et de considérer la Russie comme s'il s'agissait d'une autre planète. L'État soviétique et ses organes de contrôle se sont effondrés et nos *vory* en ont profité pour combler ce vide. Jusque-là, rien à dire. Mais il faut maintenant tourner la page, regarder devant soi et non pas en arrière. Il faut négocier l'amnistie des crimes du passé en échange de la soumission au nouvel État et à ses futures lois. »

Mika s'assoit sur le canapé à côté de Roman.

« Il n'a peut-être pas tort de considérer les choses ainsi, *pakhan*. Dans certaines villes les *vory* se précipitent et se marchent les uns sur les autres pour négocier une amnistie. »

Timour a une grimace amère.

« L'amnistie ! s'exclame-t-il tandis que le sifflement de sa narine se fait plus insistant. Elle ne s'est pas avérée d'une grande efficacité pour les *vory* qui protégeaient la manufacture de porcelaine de Lomonosov ou les mines de Kachkanar dans l'Oural. Une fois qu'ils eurent négocié vos fameuses garanties les prémunissant de toutes poursuites judiciaires, on s'est empressé de les envoyer en prison avec des accusations d'évasion fiscale forgées de toutes pièces. Quand les soi-disant contrôleurs des impôts ont débarqué sans prévenir chez Sibneft, la compagnie pétrolière d'Abramovitch, l'assaut a commencé à l'aube et n'a cessé qu'à la nuit tombée. Avant de repartir ils ont réduit en miettes tous les appareils, le moindre téléphone, la moindre machine à écrire, le moindre duplicateur. Et pour faire bonne mesure ils ont brisé les poignets de tous ceux qui tentaient de s'interposer.

— Père, ton homonyme Timour le Boiteux avait su s'adapter aux nouvelles réalités militaires et c'est ainsi, défiant tous les pronostics, qu'il était parvenu à vaincre les chevaliers chrétiens à Smyrne. Nos *vory* eux aussi doivent s'adapter à de nouvelles réalités. Avec ou sans amnistie, nous devons rejoindre la sphère des nouveaux capitalistes. Nous devons nous émanciper de ce simple travail de protecteurs des riches et nous lancer à notre tour dans les affaires. Au lieu d'être de simples sous-fifres, c'est nous qui devrions être assis derrière les bureaux des directeurs et engager les experts-comptables et les juristes qui savent faire les meilleurs investissements et dégager les plus gros bénéfices. »

Fatigué par cette conversation, Timour se lève et se dirige vers la porte. Il fait soudain volte-face, le regard sévère et les yeux froncés, un indicible mépris aux lèvres.

« C'est donc ainsi que tu m'imagines, moi un *vory pakhan*, assis derrière un bureau et entouré de comptables et d'avocats d'affaires en costumes trois pièces... Bon Dieu ! Ce nouveau capitalisme auquel tu voudrais que nous fassions allégeance est aussi décrépit que le vieux système communiste : quelques individus possèdent bien plus qu'il ne leur en faut et la plupart des gens n'ont même pas de quoi vivre décemment. Qu'y a-t-il de neuf là-dedans ? Je redoute que ces nouvelles réalités que tu voudrais nous voir suivre ne corrompent notre code d'honneur, qui est le seul rempart que nous autres voleurs avons réussi à édifier soixante-dix ans durant, face à la brutalité bolchevique. Je sais de quoi je parle, j'ai passé vingt-deux ans de ma vie dans leurs misérables camps.

— Presque autant que Mandela », murmure Roman.

Mais son père, submergé par la colère, ne l'a pas entendu et reprend d'une voix obstinée :

« Il y avait des hivers où nous n'avions que la neige à manger. Des étés où les grillons desséchés étaient considérés comme un luxe. Nos *vory* existaient avant que les bolcheviques n'exécutent le tsar mais notre code d'honneur est né dans les immondes goulags de Staline. C'est en obéissant à ce code que j'ai survécu. On murmure çà et là que je deviens nostalgique quand il s'agit des *vory v zakone*. (Timour, les pupilles aussi noires que du charbon, se tourne vers son lieutenant en chef.) Ne crois pas que je sois devenu sourd et que je n'entende pas la rumeur, Mika. On prétend que je ne vis plus que dans le passé, que je suis une relique du temps où le crime n'était pas organisé. Ils ne lisent pas l'avenir dans le marc de café, tous ces *sportsmen* musclés, ces milliers d'officiers du KGB qu'on a licenciés et qui sont allés gonfler les agences de protection soi-disant *légales*, ces vétérans d'Afghanistan à la fierté blessée, ces Ingouches qui feraient n'importe quoi pour charger un peu plus Staline dont le cadavre est pourtant rongé depuis longtemps par les vers… Et par-dessus tout, ces juifs avides de prendre leur revanche sur le monde qui leur crache au visage depuis deux mille ans… Ils ont tous la même obsession. La seule chose qu'ils respectent, c'est la force brutale, la seule forme d'action qu'ils peuvent concevoir c'est de faire usage de cette force. Leur méthode préférée c'est le *bespredel* – la violence *sans limites*, pour le plaisir de la violence, comme une brusque poussée d'adrénaline. Ils sont tous camés à cette adrénaline. Et ils ont une autre chose en commun : ils croient que mon monde de voleurs est une antiquité, un fossile extrait d'un chantier de fouilles préhistoriques.

— Qui viendra leur dire qu'ils ont tort, père ?

— Je suis là pour le dire, mon cher fils. »

Un silence tendu s'installe, à l'image de ceux dont Roman ne se souvient que trop bien, lors des rares repas qu'il était autorisé à partager avec son père lorsque Timour était revenu de la base reculée où il était censé avoir secrètement travaillé pour la mère patrie, d'après ce qu'on lui avait raconté.

« Ma montre est encore réglée sur le méridien de Greenwich, père. Peux-tu me dire quelle heure il est ? »

Mika extrait une grosse montre à gousset de sa poche.

« Il est…

— J'ai posé la question à mon père.

— Tu veux savoir quelle heure il est ? demande Timour. Mais où ?

— Ici même. »

De ses doigts tatoués, Timour relève le poignet de sa manche et regarde sa montre.

« Je n'ai pas l'heure de Moscou sur moi, dit-il. Mais à Areshperani il est minuit dix. »

5

« Que diable lui as-tu dit pour la mettre dans un état pareil… »

Moscou
Jeudi 2 janvier 1992

« Je croyais que tu ne m'appellerais jamais, Roman.

— Comment as-tu appris que j'étais à Moscou ?

— Ton affreux garde du corps, le bien nommé Raspoutine, m'a dit qu'il n'était pas certain que tu reviennes. J'en ai déduit que tu étais rentré. »

Le rire de Rosalyn s'avère contagieux et Roman s'esclaffe à son tour. Ce rire entraîne de part et d'autre un sourire embarrassé. Une fois ce sourire dissipé leurs lèvres se rejoignent avant d'échanger un long baiser.

Un peu plus tard au lit, Rosalyn allume un joint à la flamme d'une bougie et inhale une bouffée puis le passe à Roman, qui tire dessus à plusieurs reprises avant de le lui rendre.

« Ne prends pas mal ce que je vais te dire, Roman, mais tu avais l'esprit ailleurs pendant que nous faisions l'amour.

— Comment suis-je censé le prendre, dans ce cas ? »

Rosalyn a un petit haussement d'épaules.

« La vitesse avec laquelle tu as provoqué mon orgasme, puis le tien juste après… bon Dieu, on aurait dit que nous étions dans une chambre d'hôtel qu'il fallait libérer au plus vite… Te connaissant, et sachant que tu vois plutôt le sexe comme une danse au ralenti, je dirais que tu étais préoccupé. Et encore, « préoccupé » est un terme trop faible : tu étais aussi tendu qu'une corde de piano et tu faisais l'amour comme quelqu'un qui manque d'air. Le fait d'être de retour à Moscou n'explique pas tout – pas plus que d'avoir rasé ta barbe. En m'appuyant sur ce que j'ai pu constater dans le passé je dirais que ton père te préoccupe.

— Le passé n'est jamais passé, remarque Roman.

— Mais on peut le tenir à distance, bien scellé dans sa bouteille, et se concentrer sur le présent : par exemple sur la nudité du corps qui s'offre au tien. »

Roman saisit le joint et aspire une longue bouffée.

« Durant mon séjour londonien, dit-il, j'ai passé quelques jours à Barcelone. Un ami qui pilote son propre avion m'avait emmené là-bas et je me suis retrouvé à la Plaza de Toros un dimanche après-midi. Au cours de la corrida il y a un coin de l'arène dans lequel, pour quelque obscure raison, le taureau se sent à l'abri, protégé de la foule qui l'entoure. Les Espagnols l'appellent la *querencia.* Ton appartement me fait exactement le même effet.

— Bon Dieu, Roman, j'aimerais que mon appartement représente davantage pour toi qu'un simple coin d'arène où tu te sentes en sécurité… »

Elle lui tourne le dos et ajoute dans un murmure :

« J'aimerais être autre chose pour toi qu'une petite amie qu'on vient sauter de temps en temps.

— Tu es plus que cela pour moi, Rosalyn, je te le jure. Le retour à la maison n'a pas été facile. Mon père attend beaucoup de moi. Je ne sais pas si… je ne suis pas sûr de pouvoir répondre à ses attentes, ni de pouvoir correspondre à l'homme qu'il voudrait que je sois. (Une lueur sombre passe dans son regard.) Je n'ai aucune envie d'être celui que je redoute de devenir.

— Tu es une pomme tombée loin de son arbre, remarque Rosalyn.

— Je suis une pomme qui n'est pas tombée du tout. Pas encore. Que puis-je faire pour t'être agréable ? ajoute-t-il en effleurant son épaule nue.

— Tu peux m'emmener faire du patin à glace. Au cas où la grande tension qui t'habite l'aurait effacé de ta mémoire, je te rappelle que c'est ainsi que nous nous sommes rencontrés.

— Je ne l'ai pas oublié. J'étais sous le charme de…

— De ma manière de patiner, je sais.

— Oui, dit Roman en riant à nouveau. De cela, notamment. »

Mika les conduit jusqu'au parc Gorki dans sa Range Rover.

« Je vous attendrai dans la voiture », leur dit-il en montant le chauffage.

Rosalyn chausse ses patins. Roman et elle rejoignent ensuite le bord du bassin en longeant les fûts en acier où brûlent des braseros.

« Regarde-moi bien, surtout », dit-elle à Roman en ôtant les bandes de protection des lames avant de s'engager sur l'étang gelé.

Bien que la nuit soit glaciale – ou peut-être pour cette raison : un froid excessif ayant tendance à pousser les Moscovites hors de chez eux – l'étang du parc Gorki est couvert de patineurs : des couples se tenant par la taille et dessinant des cercles paresseux sur la glace ; une demi-douzaine de jeunes gens, visiblement des professionnels, qui exécutent des figures et des sauts acrobatiques à une extrémité du bassin ; une fille élancée en collants noirs et à la minijupe d'un rouge flamboyant qui tourne à une telle vitesse, ses longs cheveux au vent, que sa silhouette ne forme plus qu'une ombre floue... Des haut-parleurs fixés au sommet des poteaux télégraphiques diffusent à pleins tubes dans la nuit une version orchestrée du *Roméo et Juliette* de Prokofiev. Des femmes emmitouflées dans des manteaux matelassés qui les enveloppent jusqu'aux chevilles et coiffées de babouchkas – de foulards en laine – vendent du vin chaud dans des thermos, à 10 roubles le verre. Roman s'est assis sur un banc en bois près d'un brasero et en sirote un en regardant Rosalyn qui esquive les patineurs les moins rapides et effectue sans effort plusieurs tours de bassin avant de se diriger vers la fille à la silhouette floue qui s'arrête brusquement de tourner en plantant l'une de ses lames dans la glace. Les deux jeunes filles s'embrassent et se mettent à patiner lentement de concert en se tenant par la main et en parlant avec une visible excitation. De la vapeur blanche s'échappe de leurs lèvres. Depuis son banc, Roman perçoit le rire cristallin de la fille en minijupe. Après s'être apparemment mises d'accord, les deux jeunes femmes échangent un rapide baiser sur la bouche ; puis Rosalyn patine à toute allure à travers l'étang pour rejoindre Roman.

« Tu ne devineras jamais qui j'ai rencontré ! s'exclame-t-elle d'un air excité. Ma cousine Yulia Nahumovna. Son père avait voulu la cloîtrer dans un pensionnat suisse mais elle s'est arrangée pour se faire renvoyer : elle s'est laissé surprendre en train de poser nue pour un peintre italien, un procédé bien digne d'elle. C'était cela qui nous faisait rire tout à l'heure. Tu as vu comme elle patinait ? Quand elle avait seize ans il était question qu'elle intègre le circuit professionnel. Ses parents l'ont surnommée la Vaurienne parce qu'elle a un talent inné pour jouer des tours pendables. Quand nous étions gamines elle était constamment punie pour avoir commis une bêtise ou oublié de faire quelque chose. Elle vient de m'inviter à son anniversaire : la réception commence à 23 heures ce soir, elle aura vingt-deux ans lorsque sonnera le douzième coup de minuit. Son père a réservé toute la salle à manger du Métropole. Quand je lui ai dit que j'étais avec un ami elle m'a dit de venir avec toi.

— Qui est donc son père, pour s'offrir ainsi la salle à manger du Métropole ? » demande Roman.

Mika surgit soudain derrière le banc, comme un diable de sa boîte.

« Son père est Nahum Caplan, lance-t-il d'une voix tranchante. Il est hors de question que tu assistes à une réception organisée par son clan. »

Il se penche et ajoute à l'oreille de Roman :

« Ce sont les *vory* juifs qui cherchent la bagarre avec ton père.

— Allons, Roman… tu ne vas pas laisser ton gorille gâcher notre soirée…

— Tout ira bien, Mika. J'ai été absent trois mois et sans ma barbe personne ne me reconnaîtra.

— Je suis le lieutenant en chef de ton père et je te dis que tu n'iras pas à cette réception des Caplan. »

Roman dévisage son garde du corps.

« Depuis ma plus tendre enfance, mon père n'a cessé de me répéter que plus nous redoutons de faire une chose, plus il est nécessaire de la faire. »

Rosalyn l'approuve.

« Les bouddhistes tibétains ont un mot pour désigner ça : *chod*. Ce qui signifie embrasser ce dont on a peur. »

Mika n'a pas l'air enchanté.

« Comment vais-je expliquer ça à ton père ?

— La question ne se posera même pas si tu t'abstiens d'y faire allusion. Mais si jamais cela arrive, tu n'auras qu'à lui dire que mon but était d'infiltrer l'ennemi. »

Mika les ramène à l'appartement de Rosalyn afin que celle-ci puisse revêtir une tenue plus appropriée pour une réception nocturne au Métropole. Elle a porté son choix sur une robe qui la moule étroitement et dont le décolleté plongeant ne laisse que peu de place à l'imagination. Quand ils redescendent dix minutes plus tard, Mika a disparu. Roman hausse les épaules : utilisant le téléphone payant installé dans le hall de l'immeuble, il appelle un taxi qui les dépose vingt minutes plus tard devant l'hôtel, situé juste en face du Bolchoï. Dans l'entrée les serveurs poussent des chariots couverts de bouteilles de champagne en direction de la salle à manger.

« Eh bien, jetons-nous à l'eau », murmure Roman après avoir laissé leurs manteaux au vestiaire et en suivant l'un des chariots.

Des gardes vérifient les invitations et fouillent les arrivants à l'entrée de la vaste salle à manger dont le plafond est tapissé de vitraux scintillants.

« Je suis la cousine de Yulia Caplan, dit Rosalyn au garde qui lui bloque le passage, un bras en travers de la porte. Elle m'a… nous a invités. Allez donc lui poser la question si vous ne me croyez pas. »

Après avoir jeté un coup d'œil à son décolleté le garde lui fait signe de passer.

« Il est avec moi, lance Rosalyn par-dessus son épaule en désignant Roman.

— Vous n'avez rien sur vous ? lui demande le garde.

— Juste le poids du monde sur les épaules, répond Roman.

— Très drôle. »

Le garde lui palpe le corps de la tête aux pieds, avant d'opiner du menton et de le laisser rejoindre Rosalyn.

Dans la salle les tables ont été repoussées contre les murs et des dizaines de jeunes couples dansent sur un air de rock américain déversé par les haut-parleurs. Rosalyn aperçoit sa cousine près de l'estrade. Fendant la foule des invités et traînant Roman derrière elle, elle traverse la salle avant de s'écrier :

« Joyeux anniversaire, Yulia ! »

Les deux jeunes femmes tombent dans les bras l'une de l'autre.

« Je te présente mon ami, il s'appelle Roman. »

Yulia se tourne vers Roman. Elle porte toujours la minijupe rouge qu'elle avait sur l'étang mais sans ses collants, ainsi qu'une chemise d'homme à jabot dont elle a retroussé les manches. Roman ne peut s'empêcher de remarquer que son rouge à lèvres est coordonné à sa jupe. À l'exception d'une unique tresse entrelacée d'un fil de laine rouge et lui arrivant au niveau de l'oreille, ses longs cheveux noirs lui tombent sur les épaules.

« Eh bien… bonsoir, ami de Rosalyn. »

Roman parcourt la salle à manger des yeux.

« Drôle d'endroit pour fêter son anniversaire, dit-il.

— C'était une idée de mon père. Il a un leitmotiv dans la vie : à quoi bon faire les choses à moitié ? Son dicton favori étant par ailleurs : inutile de donner de la confiture aux cochons. Ce qui est assez drôle, quand on y pense, s'agissant d'un israélite qui s'abstient de manger du porc. »

On entend un craquement tandis que quelqu'un soulève l'aiguille du disque et interrompt la musique. L'horloge du Kremlin se met alors à égrener les douze coups de minuit. Lorsque le dernier a retenti, l'orchestre de quatre musiciens quitte l'estrade et traverse la salle en jouant un air de fanfare. Un jeune homme élancé vêtu d'un costume trois pièces italien se hisse sur l'estrade et remonte le micro au niveau de son visage.

« Je suis Tzuf, le cousin de la jeune fille dont nous célébrons l'anniversaire. (Il parle trop près du micro, sa voix vibre dans les haut-parleurs et le micro se met à siffler.) Nous sommes quasiment jumeaux, si l'on peut formuler les choses ainsi, puisqu'elle est née douze minutes avant moi – ce qu'elle ne manque jamais de me rappeler… Bien que mes cheveux commencent déjà à se clairsemer, elle prétend toujours qu'étant née douze minutes plus tôt elle est plus mûre et mieux armée que moi pour affronter les traquenards de l'existence. Plus mûre, je veux bien… mais mieux armée, cela reste à prouver, ajoute Tzuf en sortant de son étui le revolver qu'il porte sous l'aisselle. (Après avoir attendu que les rires se soient calmés il reprend.) Cela dit, de la part de quelqu'un qui est né le même jour que toi : joyeux anniversaire, Yulia ! Que ta vie soit longue et tes amours brèves – mais qu'elles soient nombreuses ! »

Les couples dans la salle applaudissent à tout rompre. Les hommes plus âgés assis aux tables, la plupart en compagnie de femmes beaucoup plus jeunes, tapent vigoureusement des pieds. Nahum Caplan, un individu maigre comme un clou doté d'une petite barbiche poivre et sel et d'une crinière de cheveux blancs qui tombent sur le col roulé de son pull écarlate, s'approche à son tour du micro pour accueillir ses invités.

« Permettez-moi de donner quelques explications à ceux d'entre vous qui ne sont pas de confession israélite, commence-t-il. Mon père – qu'il repose en paix, à supposer que cela soit possible dans la sombre vallée de la Géhenne – était agnostique, mais cela ne l'empêchait pas de manger casher au cas où un dieu quelconque existerait vraiment. Il m'a fait circoncire pour la même raison. Manger casher, faire circoncire ses enfants mâles, c'était une manière d'assurer ses arrières. Et moi aussi, j'assure mes arrières : au cas où un dieu quelconque existerait, je fais très attention à ne tuer personne le jour du shabbat. (Caplan, qui a établi sa réputation parmi les différents cercles de *vory* en s'assurant le monopole des importations d'ordinateurs en Russie suite à la mort inexpliquée de ses divers concurrents, attend que les rires un peu embarrassés se soient estompés.) Il existe une explication biblique justifiant cette décision, reprend-il. Nos rabbins nous enseignent que, selon la Torah, si l'on ne respecte pas le shabbat on viole l'ensemble de ses six cent treize commandements sacrés. Et il suffit de violer un seul de ces commandements pour être condamné à mort. C'est la raison pour laquelle je dis à tous mes amis juifs – et à ceux de mes amis qui appartiennent à cette secte juive qu'on appelle le christianisme – qui ont probablement eu l'occasion de violer l'un de ces six cent treize commandements : vous finirez tous par mourir mais si cela tombe le jour du shabbat vous pourrez être sûr que je n'y suis pour rien. Quant aux six autres jours de la semaine... »

Caplan laisse sa phrase en suspens en souriant d'un air innocent. Tout le monde éclate de rire mais Roman remarque que certains dans l'assistance sont nettement moins enjoués que d'autres.

« Mon père est un acteur-né, déclare Yulia. Il aurait pu écrire des sketches comiques plutôt que de se lancer dans les affaires.

— Il y a ici des gens qui ne le trouvent pas si drôle que ça », rétorque Roman, mais sa phrase est noyée dans le tonnerre des applaudissements.

L'orchestre s'est remis à jouer dans la salle à manger et Tzuf, le cousin de Yulia, entraîne sa sœur Rosalyn sur la piste de danse. Yulia s'effondre dans un fauteuil à côté de Roman, ses longues jambes étirées devant elle. Roman essaie d'engager la conversation.

« Rosalyn m'a dit que vous aviez vécu en Suisse ?

— Oui, mais le climat ne me convenait pas. Il ne faisait pas assez froid.

— Moscou doit vous plaire, par une journée pareille.

— J'adore Moscou quelle que soit la saison mais particulièrement en hiver, quand je peux aller patiner. Et vous ? Vous aimez Moscou ?

— Je me pose encore la question. J'ai séjourné à Londres pendant quelques mois, le climat ne me convenait pas trop non plus. Je ne fais pas allusion à la température mais aux types du MI5 qui ont tendance à considérer le moindre Russe comme un mafioso corse. »

Yulia émet le même petit rire cristallin qu'il avait entendu un peu plus tôt depuis la berge de l'étang gelé.

« Cela ne correspond-il pas à la vérité ? demande-t-elle.

— Parfois, mais pas toujours, dit Roman en la dévisageant. Qu'est-ce que votre père vous a offert pour votre anniversaire ?

— La voiture de mes rêves : une petite Porsche bleue 911 3,3 litres Turbo six cylindres. J'avais une Mercedes 190 SL en Suisse mais elle a eu la malencontreuse idée d'aller s'écraser contre un platane. Le platane était le seul fautif, cela va sans dire. (Elle émet à nouveau son petit rire cristallin.) En Suisse, ils n'y vont pas par quatre chemins : quand une voiture heurte un arbre, c'est l'arbre qui est tenu pour responsable.

— Ce pourquoi on ne voit plus le moindre platane le long de leurs routes aussi pittoresques qu'escarpées.

— Effectivement », approuve-t-elle.

Roman a un instant d'hésitation.

« Écoutez, je peux me procurer deux places pour la première du *Roméo et Juliette* de Prokofiev demain soir. (Il regarde sa montre.) Je devrais d'ailleurs dire : ce soir… C'est Maïa Plissetskaïa qui interprète le rôle de Juliette.

— En dehors du camarade Eltsine, personne à Moscou ne peut obtenir deux billets à la dernière minute pour une première de Plissetskaïa.

— Mais si j'arrivais à récupérer les billets d'Eltsine, accepteriez-vous de m'accompagner ? »

Yulia se tourne vers lui et lui adresse un regard glacial.

« Non.

— Non ?

— Vous ne comprenez donc pas le sens du mot *non* ?

— Quelqu'un m'a dit récemment que je débarquais d'une autre planète. Si jamais vous changiez d'avis… »

D'une voix rauque, elle lui murmure :

« Pourquoi m'infligez-vous ça ? Et pourquoi vous l'infligez-vous ?

— J'avais le fol espoir que vous m'aideriez à descendre du nuage sur lequel je plane…

— Vous parlez par énigmes. Vous êtes bien le petit ami de ma cousine Rosalyn, n'est-ce pas ?

— Cela changerait-il quelque chose si j'étais son ex-petit ami ?

— Allez vous faire foutre, Roman l'extraterrestre.

— Avec vous, je ne demande pas mieux.

— Que cherchez-vous au juste ?

— À vous faire bonne impression, pour cette première rencontre.

— Eh bien, vous avez gâché la seule opportunité dont vous disposiez.

— J'attendrai devant le Bolchoï à 19 h 30. Si vous ne venez pas je donnerai ces billets à la plus vieille et à la plus laide des femmes qui attendront dans l'espoir de voir danser Plissetskaïa.

— Je m'en voudrais de priver cette dame d'un tel bonheur. »

Yulia bondit de son fauteuil avec une telle fougue qu'elle le renverse. Des visages se tournent vers elle. Rosalyn rejoint Roman au même instant.

« Que diable lui as-tu dit pour la mettre dans un état pareil ? lui demande-t-elle.

— Que je débarquais d'une autre planète. Elle a dû me prendre au mot et cela l'a effrayée. »

Battant la semelle dans la neige pour que le sang continue d'irriguer ses orteils, Roman regarde sa Patek Philippe. Douze minutes se sont écoulées depuis 19 h 30 et dix-huit minutes le séparent du lever de rideau. À en croire sa montre la nouvelle lune ne tardera pas à émerger à l'horizon. Il attend encore trois minutes en scrutant la foule qui se presse sur les marches du Bolchoï, espérant toujours voir émerger la silhouette de Yulia – un peu dérouté lui-même par l'étrange espoir que la jeune femme a fait naître en lui. À moins le quart il abandonne. Une douzaine de personnes font le pied de grue devant l'entrée, espérant vaguement tomber sur quelqu'un qui aurait un billet en trop. Sur le trottoir, un peu à l'écart, Roman remarque une vieille femme qui grelotte dans un manteau trop léger, coiffée d'une casquette de l'armée dont les oreillettes sont rabattues de chaque côté. Il va se planter devant elle.

« Vous cherchez un billet pour *Roméo et Juliette* ? »

La femme soulève l'une des oreillettes.

« Qu'est-ce que vous dites ? »

Roman brandit les billets.

« En voici deux : vous pouvez en utiliser un et revendre l'autre pour une coquette somme. Ce sont des places situées au premier rang des balcons. »

Les larmes aux yeux, la femme fouille dans son minuscule sac à main.

« Combien vous dois-je ?

— Je ne vous les vends pas. Je vous les donne. »

La femme sort une poignée de billets de son sac. Mais Roman s'éloigne déjà d'un pas pressé. En s'écriant « *Gospodin, gospodin…* » la femme essaie de le suivre mais Roman accélère l'allure et elle renonce à sa poursuite, sa poignée de roubles à la main. N'arrivant pas à croire l'heureux tour que vient de lui jouer le sort, elle fait volte-face et se dirige vers le Bolchoï.

6

« Salut, Tzuf. Nous voilà… »

Moscou
Une mise au point de Raspoutine

Il y a deux choses qui ne manquent pas de me gonfler. La première, c'est qu'on refuse de me croire quand je dis que je suis le petit-fils du saint moine assassiné Grigori Efimovitch Raspoutine : lequel, lorsqu'il traversait les steppes arides de la Sibérie pour rejoindre le Palais d'hiver du tsar Nicolas, voyait les grands bras des puits à balancier s'incliner sur son passage – à en croire du moins l'une de ses filles, ma propre mère, qui affirmait avoir assisté à la scène. La deuxième, c'est qu'on me considère comme le petit-fils d'un infâme *strannik*, un vagabond qui traînait ses guêtres à Petrograd dans l'atmosphère feutrée de l'Hôtel de l'Europe, entouré d'une cohorte de femmes de la famille du tsar qui attendaient leur tour dans des tenues à peine décentes alors qu'il s'en fichait royalement (ma mère, sa fille, tenait l'anecdote de je ne sais plus quelle duchesse de je ne sais plus quoi). De toute évidence, pour mon grand-père martyr, la terre promise se résumait à la chambre à coucher le plus souvent occupée par l'Heureuse Élue qui recueillait sa semence comme s'il s'agissait d'un don de Dieu – ce qui explique pourquoi le moine qui ne respectait guère son vœu de chasteté a pu engendrer trois filles et trois fils. L'une de ces filles s'avéra être ma mère, Maria Raspoutina : née en 1898, elle aussi connut l'errance puisqu'elle s'enfuit en Roumanie pour échapper aux bolcheviques, puis en France, puis en Allemagne, avant d'échouer – qui l'eût cru… – aux États-Unis d'Amérique où elle finit par rejoindre son Créateur en 1977. Quant à moi, je suis né en 1945 alors que Maria n'était déjà plus de la première jeunesse, âgée de quarante-sept ans. Pour répondre à la question que vous vous apprêtiez à me poser, je ne me souviens pas l'avoir beaucoup entendue parler de son père : étant donné sa réputation sulfureuse (la rumeur avait circulé qu'il allait jusqu'à baiser la tsarine, mais je le crois trop futé quant à moi pour avoir pris un risque pareil), le sujet était largement tabou. Je me rappelle en revanche qu'elle se souvenait l'avoir entendu tenir un discours selon lequel l'homme avait été créé à l'image de Dieu le Père et de Son fils Jésus-Christ. (J'imagine qu'il avait délibérément écarté le Saint-Esprit, ne voyant pas trop quelle tête il pouvait avoir.) Et que l'homme était donc sacré, ayant été créé à l'image de Dieu. Et que, l'homme étant sacré, ses excrétions corporelles l'étaient tout autant. Telle était apparemment la manière dont raisonnait mon grand-père. Ce pourquoi, lorsqu'il se branlait, ce qui selon la légende lui arrivait cinq ou six fois par jour, il éjaculait dans la paume de sa main et étalait cette semence aussi sacrée que l'eau bénite sur les chevilles d'Alexis, le fils du tsar, afin d'apaiser ses terribles douleurs articulaires, conséquence d'une hémophilie incurable. Pour ma part, à l'image du *strannik* Raspoutine, je n'ai pas suivi d'études. Au cours d'un de ses interminables périples, on dit que le grand-père Grigori avait rencontré un ermite qui lisait le latin et lui avait cité un extrait d'une ode écrite deux décennies avant la naissance de notre Seigneur par un dénommé Horace : *Carpe diem quam minimum credula postero* – ce qui, si j'ai bien compris, signifie quelque chose comme : « Profite du jour présent comme tu mordrais dans une pomme qui attend d'être cueillie, mais pour l'amour de Dieu ne nourris aucun espoir à l'égard du lendemain. »

S'il est permis à un homme sans éducation d'avoir une vision du monde, cette phrase résume assez bien la mienne.

Ce qui me ramène au présent, dans cette saga que Littell est en train de vous raconter, le moindre détail s'étant fixé dans mon esprit en raison de ce qui devait arriver par la suite. Je vais donc pouvoir vous présenter les Ossètes qui patientaient dans l'antichambre du rez-de-chaussée, dans la demeure de l'ancien banquier du tsar. Comme d'habitude, j'avais noté leurs noms sur une fiche, ainsi que les faveurs qu'ils espéraient obtenir de mon *pakhan* Timour. En cette matinée d'hiver particulière – je me souviens que c'était un samedi – il y avait là des frères jumeaux, Pavel et Piotr, qui cherchaient à se faire engager pour un salaire digne de ce nom dans une usine fabriquant des blue-jeans français de contrefaçon. Il y avait aussi une certaine Galina qui espérait obtenir pour son fils (il avait perdu une jambe en Afghanistan) une prothèse fabriquée en Allemagne de l'Ouest pour remplacer celle qu'on lui avait posée, un vieux modèle russe datant de la Grande Guerre patriotique et dont le genou ne se pliait pas. Il y avait enfin Tamara, la veuve plutôt séduisante d'un chef de brigade ossète qui avait été abattu dès les premiers jours de la guerre des gangs à Moscou : Timour lui versait déjà une pension mensuelle mais elle souhaitait qu'elle soit augmentée, car son propriétaire venait de doubler le montant de son loyer.

Mes fiches à la main, je gagnai le deuxième étage où Timour réunissait son conseil hebdomadaire avec ses hommes de main. Neuf d'entre eux avaient pris place autour d'une longue table. Roman, qui observait la scène assis sur une chaise adossée au mur, m'adressa un petit signe de tête tandis que je tendais les fiches à Timour et m'asseyais à sa droite, étant son lieutenant en chef. Deux de nos vétérans *vory*, le Pou et Travers de Porc, ainsi que le Grec qui avait la responsabilité de la caisse commune des Ossètes, étaient installés sur le rebord de la fenêtre et suivaient les débats. Le plus jeune des petits-six actuels, un type de vingt-quatre ans que nous avions surnommé l'Argentin (étant ossète du côté de son père et argentin par sa mère, il avait commis l'erreur d'aller rendre visite à sa grand-mère à Buenos Aires quand il avait treize ans et s'était retrouvé enrôlé pour six ans dans l'armée argentine), était adossé pour sa part à la porte qui permettait d'accéder au saint des saints. Le *pakhan* portait ce jour-là une houppelande ossète en laine grise par-dessus sa veste, le poignard recourbé que je lui avais offert pour son soixante-dixième anniversaire en travers de la ceinture, et présidait la séance à l'extrémité de la table. Je me souviens que l'un des hommes de main, un dénommé Shota, avait pris la parole au moment de mon arrivée.

« Je suggère que nous proposions notre protection aux Baskin-Robbins, la chaîne américaine de crèmes glacées qui vient de s'établir à Moscou. Ils versent actuellement 300 dollars US par mois au *pakhan khozayn* Bob Efimoviff, mais celui-ci est encore détenu dans la *zona* – il lui reste quatorze mois à tirer sur la peine de trois ans qu'il a récoltée pour évasion fiscale – et j'imagine que les responsables des Baskin-Robbins seraient prêts à un nouvel arrangement. »

Selon son habitude, Timour ferma les yeux et soupesa la proposition de Shota avant de secouer la tête.

« Assurer une protection que d'autres exercent déjà représente toujours un risque, ai-je souvenir de l'avoir entendu dire. Cela pourrait aller jusqu'à la guerre ouverte avec les *vory khozayn*. De surcroît, il est contraire à notre code de s'emparer des prérogatives de quelqu'un qui est en train de purger une peine dans la *zona*. Nous réexaminerons la question lorsque Bob Efimoviff aura été libéré. S'il apparaît que la protection des Baskin-Robbins peut s'avérer rentable, nous négocierons la chose avec lui. Je connais Bob personnellement. C'est un homme raisonnable et il nous répondra raisonnablement, du moment que nous l'avons respecté et que les négociations s'engagent selon les règles du code des *vory*. Quoi d'autre ? »

Un barbu du nom de Rouslan leva la main.

« Une top model d'Allemagne de l'Ouest dénommée... (il regarda son bout de papier) ... Schiffer... Claudia Schiffer, dont on dit qu'elle ressemble à la star française Brigitte Bardot, envisage de visiter Moscou. Un ami d'un ami de son agent nous a contactés pour savoir si nous pouvions lui fournir des gardes du corps.

— Dommage que ce ne soit pas Brigitte Bardot en personne qui envisage de visiter Moscou », lança le Grec depuis la fenêtre.

Ce qui déclencha l'hilarité des hommes assis autour de la table. Moi-même, je ne pus refréner un sourire.

Timour, dont le séjour dans la Colonie pénitentiaire n° 40 avait sapé la réserve de sourires dont chacun dispose à sa naissance, resta quant à lui de marbre.

« Je ne pense pas que nous marcherions sur les pieds de quiconque en acceptant une telle mission. Tu peux donc dire à l'ami de l'ami que nous sommes ouverts à la discussion. Ce sera au tarif habituel : 100 dollars par garde du corps, six gardes du corps par équipe, trois équipes par vingt-quatre heures. Plus 100 dollars par jour pour la limousine blindée et 50 pour la voiture assurant les arrières. Autre chose ? » ajouta-t-il en parcourant l'assemblée des yeux.

Un dénommé Soslan, qui n'était qu'un simple homme de main la dernière fois que Roman avait assisté à l'un de ces conclaves, prit la parole :

« On pourrait faire un malheur en escortant les camions qui traversent l'Ukraine pour transporter des marchandises d'Europe de l'Ouest jusqu'à Moscou.

— *Pakhan*, intervint le Grec, je croyais que c'étaient les *vory* tchétchènes qui contrôlaient cet itinéraire… »

Soslan ne déclara pas forfait pour autant. Je me souviens l'avoir entendu répondre quelque chose du genre :

« Tout le monde sait que les Tchétchènes sont incapables de fournir une protection suffisante. L'itinéraire est devenu si dangereux – trois ou quatre camions sont assaillis tous les jours et pillés sous leurs yeux – que les compagnies de transport ont du mal à recruter des conducteurs, même avec une forte prime. Étant donné notre réputation – *votre* réputation, *pakhan* – je crois que nous pourrions intervenir dans cette affaire sans faire de l'ombre aux Tchétchènes. »

Timour me regarda en fronçant les sourcils.

« Qu'en pense notre lieutenant ? Mika ? »

Par chance, j'avais étudié la situation en Ukraine quelques jours plus tôt, après avoir entendu un reportage à la télévision faisant allusion au racket qui s'y développait.

« Si vous voulez mon avis, *pakhan*, assurer la protection des camions qui traversent l'Ukraine – même lorsqu'il s'agit de convois organisés – affaiblirait nos propres troupes. Nous devons nous concentrer sur nos activités locales. Proposons plutôt à l'une de ces nouvelles entreprises de protection privée – Baltik Escort, par exemple, qui vient d'engager du renfort dans les services de police de Leningrad – de reprendre ce contrat, à condition qu'ils acceptent de nous passer le relais une fois que les camions arrivent à Moscou. »

Je ne cacherai pas l'intense satisfaction que j'éprouvai en entendant Timour déclarer :

« Je suis d'accord avec Mika. Notre principal souci en ce moment est d'empêcher les juifs de nous mettre des bâtons dans les roues à Moscou. Ils essaient ces temps-ci de récupérer le contrat que nous avons avec la vodka Smirnoff. Le week-end dernier leurs tueurs ont attaqué les petits-six que nous avions postés dans la distillerie. Nos hommes ont dû rester planqués deux heures dans la neige avant que je réussisse à joindre au téléphone le *pakhan* juif Nahum Caplan et que je le mette en garde. "Nous n'avons pas l'intention d'entrer en guerre avec vous", lui ai-je dit – et Mika prétend que ma narine se met à siffler quand je fais des efforts pour refréner ma colère – “mais si vous déclenchez les hostilités, vous pouvez être sûr que nous ne vous laisserons pas remporter la bataille”.

— Le *pakhan* tenait le téléphone loin de son oreille, ne pus-je m'empêcher d'ajouter, aussi pouvais-je suivre la conversation. J'entendais Caplan lui jurer qu'il s'agissait d'un malentendu, qu'il ne cherchait nullement à déclencher une *razbonka*. Un malentendu… mon œil !

— Je lui ai dit que s'il ne rappelait pas ses tueurs sur-le-champ, il pouvait s'attendre à voir débarquer chez lui un bataillon armé jusqu'aux dents, reprit Timour avec un petit ricanement. Nos hommes ont été libérés au bout de quelques minutes. Eh bien, ajouta-t-il en parcourant la table des yeux, s'il n'y a plus d'autre question… »

Il repoussa son siège et se redressa. Sur un signe de sa main, le Pou servit à la ronde des verres de cuisine remplis d'arak ossète tandis que Travers de Porc distribuait des chocolats à la menthe que Timour, dont la gourmandise était déjà célèbre dans la *zona*, se faisait livrer toutes les semaines par une start-up anglaise de Moscou opportunément baptisée « Les Petits Gourmands ». Tout en grignotant un chocolat, Timour leva son verre et porta son toast habituel :

« À nos *vory v zakone* ! Puissions-nous ne jamais oublier d'où nous venons et atteindre au mieux notre but !

— Hourra, honoré Timour ! m'exclamai-je en levant mon verre pour le saluer.

— Hourra, Timour le Boiteux ! » reprirent en chœur tous les hommes.

Après quoi nous rejetâmes la tête en arrière et vidâmes nos verres d'un trait.

Le Pou était en train de nous resservir, si je me souviens bien, lorsque le téléphone rouge posé sur le buffet se mit à sonner. Tous les hommes s'immobilisèrent et regardèrent Timour, qui regardait le téléphone dont la sonnerie retentissait dans la pièce. Il me fit un signe de tête et j'allai décrocher. Me connaissant, j'imagine que j'ai plissé les yeux en portant le récepteur à mon oreille et en écoutant mon interlocuteur avec attention.

« D'accord, me rappelé-je avoir déclaré. Continuez de discuter avec eux, nous serons là dans vingt minutes.

— Que se passe-t-il ? demanda Timour.

— Le neveu de Caplan accompagné de ses gros bras a débarqué au Garage n° 7, chez ce nouveau concessionnaire Porsche, lui expliquai-je. Les juifs n'ont pas voulu les croire lorsqu'ils leur ont dit qu'ils bénéficiaient déjà de notre protection. Les hommes de Caplan ont essayé de présenter la chose comme s'il s'agissait d'une *probivka* – d'une première approche – mais le gérant de chez Porsche redoute que cela ne dégénère d'ici peu en *naeza*, en un véritable assaut. »

En tant que lieutenant en chef de Timour, je connaissais leurs méthodes et il n'y avait pas un instant à perdre. Je fis signe au Pou et à Travers de Porc de m'accompagner, ainsi qu'à l'Argentin.

Timour me saisit par le coude et me murmura :

« Emmène Roman avec vous, il faut qu'il mette les mains dans le cambouis. »

Je traversai Moscou à toute allure dans ma Range Rover en brûlant une dizaine de feux rouges sous les yeux stupéfaits des miliciens en uniforme qui lançaient des coups de sifflet frénétiques sans que je ralentisse pour autant. En voyant Roman faire la moue je ne pus m'empêcher de rire.

« Pense à l'Italie, lui dis-je, où les panneaux stop et les agents de la circulation moulinant l'air avec leur bâton sont là à titre purement décoratif... »

Assis sur la banquette arrière avec le Pou et Travers de Porc, l'Argentin n'arrêtait pas d'allumer son Zippo puis de rabattre le couvercle pour éteindre la flamme. Je le fixai dans le rétroviseur.

« Fais-moi plaisir et arrête un peu ce cirque, grommelai-je. Tu nous tapes sur les nerfs. »

Le Pou se pencha vers moi.

« Faut-il apporter l'artillerie, Mika ?

— Oui, c'est préférable. Quant à savoir si nous devrons nous en servir, cela dépendra des hommes de Caplan. »

Ouvrant l'accoudoir central de la banquette arrière, le Pou en sortit trois automatiques Walter P38 et deux Parabellum belges de 9 mm munis de silencieux, qu'il distribua à la ronde. Je vis Roman insérer le chargeur dans son P38.

« Si les choses dégénèrent, dis-je à mes hommes, utilisez en priorité les Parabellum. Ils sont moins bruyants. »

Je garai la Range Rover dans l'allée derrière le Garage n° 7 et coupai le moteur. Tous les cinq, le bras le long du corps et le pistolet à la main, nous descendîmes l'allée jusqu'à l'atelier du garage. Un pick-up Toyota Hilux était garé devant la double porte du garage, qui n'était qu'à moitié relevée. Je me penchai et jetai un rapide coup d'œil à l'intérieur avant de brandir la main gauche, les doigts écartés, en direction de mes acolytes.

« Ils sont cinq », murmura Roman à l'intention des autres.

Des voix s'élevaient en provenance de l'atelier et la conversation était visiblement tendue.

« Combien de fois devrai-je vous répéter que nous bénéficions déjà d'une *krysha* ?

— Le principal concessionnaire Porsche de Moscou mérite mieux : votre toit a déjà pris l'eau…

— Adressez-vous au *pakhan* Timour et à ses *vory* ossètes.

— Nous commençons par vous. Nous irons traiter en temps voulu avec le *pakhan* Timour. »

Roman et moi nous glissâmes sous la porte à moitié relevée, suivis par nos trois hommes de main, avant d'émerger tous les cinq à l'intérieur, nos armes bien en vue. Le gérant du garage en costume trois pièces et ses deux mécaniciens en salopettes nous aperçurent les premiers et reculèrent aussitôt, prévoyant une fusillade. Les cinq *vory* de Caplan, quatre d'entre eux arborant ces pantalons trop larges que les membres de leur clan affectionnent visiblement, étaient munis chacun d'un fusil à pompe retenu à l'épaule par une lanière de tissu d'un goût douteux. Ils se tenaient devant un pont élévateur à quatre colonnes sur lequel trônait une décapotable Porsche. Voyant le gérant reculer, ils se retournèrent pour nous faire face.

« Salut, Tzuf, lançai-je. Si vous aviez l'intention de traiter avec Timour et ses *vory* ossètes, on peut dire que vous êtes vernis : nous voilà. »

Le visage blême de Tzuf se fendit d'un sourire nerveux.

« Pourquoi ces pistolets ? demanda-t-il d'un air de feinte innocence, les paumes grandes ouvertes. Allons, Raspoutine, nous sommes juste venus voir comment se présentait la situation. Nous comptons convoquer une conférence des *vory* pour l'attribution de ce territoire. Le Garage n° 7 a ouvert ses portes il y a trois semaines à peine. La dernière *strelka* n'a pas attribué sa protection aux Ossètes de Timour.

— La dernière *strelka* a attribué aux Ossètes de Timour la protection de *la totalité* de ce quartier, ai-je souvenir de lui avoir dit avec un sourire glacial. Il n'y a rien à négocier à ce propos. Si vous voulez un conseil, les gars, ne laissez pas trop longtemps votre Toyota traîner à l'extérieur : le stationnement est interdit dans l'allée, un flic pourrait faire sa ronde et vous filer une contredanse. »

Sans me quitter un seul instant des yeux, Tzuf se dirigea vers la porte du garage. Mes hommes s'écartèrent de part et d'autre pour laisser passer les juifs. L'Argentin avait dû remarquer que l'un d'eux tentait de glisser la main dans sa poche car il lança d'une voix calme :

« Je ne te conseille pas de faire ça, ton pantalon risque d'hériter d'une boutonnière supplémentaire. »

L'homme de main de Tzuf hésita, les doigts déjà refermés sur l'arme qui se trouvait sûrement dans sa poche. Durant une fraction de seconde, la situation aurait pu basculer dans un sens ou dans l'autre. Puis je vis l'Argentin esquisser un geste flou, sa main armée du Parabellum muni d'un silencieux se porta à la hauteur de sa hanche et tira. Nous entendîmes tous le sifflement étouffé de l'air qui s'échappait avant que la balle du browning ne vienne briser la rotule du tueur à gages, qui poussa un hurlement de douleur et s'effondra dans les bras de ses complices.

« Vous avez intérêt à l'emmener d'urgence dans une clinique si vous voulez sauver sa jambe », lança l'Argentin avec un petit rire narquois.

Tzuf et ses hommes emportèrent l'homme qui gémissait jusqu'à leur Toyota.

« Les choses n'en resteront pas là ! » hurla Tzuf tandis qu'ils installaient le blessé à l'arrière du pick-up.

Le moteur du véhicule se mit à vrombir et la Toyota, après avoir fait gicler une nuée de gravier, rejoignit l'extrémité de l'allée.

« Que devons-nous faire s'ils reviennent ? » demanda le gérant du garage.

Je le rassurai.

« Notre *pakhan* va donner un coup de fil amical au *pakhan* israélite Caplan. Vous n'êtes pas près de revoir ces bouffons. »

Après avoir regagné la Range Rover, je fis marche arrière pour rejoindre le boulevard.

« Tu as commis une grosse erreur en tirant sur ce juif, dis-je à l'Argentin en le dévisageant dans le rétroviseur.

— Ce type avait la main sur son arme, Mika », marmonna l'Argentin un peu hébété.

Je l'entendais renifler comme s'il avait pris froid.

« Tu nous avais dit d'utiliser les Parabellum s'il y avait du grabuge, ajouta-t-il d'une voix plaintive.

— En tout cas, rétorquai-je, Timour ne va pas sauter de joie en apprenant ça. »

Tandis que la Range Rover atteignait l'angle du boulevard, Roman aperçut une petite Porsche bleue 911 qui s'arrêtait devant l'entrée principale du garage. La conductrice, une femme à en juger par son profil, se mit à klaxonner d'un air impatient. Je vis que Roman avait lui aussi remarqué sa présence.

« Tu la connais ? demandai-je.

— Je reconnais la voiture, me dit-il en ouvrant la portière et en me lançant à travers la vitre : Ne m'attends pas ! »

En haussant les épaules, j'embrayai et m'engageai dans la cohue du boulevard. J'avais suffisamment de soucis en tête – ne serait-ce que pour savoir comment j'allais expliquer au *pakhan* les raisons qui avaient poussé l'Argentin à tirer dans le genou d'un de ces fichus juifs – pour m'inquiéter que Roman éprouve le brusque besoin de lever une gonzesse au volant d'une Porsche.

7

« Une seconde chance de vous faire une bonne première impression… »

Moscou
Retour au présent compliqué

Roman s'approche de la portière de la Porsche et fait signe à la conductrice de baisser sa vitre.

« Nos chemins se croisent donc à nouveau, lui dit-il.

— Hélas oui. Avez-vous pu offrir vos billets pour le Bolchoï à la plus laide des femmes qui rêvaient d'assister à ce *Roméo et Juliette* ?

— Absolument. Elle a couru derrière moi en brandissant une liasse de roubles mais comme j'avais cinquante ans de moins qu'elle, je l'ai facilement distancée. Que faites-vous par ici avec votre nouveau jouet d'anniversaire ?

— Bien que cela ne vous regarde pas, je suis venue voir le concessionnaire qui a vendu cette Porsche à mon père. Ils ont oublié de lui indiquer le code de la radio et m'ont dit qu'ils me le donneraient si je passais les voir. Me voici donc, mais personne ne daigne apparemment ouvrir la porte. »

Roman lui fait signe de lui laisser le volant. Disparaissant presque dans son grand pardessus militaire bleu marine, Yulia penche la tête d'un air interrogateur et le dévisage un bon moment. Haussant les épaules d'un air exaspéré, elle finit par se glisser sur le siège du passager. Roman prend place derrière le volant et part en marche arrière avant d'engager la Porsche sur le boulevard en direction du centre.

Yulia lui jette un coup d'œil nerveux et lui demande :

« Et où m'emmenez-vous ainsi, à bord de *ma* voiture ?

— Voir une tombe. »

Contrairement à Mika, Roman respecte les feux rouges et attend aux carrefours que les agents de la milice lui aient fait signe de passer. Il s'arrête dans la rue Pirogorsky, devant le cimetière Novodevitchi, éteint le moteur et entraîne Yulia à l'intérieur du cimetière avant de s'engager dans une allée sur la droite. Il franchit enfin une haie d'un bon mètre de haut et s'immobilise devant une stèle blanche sur laquelle est sculptée la silhouette d'une jeune femme. Sa main droite est posée sur sa gorge de marbre, dans un geste protecteur. Quelqu'un a placé sur sa tête de marbre une couronne de roses rouges depuis longtemps fanées.

« Je me suis promenée dans ce cimetière une bonne dizaine de fois, murmure Yulia, mais je n'avais jamais vu cette tombe. De qui s'agit-il ?

— De la deuxième épouse de Staline, "Nadezhda Alliluïeva-Stalina". (Il fait un froid glacial et la vapeur s'échappe des lèvres de Roman.) Le 9 novembre 1932, à l'âge de trente et un ans, elle s'est suicidée avec le pistolet que son frère lui avait ramené d'Allemagne.

— Pourquoi me montrez-vous cette tombe ?

— Dans l'espoir d'avoir une seconde chance de vous faire une bonne première impression. »

Roman ramasse une rose fanée qui était tombée par terre et la remet en place sur la couronne, autour du front de marbre de Nadejda.

« Il y a un Staline *avant* le suicide de sa femme et un Staline *après*, reprend-il. Ou si vous préférez, il y a une Russie avant novembre 1932 et une autre qui commence après cette date. Kirov a été assassiné *après* le suicide de Nadejda. Staline a éliminé tous les vieux bolcheviques – Zinoviev, Kamenev, Boukharine, Rykov, Trotski – *après* le suicide de Nadejda. Il a fait exécuter des milliers d'anciens officiers de l'Armée rouge *après* le suicide de Nadejda.

— Je déteste l'avouer mais ma première impression de vous est meilleure la deuxième fois. Que cela ne vous monte pas à la tête pour autant, puisque vous partiez de zéro. Où avez-vous appris tous ces détails concernant l'histoire de la Russie ?

— À Londres, j'ai pu lire des ouvrages qu'on ne trouve pas ici. Du moins pas encore. (Il effleure du doigt le nom gravé dans la stèle.) On a écrit des centaines de livres pour essayer de comprendre les motivations de Staline : quelle était la part en lui du paysan paranoïaque, du dictateur implacable, de l'idéaliste marxiste, du léniniste pragmatique ou du *vin ordinaire* [1] géorgien mis en bouteille à Moscou. La tombe de Nadejda en dit bien davantage sur lui que toutes les biographies qu'on lui a consacrées. Cette belle jeune

1. En français dans le texte. (*N.d.T.*)

femme, mère de deux enfants, a préféré se tuer plutôt que de continuer à partager son lit. »

Embarrassé par la brusque gravité qu'a prise la conversation, Roman émet un petit rire sans joie.

« Si par bonheur vous n'aviez pas d'autre projet pour la soirée, reprend-il, un ami m'a parlé d'un nouveau restaurant qui se trouve non loin d'ici, juste en face du cimetière, et qui propose d'excellentes galettes de mouton grillées au feu de bois. »

Une lueur mutine dans les yeux, il ajoute :

« Il s'agit d'un restaurant géorgien, je ne pense pas qu'on y trouve de la nourriture casher. »

Yulia esquisse un sourire.

« Il m'arrive de manger de la nourriture non casher.

— Dois-je comprendre que vous acceptez ?

— Le soir de mon anniversaire, vous ne compreniez pas le sens du mot *non*. Aujourd'hui c'est le mot *oui* qui vous échappe.

— Le *oui* me convient pourtant davantage que le *non* », répond Roman en saisissant l'épaule de Yulia, qui ne tente pas de se dégager.

Le restaurant géorgien, qui occupe le rez-de-chaussée d'un ancien hôtel particulier, est bondé de touristes américains qui font un boucan d'enfer, boivent du vin comme si c'était de l'eau et rient à gorge déployée. Après avoir glissé un billet de 50 roubles au maître d'hôtel, Roman obtient qu'on les installe à une petite table à l'écart, près de la porte battante qui mène aux cuisines. Yulia accroche son manteau bleu marine à une patère et lisse les plis de sa longue robe à pois avant de s'asseoir. Le serveur débouche la bouteille de saint-émilion mais Roman lui fait signe qu'il fera le service lui-même.

Après avoir rempli leurs deux verres il lève le sien et lance :

« À nous deux.

— Il y a *vous* et il y a *moi*, rectifie Yulia, mais il n'est pas question de *nous deux*.

— Pour l'instant.

— Écoutez, Roman l'extraterrestre : je sais fort bien de quelle planète vous débarquez. C'est ma cousine Rosalyn qui me l'a dit – vous vous souvenez de Rosalyn, je suppose ? Vous êtes le fils du *pakhan* ossète Timour le Boiteux. Je suis la fille du *pakhan* israélite Nahum Caplan. Si jamais mon père me surprenait en votre compagnie… »

Comme elle a laissé sa phrase en suspens, Roman lui demande :

« Eh bien, que se passerait-il ? »

Yulia détourne les yeux.

« Que se passerait-il ? » insiste-t-il.

Elle le fixe alors sans ciller, droit dans les yeux.

« Il vous tuerait, dit-elle.

— Sauf si ça tombait le jour du shabbat, plaisante Roman.

— Il ferait une exception pour le fils de Timour le Boiteux, même si c'était le jour du shabbat.

— Dîner au restaurant doit être une aventure pour l'ancienne élève d'un pensionnat suisse que vous êtes…

— Je ne cherche pas l'aventure, Roman.

— Que cherchez-vous, alors ? dit-il après avoir bu une gorgée de vin.

— Je fais d'horribles cauchemars. Chaque fois que je quitte mon père, mon oncle Mordechai ou mon cousin Tzuf, je me demande si je les reverrai en vie.

Tzuf en particulier : il lui arrive de péter les plombs et on dirait qu'il cherche les ennuis quand ils ne viennent pas assez vite à lui. Ce dont j'ai besoin, Roman, jamais un *vor* ossète ne pourra me l'offrir : un refuge, un havre de paix où… (Yulia refoule une brusque bouffée d'émotion) …où ces scènes cruelles se contenteraient de hanter mes rêves et me laisseraient en paix lorsque je suis éveillée.

— On peut envisager la possibilité – et disons même la probabilité – selon laquelle la cruauté serait inscrite dans nos gènes, répond Roman. Au Moyen Âge, les ancêtres de mon ami londonien Anthony organisaient des exécutions publiques. Le condamné était traîné par un cheval jusqu'à l'échafaud où il était pendu : mais avant qu'il n'ait rendu l'âme, c'est-à-dire pendant qu'il était encore en vie, on l'éventrait pour le vider de ses boyaux. Après quoi son corps était découpé en quartiers. Il avait officiellement été "pendu et équarri". Parlez-moi de cruauté, après ça…

— Nos *vory* russes ne sont pas loin d'égaler vos Anglais médiévaux, rétorque Yulia. À la fin du mois dernier les Azerbaïdjanais ont enlevé deux des hommes de mon père. Je connaissais l'un d'eux, il s'appelait David et me conduisait dans Moscou avant que je ne passe mon permis. Les Azerbaïdjanais ont adressé un message à mon père pour lui dire qu'il retrouverait ses hommes dans un hangar désaffecté, près de l'aéroport.

— Et alors ? demande Roman. Il les a retrouvés ?

— Il a retrouvé leurs corps, mais leurs têtes sont restées introuvables. »

Roman ressert du vin à Yulia. Au bout de quelques instants il lui demande :

« Qu'a donc fait le *pakhan* Caplan après avoir découvert ces deux corps décapités ?

— Mon père n'a pas de convictions religieuses tout en étant un adepte convaincu du précepte biblique "œil pour œil, dent pour dent". Sa réponse a été rapportée en dernière page de la *Pravda*, dans un entrefilet intitulé : "Trois Azerbaïdjanais tués dans une explosion." »

Yulia plonge l'index dans son verre de vin et s'humecte délicatement les lèvres, comme si elle mettait du rouge à lèvres.

« Vous ne voyez donc pas, Roman, que nous sommes de simples grains de poussière, prisonniers d'un cercle vicieux qui s'appelle la Russie, et que nous nous contentons d'attendre qu'une pelle nous ramasse avant de nous mettre à la poubelle ?

— Poussière retournant à la poussière, commente Roman.

— Et cendre retournant à la cendre, ajoute-t-elle avec un petit rictus qui ne parvient pas à masquer un léger sanglot.

— Il doit y avoir moyen d'y échapper, dit Roman qui cherche surtout à se convaincre lui-même.

— Il n'y a rien à faire, répond Yulia, sauf à se lamenter sans cesse sur le lait répandu. »

Roman lui lance un rapide coup d'œil.

« Vous voulez bien me parler de ce lait que vous avez répandu ?

— Non, dit-elle en secouant vigoureusement la tête. C'est hors de question. En tout cas pour l'instant », ajoute-t-elle après avoir pris une profonde inspiration.

Un peu plus tard, alors qu'ils en sont au dessert, Roman prend son courage à deux mains et lui dit :

« Nous ne pouvons pas en rester là, Yulia. Il faut que je vous revoie.

— Est-ce bien raisonnable ?

— C'est une question de vie ou de mort, répond-il avec fougue.

— Cela risque de le devenir, en effet.

— Je veux bien prendre le risque. »

Embarrassé par ce qu'il s'apprêtait à ajouter, il hésite un instant mais se décide finalement :

« Veux-tu coucher avec moi, Yulia ?

— Si j'acceptais, à condition que ce soit pour une seule fois, cela apaiserait-il ta soif ?

— Une première fois en entraînerait une autre. Et au bout de deux ou trois… qui sait où cela nous conduirait ? »

Une fois sortie du restaurant, Yulia relève le col de son manteau bleu marine et inspire une grande bouffée d'air polaire.

« Voici ce que je te propose : je dois assister à un mariage samedi prochain à la synagogue Bolshaya Bronnaya. Du temps de Staline, son rabbin a été exécuté et le bâtiment a servi de siège à un syndicat, mais la communauté juive a entrepris récemment de le restaurer. Le mariage de mon amie sera la première cérémonie religieuse à y être célébrée depuis la révolution bolchevique. Cela devrait se terminer vers 17 heures. Il y aura tellement de monde que personne ne remarquera mon absence si je n'assiste pas à la réception qui suivra. Je garerai la Porsche derrière la synagogue et laisserai la clef sous le pneu de la roue avant droite. »

Roman veut se rapprocher d'elle mais elle le repousse de la main.

« C'est de la folie, murmure-t-elle.

— La folie, c'est de jouer aux échecs contre soi-même, dit Roman en hochant la tête et en se mordillant la lèvre. La folie, c'est de faire demi-tour avant de savoir où mène la route qui s'ouvre devant soi. »

8

« Tant que la violence semble le fait du hasard, un cadavre par-ci, un cadavre par-là... »

Moscou
Mercredi 8 janvier 1992

Ossip Axelrod, qui est à trente-trois ans l'une des étoiles montantes dans les cercles de l'espionnage et vient d'être nommé directeur du Sixième Bureau consacré à la lutte contre le crime organisé, appuie sur le bouton de son interphone.

« Homme ou femme ? demande-t-il.

— C'est votre jour de chance, patron, lui répond son stagiaire Misha. Il s'agit d'une femme.

— De quoi a-t-elle l'air ?

— La quarantaine bien tassée... Plutôt bien foutue, si on a besoin de lunettes et qu'on ne sait plus où on les a mises. Blonde, peut-être décolorée ou peut-être pas, je suis trop jeune pour être un expert en la matière. Des bottes, un pantalon en cuir, un pull noir côtelé relativement moulant...

— Un soutien-gorge ?

— Impossible de le savoir. Son manteau était déboutonné mais elle l'avait toujours sur elle.

— Une alliance ?

— Elle n'a pas ôté ses gants.

— Entendu, fais-la entrer. »

La personne qui a rendez-vous avec Ossip à 16 h 30 est introduite dans son bureau.

« Adelgunde Möller, du *Berliner Zeitung*, dit-elle en anglais en accrochant son manteau derrière la porte. Désolée, je ne parle pas russe », ajoute-t-elle en enlevant ses gants et en lui tendant la main.

Ossip aperçoit une alliance sur l'annulaire de sa main gauche.

« Je ne suis pas désolé pour ma part de ne pas parler allemand, dit-il en ignorant sa main tendue et en lui faisant signe de s'asseoir en face de lui, de l'autre côté de la table de cuisine qui lui sert de bureau. Mes deux grands-parents et ma mère vivaient dans le village de Kalach au bord du Don, près de Stalingrad. Un jour, à la fin du mois de janvier 1942 où la température était descendue à -30 °C, on les a traînés ainsi que des centaines d'autres juifs sur la rivière gelée et on les a exécutés. Pour épargner leurs cartouches, les soldats de la Wehrmacht les avaient placés en file indienne, afin qu'une seule balle suffise à abattre quatre ou cinq juifs. Ils ont ensuite fait fondre la glace au lance-flammes pour que les corps soient engloutis dans le Don.

— Si vous cherchez à m'accuser des crimes qui ont été commis avant ma naissance, c'est que vous croyez en la culpabilité collective. Dans ce cas, on peut vous tenir pour responsable des millions de victimes que Staline a assassinés.

— Je pense en effet que les Russes dans leur ensemble – moi y compris, bien que je sois né cinq ans après la mort de Staline – peuvent être tenus pour responsables de ses crimes. C'étaient des policiers russes qui arrêtaient les gens, des juges russes qui les condamnaient à mort ou à la prison, des gardiens russes qui surveillaient les camps dans ce que Soljenitsyne a appelé l'archipel du goulag. Mais c'est une autre histoire. Je voulais simplement que vous sachiez pourquoi je ne regrette pas de ne pas parler allemand.

— Nous pourrions peut-être repartir de zéro ? Je vous remercie de m'avoir accordé cet entretien…

— Je vous l'ai accordé pour la bonne raison que mon supérieur, qui dirige le Département de la lutte contre le crime organisé au ministère de l'Intérieur, me l'a demandé… Vous ne sauriez pas par hasard comment fonctionne cette machine à café ? Elle est fabriquée en Allemagne de l'Est. Je me demande si elle est défectueuse ou si c'est moi qui ai mal lu la notice – rédigée en allemand, ce qui est d'ailleurs logique.

— Je ne suis pas réparatrice de machines à café, monsieur Axelrod. Je suis la correspondante à Moscou du *Berliner Zeitung*. Pouvons-nous commencer ? »

Ossip repousse sur le côté une pile de dossiers.

« Commencez, commencez… Je vous écoute. »

Frau Möller enclenche un petit magnétophone à cassettes Sony et dirige le micro intégré vers Ossip.

« On a reproché récemment à votre bureau de ne s'attaquer qu'assez mollement au problème du crime organisé… »

Ossip appuie sur le bouton de son interphone.

« Misha, est-ce que ta machine à café fonctionne ?

— Affirmatif.

— Apporte-nous deux cafés allongés. (Il lève les yeux vers la journaliste.) Vous prenez de la crème ? Du sucre ? »

Adelgunde Möller inspire profondément pour masquer son exaspération.

« Pas de crème, dit-elle. Un seul sucre.

— Sans crème, répète Ossip. Apporte du sucre dans une soucoupe. Et n'oublie pas les cuillères. (Du bout de l'ongle il se gratte le sourcil.) *S'attaquer assez mollement au crime organisé*... Votre "assez mollement" a au moins l'avantage d'être en situation, étant donné la nature de l'édifice dans lequel nous nous trouvons.

— Je crains de ne pas vous comprendre...

— Cet affreux bâtiment est une parfaite illustration des soixante-dix années de peste soviétique. Quand le ministère de l'Intérieur, comme vous l'appelez, a été créé à l'issue de la Grande Guerre patriotique, le plan original prévoyait qu'il soit logé dans un immeuble de vingt étages. Heureusement – sous l'angle esthétique en tout cas – arrivés au dixième étage on s'est retrouvé à court d'argent et de matériaux. Là-dessus, un petit génie a eu la brillante idée de recouvrir d'un toit le bâtiment tel qu'il était, à moitié construit : je parle d'un véritable toit, qui protège de la pluie, pas du genre de protection que fournissent nos *vory v zakone* aujourd'hui. Après quoi on a décrété que les travaux étaient terminés. (Ossip a une moue de mépris.) La vérité, c'est que sous son vernis soviétique l'URSS était une poterie du tiers-monde.

— Vous venez de parler des soixante-dix années de peste soviétique, monsieur Axelrod. Étiez-vous déjà antisoviétique pendant ces années de peste ? »

Ossip se rappelle brusquement qu'il est en train de parler à une vraie journaliste et non à un obscur gratte-papier local.

« Quand Nikita Khrouchtchev a dénoncé les crimes de Staline lors du XXe congrès du Parti – cela se passait en 1956, trois ans après la mort de Staline – on raconte que quelqu'un lui a passé un papier pendant qu'il était à la tribune et qu'il l'a lu à voix haute aux délégués du congrès : “Où étiez-vous quand Staline a commis ces crimes ?” Khrouchtchev, furieux, agita le papier. “Qui a écrit ça ?” hurla-t-il. “Qui a écrit ça ?” Évidemment, personne ne s'est levé pour se dénoncer. À la suite de quoi Khrouchtchev est censé avoir déclaré : “Où étais-je ? J'étais là où vous êtes aujourd'hui. J'étais terrifié.”

— Vous voulez me dire que vous étiez également là pendant toutes ces années que vous qualifiez à présent de peste soviétique ?

— Et c'est pour cela que je porte moi aussi la responsabilité des crimes de Staline. (En jouant avec la baïonnette qui lui sert de coupe-papier, Ossip observe la journaliste assise en face de lui, derrière la table de cuisine.) Et je me risquerai à dire que votre père et votre grand-père étaient également là, comme soixante-dix millions d'autres Allemands, à l'époque de la peste hitlérienne. »

Frau Möller retient un sourire.

« Touché, monsieur Axelrod. »

Après avoir vérifié que son Sony fonctionne bien elle ajoute :

« Votre anglais est excellent. Où l'avez-vous appris ?

— Ma mère enseignait l'anglais ici, à Moscou. Et j'ai passé un master à l'université Columbia de New York. Ce qui explique pourquoi je parle anglais avec l'accent américain. »

Misha, le stagiaire, qui arbore un costume lustré en polyester et une cravate-lacet, pénètre à cet instant dans la pièce en portant deux tasses de café et un sucrier posés sur un enjoliveur qui lui sert de plateau.

« Et les cuillères ? » lui demande Ossip.

D'un geste de prestidigitateur, Misha exhume deux petites cuillères de la poche de sa veste. En retenant un sourire, Ossip met un morceau de sucre dans chacune des tasses et en tend une à la journaliste, ainsi qu'une cuillère.

« Et qu'avez-vous étudié à Columbia ? lui demande Adelgunde Möller.

— L'histoire de l'Union soviétique.

— Ah… voilà qui explique l'anecdote de Khrouchtchev. »

Ossip remue la cuillère dans son café et en boit une gorgée pour s'assurer qu'il n'est pas trop chaud avant de l'avaler d'un trait, non sans bruit.

« On pourrait dire que l'histoire soviétique a pris fin et que la période post-soviétique a commencé ici même, derrière les fenêtres de cet immeuble. Le peuple russe a renversé la statue gigantesque du fondateur de la Tcheka, feu le regretté (du moins dans les cercles tchékistes) Felix Dzerjinski, qui se trouvait devant la prison de Loubianka. L'immense statue de Vladimir Oulianov, mieux connu sous le nom de Lénine, que vous avez probablement aperçue au milieu de la place d'Octobre, entouré d'enfants et dont le manteau en bronze se soulève sous l'effet d'un vent imaginaire, aurait subi le même sort si elle ne s'était pas avérée beaucoup trop grande pour être abattue. Et donc, au lieu de la statue de Lénine, c'est l'État qu'il avait fondé que le peuple russe a renversé.

— Ce qui nous ramène à l'ère post-soviétique, remarque la journaliste. Vu de Berlin, il semble qu'une autre peste se soit abattue sur la Russie. Je fais allusion aux charognards capitalistes qui s'entre-déchirent à l'occasion de cette nouvelle ruée vers l'or, un phénomène que la *Pravda* a qualifié de “guerre des gangs”. Ainsi qu'à vos *vory v zakone* qui, moyennant finance, offrent leurs services pour protéger lesdits charognards et leur permettre de se partager ces juteuses dépouilles. Le Sixième Bureau que vous dirigez, monsieur Axelrod, a pour tâche d'arrêter les *vory* qui opèrent à Moscou et de rétablir l'autorité de l'État post-soviétique. Apercevez-vous quelque lumière au bout de ce long tunnel ? »

Ossip jette un bref coup d'œil à sa montre.

« Nous venons à peine d'y pénétrer, Frau Möller, lui répond-il. Théoriquement, la lumière est censée apparaître au bout de n'importe quel tunnel. Aussi avançons-nous prudemment, pas à pas, dans l'espoir d'en apercevoir un jour l'éclat.

— L'État post-soviétique a-t-il les moyens de combattre le crime organisé ?

— Nous nous sommes cassé les dents au cours des soixante-dix dernières années en essayant de combattre le crime *désorganisé* qui se développait dans la moindre usine, la moindre ferme collective, le moindre magasin d'État. Et qui avait fini par engendrer une forme d'économie parallèle. Quand j'ai commencé à travailler pour le ministère de l'Intérieur, au début des années 1980, il y avait au Kirghizistan des fermes d'État qui cultivaient de l'opium dans leurs champs. De l'opium, Frau Möller, pas du blé… Les ouvriers qui essayaient désespérément de fournir les quotas imposés par l'État se débrouillaient pour produire des rasoirs ou des brosses à dents électriques dans les sous-sols de leurs usines : ils les évacuaient en douce pendant la nuit pour les vendre au marché noir. Les gens n'hésitaient pas un instant à enfreindre la loi pour survivre à la soviétisation de la Russie.

— Les gens enfreignent-ils toujours la loi pour survivre au virage capitaliste qu'a pris la Russie postsoviétique ?

— Écoutez, Frau Möller, avec l'effondrement de l'Union soviétique l'économie du pays tout entière s'est retrouvée à la disposition de ceux qui voulaient s'en emparer. Et la seule loi qui régisse ce genre d'entreprise, c'est la loi de la jungle : après avoir pris le contrôle des biens de consommation et les avoir lancés sur le marché, n'importe qui – qu'il s'agisse des *vory*, des anciens membres du KGB ou du ministère de l'Intérieur, des vétérans d'Afghanistan, des flics municipaux, des politiciens régionaux ou nationaux – peut faire fortune à une vitesse vertigineuse. À condition – et c'est une condition essentielle – de ne pas récolter une balle dans la tête au cours de cette guerre des gangs qui fait rage à Moscou et dans d'autres villes. Le fait que vous vous retrouviez assise dans mon pigeonnier du neuvième étage à boire un ersatz de café tendrait à prouver que je ne suis pas en mesure de vous en apprendre plus que vous ne sachiez déjà.

— Je préférerais l'entendre de votre propre bouche, à titre de témoignage. Pouvez-vous me dresser un *Ubersicht* du monde criminel dans la Russie d'aujourd'hui ?

— Je ne parle pas allemand.

— Excusez-moi. Un *tour d'horizon*[1], si vous préférez.

— Je ne parle pas français non plus.

— *Lieber Gott*… un aperçu, un survol de la situation telle qu'elle se présente à Moscou. »

Fronçant les sourcils pour mieux rassembler ses pensées, Ossip déverse alors tout un flot d'anecdotes sur la journaliste allemande dans l'espoir de l'impressionner.

« La confrérie de Solntsevskaïa – je vous l'épelle : S O L N T S E V S K A I A – a décidé de mettre la main sur une partie des énormes profits que Valeri Glugech réalisait en important de la drogue. Ce dernier ayant eu la malencontreuse idée de refuser leur proposition, on l'a attiré dans un piège, lui ainsi que deux de ses lieutenants, en lui donnant rendez-vous à la station de métro de Rechnoï Vokstal, sur la ligne Zamoskvoretskaïa, où ils ont été tous les trois abattus. Le *pakhan* israélite Nahum Caplan est un nouveau venu dans la région mais il a le vent en poupe. Les gangs criminels s'étaient partagé Moscou avant qu'il ne débarque, mais il veut maintenant sa part du gâteau et semble avoir jeté son dévolu sur le territoire des Ossètes. Il a failli déclencher une guerre des gangs avec le *pakhan* Timour le Boiteux en voulant lui reprendre la protection de la distillerie de vodka Smirnoff. Il y a deux jours un nouvel incident a eu lieu, cette fois-ci au Garage n° 7, chez le nouveau concessionnaire Porsche : l'un des hommes de main de Caplan s'est retrouvé avec la rotule fracassée par une balle de 9 mm. Lorsque la police a interrogé le malheureux à la clinique, il a prétendu que le coup était

1. En français dans le texte. (*N.d.T.*)

parti tout seul au cours d'une discussion amicale à propos de ce territoire. Les choses pourraient mal tourner de ce côté-là aussi. (Ossip regarde le magnétophone Sony.) Vous êtes sûre de vouloir enregistrer tout ça ? Où en étais-je ? Ah oui… Les *vory* de Kazan se spécialisent dans les prêts à taux d'intérêt élevé – et quand je dis élevé, cela signifie vingt pour cent tous les mois : et malheur au pauvre type qui n'a pas craché au bassinet à temps… Connaissez-vous cette expression, Frau Möller ? Cela signifie payer en renâclant, ou en traînant des pieds. Voyons voir… Les *vory* tchétchènes, moyennant finance, escortent les camions qui traversent l'Ukraine en transportant jusqu'à Moscou des marchandises d'Europe de l'Ouest. Les *vory* azerbaïdjanais sont spécialisés dans les narcotiques mais essaient depuis quelque temps de diversifier leur champ d'action en proposant leur protection à diverses start-up, moyennant un pourcentage sur les bénéfices. Le problème, c'est qu'un individu un tant soit peu sain d'esprit ne lancera jamais une start-up à Moscou sans s'être procuré au préalable une telle protection : ce qui signifie en clair que les Azerbaïdjanais vont marcher sur les pieds d'autres *vory* et que le sang finira par couler. Les Arméniens ont récemment ouvert un casino dans le sous-sol d'un hôtel mais c'est surtout le moyen pour eux de blanchir l'argent que leur rapporte leur principale activité, à savoir le vol de voitures. Vous pouvez leur commander une Mercedes 300 SE de 1990 ou un coupé BMW E30 : on vous la livrera dans les quarante-huit heures munie de nouvelles plaques d'immatriculation et repeinte à la couleur de votre choix, si l'ancienne ne vous convient pas. Les Géorgiens, Dieu les bénisse, se contentent du cambriolage à l'ancienne, même s'il leur arrive de faire une incursion dans le kidnapping. Les Ingouches se spécialisent dans la vente d'armes et de munitions : cela va du revolver silencieux Stetchkine au fusil de précision Dragonnov ou à l'AK47. Ils proposent en ce moment des missiles antichars Spigot mais comme notre département n'a pas les moyens d'acheter de nouveaux véhicules, et encore moins des tanks militaires, je ne vois pas qui irait dilapider l'argent gagné à la sueur de son front en achetant des engins pareils. J'espère n'avoir oublié personne… Ah, il y a aussi les *vory* du Daghestan, qui sont les rois incontestés du chantage : ils sont connus pour avoir réalisé des photos compromettantes de divers politiciens, banquiers ou diplomates, avant de revendre les négatifs aux individus concernés, à leurs épouses ou à la presse contre une confortable liasse de dollars américains, de marks allemands ou de livres anglaises.

— Selon vous, monsieur Axelrod, quels sont les effectifs de ces gangs de *vory* ?

— Personne ne connaît la taille exacte de la confrérie de Solntsevskaïa : en vertu d'un système de franchise original, qui témoigne d'ailleurs d'une belle inventivité, leur *pakhan* autorise d'autres bandes de taille plus modeste à se faire passer pour des Solntsevo, moyennant un petit pourcentage. Quant aux autres, nous avons en effet une assez bonne idée de leurs effectifs mais ne comptez pas sur moi pour vous les communiquer. Je ne tiens pas à ce que cette information soit rendue publique et qu'ils sachent ainsi ce que nous savons.

— Si vous ne pouvez pas me révéler le nombre exact de leurs troupes, peut-être pourrez-vous me dire combien de groupes de *vory v zakone* sont actuellement en activité ? »

Ossip fouille parmi les dossiers qui encombrent son bureau et met la main sur celui qu'il cherchait, avant de l'ouvrir.

« L'un de mes enquêteurs, qui s'est plongé dans les archives des arrestations du ministère de l'Intérieur depuis la fin de la Grande Guerre patriotique, a répertorié deux cent soixante-dix-neuf confréries de voleurs et de hors-la-loi. Combien parmi elles sont-elles encore en activité, nul ne le sait – essentiellement parce qu'au lieu de proposer leur aide à ceux que vous appelez les charognards du capitalisme, la plupart des *vory* ont tout simplement pris le contrôle des entreprises qu'ils étaient censés protéger. Généralement, lorsque nous les pourchassons, nous n'avons plus affaire à de simples gangsters mais à leurs avocats et leurs conseillers financiers, voire à leur responsable des relations publiques qui nous accuse de traîner dans la boue d'honnêtes hommes d'affaires. Les anciens *vory* – ceux qui continuent de respecter ce qu'ils appellent leur code d'honneur – ont pratiquement disparu de nos jours. À l'exception d'un seul, ajoute Ossip avec l'ombre d'un sourire.

— Pouvez-vous me dire de qui il s'agit ? »

Ossip hausse les épaules.

« Je ne vois pas pourquoi je vous le cacherais. Tout le monde le connaît dans le milieu moscovite. Je fais allusion au *vory v zakone* ossète, dirigé par le légendaire *pakhan* Timour Monsourov, plus connu sous le sobriquet de Timour le Boiteux. »

Ossip extrait un autre dossier de la pile mais ne se donne pas la peine de l'ouvrir. Il en connaît le contenu par cœur.

« Timour a passé vingt-deux ans dans la *zona* – comme nous désignons par euphémisme nos camps de détention – mais il s'obstine à respecter un code d'honneur qui n'a plus cours et ne garantit plus la vie de personne dans la guerre à couteaux tirés que les gangs se livrent aujourd'hui.

— Si je vous entends bien, il me semble que vous éprouvez tout de même un certain respect pour ce *vor* ossète. Le connaissez-vous personnellement ?

— J'ai connu son fils. C'était l'un de mes étudiants l'année où j'ai donné un cours à l'université de Moscou.

— Quel en était le sujet ?

— La mafia italienne.

— Sérieusement ? Vous êtes donc bien placé pour distinguer ce que les *vory v zakone* et la mafia ont en commun.

— Il s'agit dans les deux cas d'organisations criminelles.

— Et d'après votre expérience, monsieur Axelrod, qu'est-ce qui distingue l'une de l'autre ces deux organisations criminelles ? »

Ossip a de la peine à garder son sérieux.

« Les tueurs de la mafia parlent italien tandis que nos *vory* parlent russe. »

Frau Möller refrène à son tour un sourire.

« Par curiosité, êtes-vous toujours en contact avec le fils de Timour le Boiteux ? »

Ossip secoue la tête.

« Nos chemins ne se sont plus croisés depuis des années. Aux dernières nouvelles, il revenait tout juste d'Angleterre. Nos collègues du MI5 ne l'ayant jamais lâché d'un pouce à Londres, je ne serais pas étonné d'apprendre qu'un de leurs agents était assis à ses côtés dans l'avion du retour.

— Le fils s'est-il engagé dans la même voie que son père ?

— C'est une excellente question, dont j'ignore la réponse. (L'ombre d'un doute passe dans le regard d'Ossip.) L'étudiant que j'ai entrevu à l'université ne la connaissait pas non plus, d'ailleurs. »

Ossip regarde sa montre.

« Je suis désolé mais je n'ai pas davantage de temps à vous consacrer. »

Frau Möller éteint son magnétophone et le range dans son sac à bandoulière.

« C'est un mensonge éhonté, dit-elle.

— Je vous demande pardon ?

— Vous n'êtes nullement "désolé", mais *soulagé* au contraire de n'avoir pas plus de temps à me consacrer, dit Adelgunde Möller en se levant. Je connais bien vos semblables, monsieur le directeur du Sixième Bureau du Département de la lutte contre le crime organisé. Vous aviez raison : vous ne m'avez strictement rien appris que je ne savais déjà. Ah, au fait... Vous devriez avertir votre stagiaire Misha : quand il vous parle dans l'interphone, on entend tout ce qu'il vous dit depuis la salle d'attente. Pour sa gouverne, et la vôtre, je suis naturellement blonde, je porte un soutien-gorge et je n'ai pas encore quarante ans, ne vous déplaise. »

Après avoir récupéré son manteau sur la patère de la porte, elle lance par-dessus son épaule :

« *Dir einem schönen Nachmittag*, monsieur Axelrod. »

Sans trahir la moindre émotion, Ossip se lève à son tour.

« Si vous avez compris ce que Misha me disait, cela signifie que vous m'avez menti en prétendant ne pas parler russe. Pour ma part, je vous ai dit la vérité en vous affirmant ne pas parler allemand. C'est toujours le cas. Et cela le restera. »

« Eh bien, mon cher Ossip, j'espère que vous avez survécu à cet entretien avec la redoutable Frau Möller ? » lance Alexander Smirnov.

Le directeur du Département de la lutte contre le crime organisé au ministère de l'Intérieur – et supérieur d'Ossip – racle la carapace de l'araignée de mer qu'il a commandée au nouveau restaurant japonais de la rue Gorki. Après avoir repoussé le plateau en polystyrène dans un coin de son énorme bureau soviétique, il s'essuie la bouche sur l'un des tournesols imprimés de sa cravate en soie, puis se recule dans son fauteuil et allume une cigarette italienne constituée pour un bon tiers d'un filtre creux. Il en aspire une longue bouffée avec un plaisir évident avant de rejeter un jet de fumée abondant par les narines, tout en observant Ossip pardessus ses lunettes. Son crâne quasiment chauve se trouve dans un alignement parfait avec le visage de Boris Eltsine dont le portrait encadré trône sur le mur derrière lui.

« Frau Möller était incapable de réparer ma machine à café, lui dit Ossip. Elle est mariée et porte un soutien-gorge. Pour couronner le tout, elle m'a menti en prétendant ne pas parler russe.

— Cela fait sept ans qu'elle est la correspondante à Moscou du *Berliner Zeitung*, rétorque le directeur. Vous auriez dû vous douter qu'elle parlait russe. C'est un vieux truc de journaliste : faire semblant de ne pas parler la langue du pays dans l'espoir que cela permettra de soulever un ou deux lièvres.

— Le seul secret qu'elle a réussi à m'extorquer, c'est que les tueurs de la mafia parlent italien et que les nôtres parlent russe.

— Eh bien, espérons que je vais réussir pour ma part à vous arracher quelques révélations plus substantielles... Commençons par Timour le Boiteux : que savons-nous précisément au sujet de ce *pakhan* ossète ?

— Nous savons qu'il protège la distillerie de la vodka Smirnoff, la nouvelle concession Porsche, une demi-douzaine d'hôtels et de restaurants à Moscou, trois nouvelles franchises étrangères dont les magasins viennent d'ouvrir dans la rue Gorki – dont le restaurant japonais qui vous a livré votre araignée de mer et un magasin de confiseries anglaises – ainsi qu'une poignée d'ateliers clandestins qui fabriquent des produits occidentaux dans deux banlieues moscovites. Il ne touche pas aux drogues dures, à la prostitution ni au trafic de Kalachnikov, il ne vend pas de la vodka fabriquée à partir d'éthanol et importée de Biélorussie, il ne cherche pas à s'emparer de la moindre banque ni à étendre son modeste racket au-delà de Moscou. En résumé, et dans les grandes lignes, Timour le Boiteux ne représente pas grand-chose, comparé à la nouvelle génération de *bespredel* – de ces dangereux énergumènes prêts à tout et que rien ne semble en mesure d'arrêter. D'un autre côté, il constitue une sorte de légende dans le monde des *vory*, ayant survécu à deux séjours prolongés dans la *zona* et continuant de s'en remettre à son prétendu “code d’honneur”. Ma conviction, c’est que si nous parvenions à le mettre hors circuit en l’épinglant sous un prétexte quelconque et en le renvoyant pour un bout de temps dans la *zona*, aucun des autres *vory* – aussi bien ceux qui opèrent en dehors de la loi que ceux qui *prétendent* officier en toute légalité et qui blanchissent leur argent à travers les banques dont ils ont le contrôle – aucun d’eux, donc, ne se sentirait plus en sécurité. Il y a un autre aspect à prendre en compte, patron. Si nous pouvions apporter le scalp de Timour à Boris Eltsine après l’avoir inculpé pour extorsion de fonds, évasion fiscale, manipulation de devises ou pour avoir oublié de boutonner sa braguette, peu importe, cela ne pourrait que renforcer notre position en démontrant l’efficacité du Département de la lutte contre le crime organisé. Nos crédits se verraient sans doute doublés et peut-être même triplés du jour au lendemain, ce qui nous permettrait de renforcer notre équipe et d’offrir à tout le monde un salaire digne de ce nom, sans parler des primes conséquentes. Pensez-y, patron : nous pourrions même équiper chaque bureau d’un ordinateur et engager des secrétaires qui sachent s’en servir. Et moderniser notre parc de véhicules afin que nos hommes ne soient pas obligés de prendre un taxi pour aller arrêter les criminels qui sabotent les fondements de l’État post-soviétique. »

Saisissant entre le pouce et l’index ce qui reste de sa cigarette italienne, Alexander Smirnov la brandit devant lui et observe le filet de fumée qui s’en dégage comme s’il recelait un message codé.

« Je ne vois pas les choses ainsi, dit-il finalement. Je n’ai pas les moyens, ni la patience, de récupérer le scalp de Timour par des moyens légaux.

— Napoléon n'avait pas les moyens nécessaires non plus à Waterloo. Ce pourquoi il a décidé de retourner la situation en passant du *un contre dix* stratégique au *dix contre un* tactique.

— Vous oubliez un petit détail : c'est lui qui a perdu à Waterloo, dit Alexander Smirnov en écrasant sa cigarette dans un cendrier déjà rempli de filtres creux. Non, il existe une meilleure méthode pour apporter le scalp de Timour à Eltsine.

— Laquelle ?

— Celle qui consiste à lui ramener sa tête – je veux dire : sur un plateau, comme celle de saint Jean-Baptiste. »

Ossip considère les rares cheveux qui essaient vainement de dissimuler la calvitie galopante de son supérieur.

« Vous me demandez de le tuer », dit-il enfin, d'un air faussement nonchalant.

Le directeur se fend d'un sourire las, un peu surpris de devoir lui exposer l'évidence.

« Je vous demande de *le laisser* se faire tuer. Étant donné l'état dans lequel se trouve la Russie, je ne miserai assurément pas mon maigre salaire sur le fait que Timour puisse survivre bien longtemps à la loi de la jungle qui fait rage à Moscou. J'ai lu votre rapport concernant l'incident qui s'est produit il y a deux jours chez ce concessionnaire Porsche, au cours duquel l'un des hommes de Caplan s'est retrouvé avec une balle dans le genou et a dû être amputé d'une jambe dans une clinique privée. Caplan va prendre cet incident comme un affront personnel et va vouloir se venger. Mon cher Ossip, ne nous mettons surtout pas en travers de sa route. Laissons-les s'entre-tuer les uns les autres. *Aidons-les même au besoin.*

— Tant que la violence semble le fait du hasard – un cadavre par-ci, un cadavre par-là – je suppose que cela n'empêche pas les âmes sensibles de dormir sur leurs deux oreilles », murmure Ossip.

Fronçant les narines comme s'il venait de détecter une odeur désagréable, Alexander Smirnov se replie dans un silence maussade. Son corps trapu est toujours vissé dans son fauteuil, de l'autre côté du bureau, mais son esprit est ailleurs.

« Ce dont la mère Russie a besoin pour retrouver la grandeur qui était la sienne du temps de Joseph Staline, dit-il enfin comme s'il livrait là une information capitale, c'est un nombre toujours croissant de funérailles. »

9

« Quand je baise, c'est comme si le temps s'arrêtait net en moi… »

Peredelkino, un village aux environs de Moscou
Les confidences de Yulia

Pour le dire vite : j'ai perdu ma virginité avec enthousiasme, impatience et soulagement à l'âge de quatorze ans, six mois et cinq jours, et je ne l'ai jamais regretté. L'homme qui m'a assistée dans cette délicate opération était le sous-directeur de l'Institut de physiologie expérimentale lituanien de l'Académie des sciences soviétique, un israélite de quarante-deux ans originaire d'Odessa n'observant que d'assez loin nos pratiques religieuses et qui empestait l'after-shave, ce qui m'obligeait à retenir mon souffle, comme si je m'étais jetée à l'eau – ce qui était d'ailleurs le cas, d'une certaine manière. Avec le recul, aussi bien temporel que géographique, le rite de la déchirure de l'hymen peut être considéré comme l'éveil de l'adolescente – sauf que j'étais parfaitement éveillée en ce qui me concerne, bourrée de caféine comme je l'étais, et que j'enregistrais le moindre détail les yeux grands ouverts pour pouvoir me repasser la scène en boucle par la suite, dans les inévitables périodes de carence sexuelle qui m'attendaient. Inutile d'accuser mon sous-directeur de prendre ses victimes au berceau : avec mon petit soutien-gorge pigeonnant j'aurais facilement pu prétendre avoir dix-sept ans, surtout en murmurant d'une voix rauque comme je m'étais entraînée à le faire devant le miroir de ma salle de bains. Mon sous-directeur était marié, il avait un fils deux fois plus jeune que moi et une maîtresse du double de mon âge, mais il était fort bien outillé, je dois l'avouer, et s'avéra un guide idéal pour piloter une néophyte à travers l'incertaine et perfide *terra infirma* de l'adolescence. Je savais en théorie ce qui m'attendait et à quoi ressemblait l'engin qui servirait à l'opération. Vous vous souvenez sans doute de mon cousin Tzuf, celui qui est né douze minutes après moi ? Nous étions dans la même classe, en dernière année de primaire, et censés faire nos devoirs ensemble, lorsque nous avons décidé de notre propre chef de nous enseigner l'un à l'autre le sujet qui nous était le plus familier : à savoir notre propre corps. Ce qui explique pourquoi le fait d'empoigner un pénis en érection n'avait pour moi rien d'effrayant. Et comment Tzuf, affreusement timide à cet âge, eut sa première vision d'un vagin bien en vie, humide et palpitant.

Tout cela se passait avant que mon père, le *pakhan* des *vory v zakone* israélites de Vilnius, ne décide qu'il lui fallait un champ d'action plus vaste que la Lituanie et ne m'entraîne avec lui, ainsi que ma belle-mère (sa deuxième mais non dernière épouse), son frère Mordechai et mon cousin Tzuf – sans parler de ses hommes de main, de ses lieutenants et de tout son matériel – pour venir s'établir à Moscou. Tandis que mon père prenait pied ici et commençait à édifier son empire, faisant rapidement fortune en important des ordinateurs, il m'envoya terminer mes études dans un pensionnat en Suisse : mais j'en fus renvoyée avant le terme du programme lorsqu'on découvrit que je travaillais au noir le week-end en posant nue pour un jeune peintre italien, beau comme un dieu et prénommé Fabio je ne sais plus comment. J'essayai bien de les convaincre que je me contentais de suivre les traces sacrées de notre gloire nationale, Anna Akhmatova, qui elle aussi posait nue à Paris pour son amant Modigliani, comme vous vous en souvenez peut-être. Mais les bigots qui dirigeaient cette colonie pénitentiaire pour filles de riches ne voulurent rien savoir et rejetèrent mon alibi. J'allais avoir dix-sept ans à l'époque mais dans ma longue robe en soie Sonia Rykiel qui virevoltait autour de mes chevilles, et sans l'ombre d'un soutien-gorge, je donnais facilement l'impression d'en avoir plus de vingt. Et je ne m'en privais pas, au grand dam de mon père. La vie nocturne moscovite ne tarda pas à devenir mon terrain de prédilection et je m'y livrai à corps perdu. En compagnie de ma cousine Rosalyn ou de jeunes gens dont j'oubliais immanquablement le prénom, nous avons inauguré les uns après les autres les nouveaux night-clubs qui poussaient comme des champignons au fond des hangars désaffectés ou dans le sous-sol des hôtels, serrés comme des sardines en dansant sur du rock américain illégal officiellement avec les membres de la nomenklatura soviétique qui dirigeaient le pays pendant la journée mais avaient de l'argent et de l'énergie à dépenser pendant la nuit. Durant ces folles années moscovites, et pour reprendre le terme qu'utilisent les *vory*, j'étais une véritable *bespredel* sur le plan sexuel, une fille qui ne connaissait *pas la moindre limite* du moment que la fornication était librement consentie. Je vais vous donner un exemple. Lors d'une virée à Odessa qui n'eut par ailleurs rien de mémorable, un second secrétaire du Parti dans un état d'ébriété avancé, le visage empourpré et suant comme un bœuf après s'être enfilé au cours du repas une bouteille de Stolichnaya, se leva sur la terrasse que nous occupions au sommet de l'hôtel et, désignant l'horizon d'un geste majestueux, m'offrit l'ensemble du territoire de l'Ukraine pour mon dix-neuvième anniversaire. L'esprit plus clair quant à moi, n'ayant bu que vingt centilitres de vodka, je lui offris en retour une belle Ukrainienne, la fille qui vendait des cigarettes dans le hall de l'hôtel et qui, après avoir empoché le billet de 100 dollars américains que je lui avais glissé, accepta de nous rejoindre pour la nuit dans notre suite.

Le moins que je pouvais faire, après avoir pris possession de l'Ukraine, était de lui faire don d'une Ukrainienne, vous le comprendrez sans peine. À ma décharge, et à supposer qu'il soit nécessaire de me défendre, qui parmi nous n'a pas un petit côté voyeur ?

Au cours de ce que je considère comme ma période *bespredel,* j'ai eu une histoire un peu plus sérieuse avec un jeune diplomate qui était alors en congé prolongé, après avoir été en poste à Madrid. Ses parents l'avaient prénommé Melor (d'après les initiales de Marx, Engels, Lénine, Organisateurs de la Révolution), ce qui indique assez son pedigree : il était l'héritier d'une longue lignée d'apparatchiks soviétiques. Mais comme dit le proverbe, personne n'est parfait. En dépit de ce pedigree il s'avérait particulièrement inventif au lit et très drôle le reste du temps, une combinaison imparable en termes de séduction. Pour couronner le tout, il était aussi beau que mon Modigliani italien, célibataire, parlait couramment l'espagnol et se déhanchait impeccablement sur *Mambo nº 5*. Il y avait hélas une ombre à ce tableau, comme c'est toujours le cas. Chez lui, c'était un sourire qui ne correspondait pas à son visage et qui apparaissait d'un coup, comme une enseigne de néon, puis s'éteignait tout aussi brusquement, sans laisser planer dans son regard la moindre lueur d'amusement. J'aurais néanmoins fait un bout de chemin avec lui mais deux choses l'ont finalement découragé. La première était mon père, qui l'appelait son *shagetz* – y compris en sa présence – et lui disait en plaisantant qu'il n'était jamais trop tard pour se faire circoncire. (Il faut connaître Caplan comme je le connais pour savoir qu'il ne plaisante jamais qu'à moitié.) La seconde tenait malheureusement à moi : j'avais jeté un froid un soir où il m'avait déclaré qu'il était raide dingue amoureux de moi et juré qu'il me serait désormais obstinément fidèle, à moi et à moi seule, jusqu'à ce que la mort nous sépare – le plus tard possible, cela va sans dire. Il me fit cette déclaration la main sur le cœur et les yeux dans les yeux, comme dit l'adage, avec ce regard de chien mouillé que les hommes ne manquent jamais d'adopter lorsqu'ils sont victimes de cette maladie d'amour qu'ils semblent croire inéluctablement réciproque. « Je ne suis pas faite pour n'avoir qu'un seul amant jusqu'à la fin de mes jours, lui ai-je répondu d'une voix posée – ni même pour n'avoir qu'un amant à la fois. » Sur quoi – je n'invente rien – son regard s'est aussitôt durci et il m'a sèchement lancé : « Va te faire foutre », si ma mémoire ne me trahit pas.

Cette insulte qu'il refusa de retirer marqua la fin de notre étrange amitié.

Prisonnière de moi-même comme je l'étais, et les hommes étant prisonniers de leur côté dans la camisole de leur virilité, je n'étais pas convaincue que les choses se passeraient différemment avec Roman qui, même s'il n'y était pour rien (nul n'ayant la possibilité de choisir ses parents), se révélait être le fils unique du légendaire Timour le Boiteux. Du côté des points négatifs, en tant qu'Ossète dont les ancêtres étaient des Russes orthodoxes, il n'était sans doute pas circoncis, même si je n'en faisais pas une affaire d'État : il y a un aspect imprévisible, un petit côté diable qui sort de sa boîte dans un pénis non circoncis qui n'est pas sans charme à mes yeux. Plus sérieusement, il appartenait au clan que mon père considérait comme son ennemi juré. Pour ce qui était des points positifs, j'avais pu constater qu'il n'était pas dénué de *chutzpah*, d'une forme d'audace, en croyant qu'il pouvait avoir une seconde chance de me faire une bonne première impression, ni d'un certain sens de l'humour. Derrière tout ça, je percevais un soupçon de noirceur qui devait faire écho au germe du désespoir qui sommeille en moi et que je dissimule d'ordinaire sous des montagnes de désinvolture : comment expliquer, sinon, que j'aie eu à ce point envie de voir où tout cela pouvait nous entraîner ? Même si j'étais prête à quitter l'appareil en vol, avec ou sans parachute, au premier regard de chien mouillé qui apparaîtrait sur son visage.

Ce qui me ramène à ce week-end à Peredelkino.

Lorsque je réussis enfin à m'échapper de la synagogue où se déroulait le mariage, je découvris Roman qui somnolait dans la Porsche sur le siège du passager.

« Ça fait longtemps que tu attends ? lui demandai-je en me glissant derrière le volant.

— Vingt-six ans », me répondit-il.

Je me souviens l'avoir regardé comme s'il débarquait vraiment d'une autre planète.

« Écoute-moi bien, Roman l'extraterrestre : ce n'est pas la première fois que j'ai affaire à des paons qui font la roue en débitant leur baratin. Tu as envie de coucher avec moi, je l'ai bien compris. Mais inutile de prétendre que cela ne se résume pas à une affaire de sexe. Le sexe suffit amplement, pas besoin de me faire de grandes déclarations pour le justifier. (En hochant la tête, je me dis qu'il valait mieux lui dire les choses sans détour, quitte à insister lourdement.) D'ailleurs je suis loin d'être vierge. Et donc : *carpe diem*, Roman l'extraterrestre.

— Je ne suis pas vierge non plus, répliqua-t-il. Et le *carpe diem* me va parfaitement, s'il te convient aussi. »

Je mis le moteur en marche mais nous restâmes un long moment silencieux. Il finit par me dire quelque chose du genre :

« Tu m'as mal compris, Yulia. Je ne joue pas la comédie. Je suis heureux de me lancer dans cette histoire avec toi en commençant par le sexe mais j'espère que les choses évolueront par la suite, petit à petit. En attendant, je me contenterai du minimum, tout en espérant davantage. Depuis quand l'espoir est-il un crime ?

— Depuis aujourd'hui, lui répondis-je. Ce minimum est encore de trop, compte tenu de ce que l'on est en droit d'attendre de la vie de nos jours. Si tu es toujours d'accord pour passer le week-end avec moi, où allons-nous exactement ?

— L'ami d'un ami m'a prêté sa datcha à Peredelkino. Je te montrerai le chemin.

— Je connais ce putain d'endroit. »

Je passai brusquement en marche arrière et reculai pour sortir du parking à une telle vitesse que je laissai des marques de pneus sur le goudron, avant d'accélérer et de m'engager à toute allure sur le boulevard.

« J'y suis allée une bonne dizaine de fois, le plus souvent avec les jeunes paons auxquels je faisais allusion. »

Perdu dans ses pensées, Roman resta silencieux pendant les vingt minutes que nous prit le trajet jusqu'au poste de contrôle installé juste avant Peredelkino. Deux miliciens emmitouflés dans d'épaisses doudounes aux capuches doublées de fourrure braquèrent de part et d'autre le faisceau de leurs torches à l'intérieur de la Porsche. L'un d'eux me reconnut sans doute et lança : « C'est la fille Caplan », avant de nous faire signe de passer. Je me garai sur le terrain qui jouxte la petite église orthodoxe surmontée de sa coupole dorée et suivis Roman qui s'était engagé dans un dédale de sentiers barrés çà et là par des grilles en fer forgé qu'il ouvrait pour nous laisser passer et refermait avec soin derrière lui. À la croisée de deux sentiers il me montra la tombe de Boris Pasternak qui se dressait un peu plus loin et dont j'apercevais la dalle de pierre blanche entourée de sapins. À mi-voix, comme s'il se parlait à lui-même, il murmura :

« *Mais m'a pesé l'ordre des scènes et le terme, irrévocablement. Seul. Tout sombre en la mer pharisienne.* »

Je reconnus la dernière strophe du *Hamlet* de Pasternak et la complétai avec le dernier vers du poème, qui est l'un de mes préférés :

« *Vivre, ce n'est pas franchir un champ* [1]. »

Roman parut surpris.

« Tu connais ce poème ?

— Je sais que la vie ne se résume pas à la traversée d'un champ. Au fait… Nadejda à Moscou, Pasternak à Peredelkino : on dirait que tu es obsédé par les tombes…

— C'est la mort qui m'obsède. »

Arrivé devant un portail dont la plaque métallique portait le numéro 45, Roman passa le bras par-dessus et libéra le verrou avant de pénétrer dans l'enceinte.

« Il y a encore une tombe que je dois te montrer, dit-il en me désignant une dalle de pierre érodée qui se dressait sur le sol gelé, à droite de l'entrée. Mais je te promets que ce sera la dernière – pour aujourd'hui en tout cas. C'est la tombe d'un soldat soviétique du nom d'Hippolyte Zhuk, qui est mort en défendant Peredelkino contre les fascistes. Mes amis ont retrouvé son squelette en creusant le jardin. Il portait toujours sa plaque d'immatriculation à la cheville, ce qui a permis

1. Nous reprenons la traduction de Michel Aucouturier, in *Ma sœur la vie et autres poèmes*, Gallimard, 1982. (*N.d.T.*)

de l'identifier. Ce sont mes amis qui ont érigé cette tombe. La famille d'Hippolyte, ou ce qu'il en reste, est venue un jour de Biélorussie : ils étaient une douzaine et ont passé l'après-midi ici en pique-niquant près de la tombe. Nous les observions depuis la maison et les avons vus déposer des pommes sur la dalle. Ils mangeaient et buvaient en riant et en pleurant. »

Roman se tourna et regarda la datcha d'un étage, aux murs fatigués et aux volets rouges délavés, qui se dressait devant une rangée de sapins. Il sourit pour la première fois de la journée et ce sourire lui allait bien.

« Que penses-tu de cette datcha ? me demanda-t-il.

— Les volets auraient besoin d'être repeints, répondis-je, mais cela fera l'affaire. »

Cela fit fort bien l'affaire en effet. Nous allumâmes des feux conséquents dans les cheminées, à la cuisine et dans la chambre, mais cela ne nous empêcha pas de garder nos grosses écharpes en laine autour du cou. Roman dénicha un paquet de spaghettis, une boîte de tomates entières et deux oignons rouges qui germaient dans un panier d'osier sous l'évier, et entreprit de préparer le repas. En fouillant dans les placards je tombai de mon côté sur une bouteille de Mukhrani géorgien. Pendant que Roman préparait la sauce j'allai faire ce que les geôliers de mon pensionnat suisse appelaient une *toilette de chat* [1] avec une eau glaciale et redescendis enveloppée comme dans un écrin – si j'ose m'exprimer ainsi –, dans le peignoir d'homme en laine peignée que j'avais trouvé accroché à la porte de la salle de bains.

« *Mmm*..., fis-je, ça sent bon...

1. En français dans le texte. (*N.d.T.*)

— C'est toi qui sens bon, dit Roman.

— C'est l'effet d'un savant dosage d'eau et de savon, lui dis-je. Succès garanti. »

Roman sourit à nouveau et je me rendis compte que j'avais dit ça dans l'espoir de revoir son visage s'éclairer de la sorte.

Après le repas, dans la chambre, nous rajoutâmes des brindilles et des bûches sur les braises de la cheminée afin de ranimer les flammes – et de raviver les nôtres, par la même occasion. Nous dénichâmes un drap en lin, des taies d'oreiller et une housse de duvet dans un coffre en bois. Le vieux lit russe à baldaquin craqua un peu quand nous nous décidâmes enfin à nous y glisser, totalement nus à l'exception de nos écharpes. Il craqua de nouveau à mesure que nous nous livrions aux jeux du sexe qui nous avaient conduits à Peredelkino. Un peu plus tard je m'assis dans le lit, mon peignoir autour des épaules. Roman me regardait d'un air étrange en fumant une cigarette.

« Qu'y a-t-il ?

— Dois-je me couvrir de ridicule en te posant la question ?

— Ce ne sera pas la première fois. Tu peux y aller.

— En dehors des grincements du lit, c'était formidable de mon côté. Et pour toi, c'était comment ?

— Ça pouvait aller, lui dis-je.

— Ça pouvait aller ? C'est tout ce que tu trouves à dire ? »

En règle générale, d'un point de vue strictement féminin, il vaut mieux laisser les hommes dans le doute quant à leurs capacités. Je lui précisai donc :

« “Ça pouvait aller” se situe entre “rien d'extraordinaire” et “j'en espérais davantage”. »

Il se mit à rire.

« C'est grâce à moi que nous sommes ici, dit-il. Au moins mon insistance aura-t-elle été récompensée.

— Ton insistance est le revers de ton arrogance. Inutile de monter sur tes grands chevaux, Roman : comme la plupart des hommes, tu possèdes une bonne dose d'arrogance. Mais cela ne me dérange pas. Il s'agit d'une faiblesse masculine qu'une femme peut fort bien exploiter.

— Tu comptes donc exploiter ce que tu considères comme ma faiblesse.

— Tu as déjà exploité, pour ta part, ce que tu as probablement perçu depuis le début comme ma propre faiblesse.

— De quoi parles-tu ?

— De mon appétit effréné pour le sexe, Roman. Quand je baise, c'est comme si le temps s'arrêtait net en moi. Une fois que j'ai fini, j'ai exactement le même âge qu'avant de commencer : pas une seconde, pas une minute de plus. Pas une heure même, si cela s'est prolongé. »

Je le vis méditer sur cette déclaration.

« Avec un peu de chance, dit-il enfin, tu finiras par vieillir un jour.

— Pas si j'arrive à laisser ainsi le temps s'arrêter en moi.

— Je comprends que tes parents t'aient surnommée la Vaurienne. »

En voyant ma surprise il précisa :

« C'est Rosalyn qui me l'a dit. Tu te souviens de Rosalyn, je suppose ? »

Je n'appréciai qu'à moitié qu'il me retourne ma repartie et me lance au visage le nom de ma cousine, alors que je venais de faire l'amour avec son ancien amant.

« Bien sûr que je me souviens de ma cousine Rosalyn. L'été de nos quinze ans, on nous a envoyées toutes les deux au camp de l'Union Vladimir Lénine. Quand son père, mon oncle Mordechai – le frère cadet de Caplan – a découvert que Rosalyn avait perdu sa virginité au cours de ce séjour, il a fait toute une histoire et m'a reproché d'avoir une mauvaise influence sur sa fille. Une mauvaise influence, vraiment !… Cela dit, je reconnais l'avoir plus ou moins poussée dans les bras musclés de l'un des maîtres-nageurs – un Ouïgour au crâne rasé et aux yeux ravissants, doté d'une superbe moustache rousse – en la persuadant qu'elle n'avait rien à perdre si ce n'est, avec un peu de chance, sa virginité. La Vaurienne est un surnom qu'on m'a infligé à cause de mes frasques.

— Quel genre de frasques ?

— Des frasques bien innocentes, d'ordre sexuel pour l'essentiel. Rien à voir avec celles de tes *vory.* »

Les flammes qui vacillaient et les ombres qui dansaient sur les murs avaient dû m'hypnotiser car je sombrai ensuite dans un sommeil de plomb. Je me souviens avoir rêvé que je voyais défiler les étoiles en tombant, les bras tendus comme si je m'élançais dans un bassin du haut d'un plongeoir, sauf qu'au lieu de la sensation sensuelle qu'on éprouve lorsque le corps entre en contact avec l'eau, il n'y eut qu'une éclaboussure de mercure émergeant des profondeurs de la Voie lactée et éclairant la noirceur de l'espace. Quand j'ouvris les yeux, une infime lueur commençait à percer à travers la porte-fenêtre de la chambre. Roman dormait profondément, la tête enfouie dans l'oreiller et les lèvres entrouvertes comme pour un baiser. Me glissant hors du lit, je m'enveloppai dans le peignoir et m'approchai à pas feutrés de la fenêtre pour voir l'aube apparaître. Un croissant de lune brillait sur le tapis d'étoiles dans lequel je venais de plonger. J'eus soudain conscience de la présence de Roman derrière moi, nu comme un ver. Repoussant mes longues mèches de cheveux et mon unique tresse, il me serra la nuque entre deux de ses doigts comme s'il voulait prendre mon pouls, puis se glissa face à moi. Je bataillai avec la ceinture du peignoir mais avant que j'aie pu l'ouvrir il m'avait déjà prise dans ses bras. Abandonnant la ceinture je passai les miens autour de son cou et pressai mon corps chaud contre le sien, qui tremblait. Au bout d'un moment il s'écarta.

« Pour moi, l'entendis-je murmurer, le temps ne s'arrête pas : il s'accélère au contraire et suit les battements de mon cœur. »

Je tendis la main et empoignai son pénis, tout en posant les lèvres sur le petit tatouage qu'il avait sur la poitrine : un ange nu dont les ailes déployées protégeaient du vent la flamme d'une bougie.

« Ton tatouage est très beau, lui dis-je.

— Du temps de mon père, les *vory* étaient appelés *sinie*, les hommes bleus, à cause de leurs tatouages.

— Si j'excepte notre petite séance de jambes en l'air, la chose qui me plaît le plus en toi jusqu'à présent, c'est ce tatouage. À quoi correspond la flamme que protège cet ange bleu ?

— Elle s'appelle Yulia Nahumovna.

— Encore ton baratin », lui lançai-je.

Mais je crains de n'avoir pas su dissimuler dans mon intonation ni dans mon regard la joie secrète que sa réponse suscitait en moi.

10

« Quand tu rembourses quelqu'un, n'oublie jamais les intérêts… »

Moscou
Dimanche 12 janvier 1992

Douillettement emmitouflé dans une parka italienne doublée d'une fourrure en raton laveur dont il a rabattu la capuche sur son crâne chauve, Nahum Caplan grimpe l'escalier métallique en colimaçon et ouvre la lourde porte d'acier qui permet d'accéder au jardin installé sur le toit de l'hôtel Narodnaya. Il a loué les deux derniers des seize étages de l'établissement situé au cœur du quartier juif de Moscou lorsque celui-ci a ouvert ses portes, deux ans et demi plus tôt. Il dispose également d'une partie des garages situés au sous-sol afin d'abriter les sept voitures de la famille, ainsi que la nouvelle Porsche de Yulia et deux camions militaires Studebaker ornés des armoiries de leurs anciens propriétaires, des reliques de la Grande Guerre patriotique : l'un est toujours en état de marche, l'autre aurait besoin d'un nouveau carburateur, introuvable – en tout cas en Russie – depuis le dépôt de bilan du fabricant. Le bail comprend aussi l'usage exclusif d'un ascenseur privé, gardé par l'un des hommes de Caplan qui prend un malin plaisir à fouiller de près les visiteurs, surtout quand il s'agit de femmes, afin de s'assurer qu'ils n'ont pas d'armes sur eux. Caplan, qui vient d'avoir soixante-quatorze ans, ne partage pas l'engouement de sa fille Yulia pour les hivers moscovites mais depuis qu'il a quitté Vilnius pour s'établir ici, il a appris à vivre avec l'air constamment gelé, les températures négatives et les épaisses couches de neige qui sont le lot commun des habitants jusqu'au printemps. Il a fait déblayer la neige qui avait récemment recouvert la terrasse, préférant retrouver ses lieutenants sur le toit quand ils doivent mettre au point des mesures de représailles. Son frère cadet, Mordechai, et le fils de celui-ci, Tzuf, l'attendent sur la plate-forme en bois qui occupe une partie du toit, à côté des pigeonniers pour l'instant inoccupés. En apercevant la grande synagogue Marina Rashad de l'autre côté de la rue Vysheslavtsev, il note mentalement de s'assurer que sa *petite gâterie* mensuelle a bien été versée au rabbin. S'assurer les bonnes grâces des responsables locaux de la communauté a toujours fait partie de ses habitudes. Et pour que personne ne puisse l'accuser de sectarisme, il envoie également une enveloppe tous les mois au patriarche de l'église orthodoxe du quartier.

« Mon frère, je n'apprécie ni le froid, ni la vue qu'on a depuis ce toit, lui lance Mordechai, qui a autrefois écopé de huit ans de prison pour homicide involontaire avant de bénéficier d'une amnistie accordée lors du jour de la Victoire. Pourquoi ne pas nous retrouver à l'intérieur, dans une pièce correctement chauffée, comme des Moscovites civilisés ?

— Il n'y a plus de Moscovites civilisés à Moscou, lui rétorque Caplan. Tout le monde sait qu'ils sont allés s'installer à Leningrad. Le problème des pièces bien chauffées, mon frère, c'est qu'elles ont des murs. Et que les murs ont des oreilles.

— Oncle Nahum, quel est le *vor* que vous avez aujourd'hui en ligne de mire ? lui demande Tzuf, qui est un vétéran de l'Armée rouge où il était tireur d'élite et a effectué deux séjours de six mois en Afghanistan, ce qui lui a permis de perfectionner sa technique en abattant de nombreux moudjahidines à un kilomètre de distance.

— Qu'est-ce qui te fait croire que j'ai quelqu'un en ligne de mire ?

— C'est toujours le cas lorsque tu nous donnes rendez-vous sur le toit, mon oncle. »

Caplan inspire une bouffée d'air glacé, ce qui lui chatouille les narines.

« Tu as plus de jugeote que la plupart des tireurs d'élite, mon neveu. Il s'agit en l'occurrence du petit-six ossète qu'on surnomme l'Argentin.

— Celui qui a bousillé le genou d'un de nos hommes dans la concession Porsche ?

— Lui-même, répond Caplan. Il y a une logique dans la folie qui est la mienne : si nos ennemis pensent que je suis un cinglé qui respecte le vieux précepte biblique “œil pour œil, dent pour dent”, cela nous donnera un avantage dans cette guerre des gangs. Mon homme a perdu une jambe, je veux que l'Argentin perde lui aussi une jambe. Tire-lui une balle dans le genou et assure-toi qu'il s'agisse du genou gauche. Timour le Boiteux recevra le message, même si celui-ci échappe aux crétins du Bureau de lutte contre le crime organisé. Et une fois que tu auras fait ça, je veux que tu lui tires une autre balle, dans l'œil cette fois-ci, qui lui perforera le cerveau.

— L'œil droit ou l'œil gauche ? demande Tzuf avec le plus grand sérieux ; voyant la réaction de Caplan il s'empresse d'ajouter : Je plaisantais, mon oncle.

— Mon frère, intervient Mordechai, lui tirer une balle dans l'œil c'est lui faire chèrement payer cette jambe amputée.

— Quand tu rembourses quelqu'un, mon frère, n'oublie jamais les intérêts, lui explique Caplan.

— Les Ossètes t'ont visiblement mis hors de toi, commente Tzuf.

— Leur *pakhan* m'a humilié. Je ne cherchais pas à déclencher une *razborka* à propos de la distillerie Smirnoff. J'aurais fait la moitié du chemin pour aller à sa rencontre. Mais il est prisonnier de la culture héritée de la prison. Pour lui, il n'y a pas de demi-mesure : il est hors de question qu'il fasse la moitié du chemin.

— Si tu veux mon avis, dit Tzuf, et si nous déclenchons une guerre des gangs, les Tchétchènes se retourneront comme un chien qui se gratte les puces.

— Lorsque j'aurai besoin de ton avis, mon neveu, je te le demanderai. Quant à l'Argentin, voici ce que tu dois savoir avant d'aller le rembourser, intérêts compris. »

Le Pou, Travers de Porc et le Grec se drapent dans les peignoirs blancs en éponge. L'eau ruisselant encore sur leurs pieds nus, ils quittent la vieille *banya* datant de l'ère tsariste pour rejoindre le salon privé du restaurant turc installé juste à côté. L'Argentin, qui a pris du poids et s'est laissé pousser une grosse moustache tombante depuis qu'il est devenu l'un des hommes de main de Timour, plonge une dernière fois dans le vaste tub en bois rempli d'eau glacée avant de s'ébrouer comme un chien, de saisir son peignoir et de rejoindre ses trois complices. Vautré sur l'un des bancs en bois disposés au ras du sol et recouverts de serviettes de bain, le Pou tend le bras au-dessus de son ventre digne d'un lutteur de sumo et appuie sur le bouton de l'interphone.

« Nous sommes prêts pour les zakouskis, Dimitri, lance-t-il dans l'appareil. Et n'oublie pas la double portion de blinis comme la dernière fois.

— Les blinis et le saumon supplémentaire sont déjà sur le chariot, répond une voix. Vous ne tarderez pas à les voir arriver.

— Qui était-ce ? demande l'Argentin, brusquement inquiet. Je n'ai pas reconnu sa voix.

— En tout cas ce n'était pas Dimitri, dit le Grec. Peut-être terminait-il son service à 18 heures.

— Hé, les gars… lance Travers de Porc. Le but du sauna, c'est de se détendre. Il s'agit probablement du nouvel employé qu'ils ont engagé la semaine dernière. »

Passablement nerveux depuis son coup d'éclat à la concession Porsche, sans parler du savon que lui a publiquement passé Timour en lui reprochant d'avoir la gâchette trop facile, l'Argentin sort son PSM semi-automatique de son sac à dos et le glisse derrière lui sous l'un des petits coussins, après avoir armé le chargeur. Au même instant, quelqu'un frappe à la porte.

« Regarde de qui il s'agit avant de tirer le verrou », lance l'Argentin au Pou.

Celui-ci soulève la rondelle du judas et jette un coup d'œil.

« C'est le chariot de zakouskis, dit-il en rigolant.

— Tu reconnais les types qui l'apportent ? insiste l'Argentin.

— Je reconnais les zakouskis, rétorque le Pou avec irritation. Tu veux manger, oui ou non ?

— Laisse-les entrer, bordel ! lance Travers de Porc. Je meurs de faim. »

En haussant les épaules, le Pou tire le verrou. L'Argentin glisse la main sous son coussin et saisit son arme tandis que deux individus vêtus du pantalon blanc, du chandail blanc et des gants blancs des employés du sauna franchissent le détecteur de métaux qui encadre la porte. Le Pou observe le voyant de contrôle au-dessus du chambranle mais la lumière rouge ne s'allume pas.

« Ils ne sont pas armés », dit-il en leur faisant signe d'entrer.

En constatant que le voyant ne s'est pas allumé, l'Argentin se détend un peu et relâche son arme. L'un des employés pousse dans la pièce le chariot couvert de zakouskis et de deux bouteilles de vodka glacée, tandis que l'autre ferme la porte derrière lui et tire brusquement les verrous.

L'Argentin se redresse aussitôt.

« Pourquoi a-t-il verrouillé la porte, bordel ? Eh… toi là-bas… pourquoi as-tu tiré ce putain de verrou ? »

L'employé se fend d'un sourire candide.

« Nous nous sommes dit qu'étant des Ossètes vous apprécieriez davantage nos zakouskis en toute sécurité. »

D'un geste large qui capte l'attention générale, l'autre employé soulève le couvercle en argent du plat de service ovale qui contient un demi-saumon.

« Ce saumon nageait hier encore dans la mer Baltique », dit-il.

Pendant ce temps, son collègue a soulevé le couvercle de l'autre plat de service, révélant deux splendides revolvers Nagant équipés de silencieux de fortune, fabriqués à partir de balles de tennis. En une fraction de seconde, il s'empare de l'un des revolvers qu'il braque sur les quatre Ossètes, tout en lançant la deuxième arme à son partenaire.

« Je vous disais bien que je ne reconnaissais pas cette putain de voix », gémit l'Argentin.

L'employé qui a présenté le saumon de la Baltique ôte les lunettes teintées et la fausse barbe qui masquaient son visage.

« Je te reconnais, lance l'Argentin. Je reconnais cet enfoiré, ajoute-t-il à l'intention de ses complices.

— Tzuf Caplan, pour vous servir », annonce ce dernier.

Le Pou écarte les bras et montre ses mains vides.

« Peut-on savoir ce qu'il se passe au juste ? » demande-t-il.

Tzuf a un petit rictus.

« Vous trois, vous êtes en dehors du coup. C'est l'Argentin qui est dans le collimateur. »

L'Argentin, dont la voix éraillée n'est plus qu'un murmure, lui dit :

« Le Grec ici présent est le gardien de notre *obstchak*. Dites-nous quelle somme vous exigez pour passer l'éponge et il s'en chargera. Pas vrai, le Grec ?

— Écoutez, les gars, intervient celui-ci, si c'est une question d'argent… »

Il n'achève même pas sa phrase.

« Tu as l'esprit troublé, dit Tzuf à l'Argentin. Écoute-moi bien… Il y a une demi-douzaine de rôles que je m'imagine volontiers jouer dans cette vie : tireur d'élite de l'Armée soviétique, don de la mafia, comique présentant son one-man-show, gentleman-farmer anglais, latin lover dans un film italien et même employé de *banya* si jamais l'occasion se présentait.

— Ce qui est indéniablement le cas aujourd'hui, plaisante son partenaire.

— Le rôle qui me correspond le mieux, c'est celui du gentleman-farmer. Si c'était encore possible, je te provoquerais volontiers en duel – à l'épée, au poignard, au couteau de poche, à la batte de baseball, au pistolet à eau rempli d'acide, que sais-je encore… – dans le grand style d'autrefois, quand les hommes dignes de ce nom estimaient leur honneur supérieur à leur vie. Mais nous avons changé d'époque, pas vrai ? Et les gentlemen sont une espèce en voie de disparition. Ceux d'entre nous qui ont survécu au nouvel âge glaciaire qu'a connu la Russie ne peuvent pas se permettre de renoncer à la violence s'ils veulent survivre. As-tu au moins un prénom, l'Argentin ? Qu'on puisse l'inscrire sur ta tombe le jour de ton enterrement ?

— On m'appelle l'Argentin. Mon prénom, je l'ai oublié.

— Eh bien, l'Argentin, mon ami ici présent et moi-même sommes de confession israélite. Le fait que nous sachions prononcer correctement ou non le nom sacré de Yahvé une fois par an dans le saint des saints est un détail secondaire. L'essentiel est que nous croyons en la Torah et que la Torah nous enseigne un commandement simple : "œil pour œil, dent pour dent, genou pour genou"… »

Le sang se retire du visage de l'Argentin, qui entrevoit tout à coup ce qui va se passer. Se souvenant de son PSM, il glisse la main sous son coussin mais tremble tellement que son geste n'échappe pas à Tzuf.

« Pour paraphraser une impérissable repartie, dit-il en agitant son arme : "Je ne te conseille pas de faire ça, ton peignoir risque d'hériter d'une boutonnière supplémentaire." »

L'Argentin déclare forfait. Avec un petit ricanement, Tzuf lui demande :

« Ça ne changera pas grand-chose à l'arrivée, mais as-tu une préférence ?

— Une préférence ? répète l'Argentin en essuyant du revers de sa manche la sueur qui coule de son front.

— Quel genou préfères-tu ?

— Salopard ! Que ta descendance soit maudite pendant sept générations !

— Si tu cherches à me mettre en colère, tu uses ta salive en vain. Je n'ai nullement besoin d'être en colère pour faire ce que j'ai à faire, dit Tzuf en vissant à fond le silencieux sur le canon de son Nagant. C'est aussi bien que tu n'aies pas de préférence, d'ailleurs… »

Il tend le bras et pointe son arme sur le genou gauche de l'Argentin avant d'appuyer sur la gâchette. On entend le léger sifflement de l'air, semblable à celui d'un pneu qui se dégonfle, tandis que la cartouche de laiton de 7,62 mm dont la pointe est conçue pour se fragmenter au moment de l'impact percute la rotule du petit-six.

Ravalant les larmes qui lui montent aux yeux, l'Argentin peine à retrouver son souffle.

« Nous… voici… donc… quittes… parvient-il à articuler.

— Malheureusement pour toi, nous ne sommes pas simplement venus pour rétablir l'équilibre de la balance, répond Tzuf. Il va falloir compter avec les intérêts. »

À ces mots, il lève son arme vers l'Argentin et tire une nouvelle cartouche de 7,62 mm dans son œil gauche qui n'est plus qu'un trou béant.

Le Pou se détourne et plonge son visage dans sa serviette. Le Grec se met à vomir dans le panier rempli de serviettes usagées. Travers de Porc, dont la bouche reste grande ouverte comme s'il n'arrivait plus à respirer, éructe entre deux hoquets :

« Bordel, tu… salopard… tu l'as sûr… sûrement… *tué* !

— Probablement, acquiesce Tzuf d'un air enjoué. J'avais abattu vingt-neuf types au cours de mes deux campagnes en Afghanistan. Avec feu l'Argentin, cela fait un compte rond. »

Son corps massif de lutteur de sumo tassé sur la chaise de cuisine dont les deux pieds de devant ont été raccourcis pour la rendre plus inconfortable, le Pou est assis, penché en avant, les paumes plaquées contre ses oreilles moins pour atténuer les bruits environnants que pour soutenir sa tête qui lui paraît bien lourde, après des heures d'interrogatoire.

« Je vous l'ai déjà dit cent fois, se plaint-il. Le type qui a buté l'Argentin était un Africain à la peau aussi noire que la nuit là-dehors, de l'autre côté de la fenêtre. »

Ossip Axelrod échange un sourire goguenard avec son stagiaire, adossé contre le mur derrière le Pou.

« Sans doute n'a-t-il pas entendu la question, patron, dit Misha. S'il ôtait les mains de ses oreilles, il nous répondrait peut-être de manière plus satisfaisante.

— J'ai très bien entendu, dit le Pou. Il est au moins 2 heures du matin. Je réponds à vos questions depuis que vous m'avez amené ici, il y a bien cinq heures. Je n'arrive plus à garder les yeux ouverts. J'ai besoin de dormir.

— Tu étais présent chez ce concessionnaire Porsche quand l'un des *vory* de Caplan a pris une balle dans le genou », lui rappelle Ossip.

Le Pou parvient à acquiescer.

« L'Argentin était présent lui aussi, n'est-ce pas ?

— Je vous l'ai déjà dit, il s'agissait d'une conversation amicale entre deux *vory* pour savoir qui allait se charger de la protection du garage.

— Tellement amicale que le *vor* de Caplan s'est chopé une balle dans le genou et qu'il a fallu l'amputer.

— Il nous montrait son nouveau flingue et l'Argentin lui a montré le sien en échange. Le type lui a demandé s'il pouvait le soupeser, il croyait sans doute que le cran de sûreté était mis car le coup est parti tout seul quand il s'en est emparé. »

Ossip émet un petit rire.

« Tu crois vraiment qu'un adulte normalement constitué va gober une histoire pareille ?

— Je vous dis ce que j'ai vu, messieurs les policiers. Un point c'est tout. »

Ossip Axelrod se rend dans le bureau voisin du sien en prenant soin de refermer la porte derrière lui. L'un de ses agents en uniforme se tient à côté d'une fontaine à eau, les yeux fixés sur les deux *vory* ossètes, celui qu'on surnomme Travers de Porc et l'autre, plus âgé, qu'on appelle le Grec.

« Redis-moi à quoi ressemblait ce tueur », dit-il pour qu'Ossip en profite.

Le regard inquiet, Travers de Porc marmonne d'une voix rauque :

« J'ai vraiment besoin de pisser…

— Pisse dans ton froc », lui lance le flic.

Ossip répète la question de son agent :

« À quoi ressemblait donc ce tueur ?

— Je l'ai déjà dit, c'était un Ouzbek aux yeux bridés et au visage rond comme la lune.

— Ton copain dans la pièce à côté m'a dit qu'il s'agissait d'un nègre. »

Le Grec relève les yeux.

« Le type qui accompagnait l'Ouzbek aurait très bien pu être un nègre, dit-il. Je ne l'ai pas vraiment regardé, mon attention était fixée sur l'assassin.

— Vous voulez que je leur rafraîchisse la mémoire ? » lance l'agent à Ossip.

Celui-ci secoue la tête.

« Laissons-les mariner dans leur jus », dit-il avant de regagner son bureau.

Une fois là, il donne un coup de pied dans la chaise où est assis le Pou pour attirer son attention.

« Travers de Porc et le Grec prétendent que le tueur était un Ouzbek, lui dit-il.

— Maintenant que j'y pense, le type qui l'accompagnait était en effet un Ouzbek. Mais celui qui a descendu l'Argentin était noir comme du charbon. »

Ossip s'assied sur le bord de son bureau.

« Je vais te poser une question purement hypothétique, le Pou. J'espère que tu connais le sens du mot "hypothétique" ? Si tu avais la possibilité de lever ton cul de cette chaise, de sortir de ce bâtiment, de prendre un taxi jusqu'à l'aéroport et de monter à bord d'un avion de ton choix, où irais-tu ? »

Le Pou a dressé l'oreille : cet Ossip serait-il en train de lui offrir une porte de sortie ?

« Si je pouvais aller n'importe où ? demande-t-il.

— N'importe où, confirme Ossip. En Australie, en Afrique du Sud, au Mexique, au Brésil, à New York... À toi de choisir.

— Je prendrais un vol pour Tbilissi et j'irai trouver mon cousin Khetag, qui est instituteur là-bas. Je lui demanderais de me conduire à Tskhinvali, une centaine de kilomètres plus loin : c'est là que j'ai grandi et que j'ai remporté une médaille d'argent lors d'une compétition locale de sumo, quand j'avais seize ans. Mon père possède une petite ferme sur une colline, au-dessus de la rivière Liakhvi. L'été, quand nous étions gamins, les jours où il faisait trop chaud nous allions nous y baigner après avoir ramené les vaches des champs. Le soir nous draguions les filles du village au sommet de la butte herbeuse qui surplombe la rivière. Il y avait des soirs où la Voie lactée paraissait si proche qu'on avait l'impression de pouvoir la saisir rien qu'en tendant la main. »

Ossip acquiesce d'un air bienveillant.

« Je te propose un marché, le Pou. »

Misha consulte un rapport dactylographié et lui dit :

« C'est l'Argentin qui a tiré dans le genou de l'homme de Caplan, le jour de cette rencontre à la concession Porsche ? Et c'est Tzuf, le neveu de Caplan, qui a lancé : "Les choses n'en resteront pas là !" quand ils ont transporté le type dans leur pick-up ? »

Ossip prend le relais :

« Tu nous demandes d'avaler tes bobards, comme quoi l'homme de Caplan se serait tiré lui-même une balle dans le genou ce soir-là. Quelques jours plus tard, l'Argentin a reçu à son tour une balle dans le même genou. Sacrée coïncidence, tu ne trouves pas ? Quelqu'un cherche visiblement à nous adresser un message... »

Le Pou émet un petit ricanement.

« Il y a aussi quelques divergences...

— Des divergences ? répète Ossip. Par exemple ? »

Le Pou essaie de remuer la masse considérable de son poids afin de trouver une position plus confortable sur cette chaise de cuisine.

« Par exemple, dit-il, le type de Caplan ne s'est pas tiré une balle dans l'œil gauche, alors que l'Argentin y a eu droit. »

Ossip vient se placer derrière sa chaise et chuchote à l'oreille du Pou :

« C'est Tzuf qui l'a abattu, n'est-ce pas ? Deux employés dans les cuisines du sauna nous ont décrit le barbu qui a monté le chariot : un individu plutôt jeune, aussi maigre qu'un végétarien en pleine grève de la faim, les cheveux lui tombant sur la nuque et déjà parsemés de gris, ce qui est curieux pour un homme de son âge.

Quant à sa barbe, elle donnait l'impression d'avoir été collée à ses joues. Tu ne ferais que confirmer ce que nous savons déjà, le Pou. C'est Tzuf qui a abattu l'Argentin en lui tirant une balle d'abord dans le genou, puis dans l'œil gauche : c'est bien ça ? »

Le Pou se retourne pour dévisager son interlocuteur.

« Il faut que vous sachiez d'où je viens, monsieur... (il regarde la plaque en bois posée sur le bureau) ...monsieur O point Axelrod. J'ai passé un certain temps en compagnie du *pakhan* Timour dans la Colonie pénitentiaire de régime strict n° 40. Et je suis resté à ses côtés, à l'intérieur comme à l'extérieur de la *zona* depuis lors. Si je vous écoutais, je signerais mon arrêt de mort.

— Le Département de la lutte contre le crime organisé a mis au point un programme de protection des témoins. Nous pouvons te fournir une nouvelle identité. Un nouveau passeport intérieur, un billet pour Tskhinvali, assez d'argent pour que tu puisses acheter ta propre ferme au bord de la Liakhvi. Dénonce Tzuf et nous ferons pencher la balance en faveur des *vory v zakone*.

— Si la balance doit pencher – attention, je ne dis pas que ce soit le cas –, notre *pakhan* Timour s'en chargera lui-même. Toute autre solution serait déshonorante.

— Donne à mon chef ce qu'il te demande, le Pou, intervient Misha, et tu n'auras plus à t'en faire jusqu'à la fin de tes jours.

— Si je le faisais, répond le Pou en plaquant à nouveau les mains sur ses oreilles, mes jours seraient comptés. Le type qui a descendu l'Argentin était un Africain aussi noir que la nuit qu'on aperçoit à travers votre putain de fenêtre.

— Vous parlez à une mule, patron, dit Misha.

— Une mule peut-être, murmure le Pou, mais une mule en vie. »

Ossip perd encore dix minutes à tenter de convaincre le Pou et finit par abandonner la partie. De la main, il lui fait signe de récupérer ses affaires et de décamper.

« On se heurte toujours à ce fichu code des *vory v zakone*, explique Ossip à son stagiaire. Que ce soit à l'intérieur ou à l'extérieur de la *zona*, ils n'avaient pas le droit de lever le petit doigt pour aider les autorités communistes. Comme l'addiction à la cocaïne, il est difficile de renoncer à une telle habitude et ils ne sont pas près de nous aider à résoudre le moindre meurtre, même aujourd'hui que les communistes ont été réduits à l'état de débris tout juste bons à être balayés et jetés à la poubelle. (Ossip ferme les yeux et se frotte les paupières.) Si l'un d'entre eux acceptait de dénoncer Tzuf, reprend-il, cela ne changerait d'ailleurs pas grand-chose. Tu peux être assuré que celui-ci aurait un alibi en béton, qu'une demi-douzaine de *vory* et leurs copines seraient prêts à jurer sur une montagne de bibles qu'il participait à une orgie au moment où l'Argentin perdait son œil.

— Puisque vous le saviez depuis le début, pourquoi vous êtes-vous donné la peine de les interroger ?

— C'est une bonne question. Je suppose…

— Vous supposez ?… »

Ossip va chercher son manteau suspendu à un cintre métallique dans la penderie.

« Je suppose que je garde l'espoir au fond de moi qu'il y ait une autre manière de traiter avec les *vory v zakone* que…

— Que quoi ?

— Mieux vaut ne pas le savoir. »

11

« Si la rumeur se répand que Caplan s'en est tiré après avoir tué l'un des nôtres, l'odeur du sang attirera les autres… »

Moscou
Lundi 13 janvier 1992

Timour regarde Moscou par la fenêtre, la ville est enveloppée d'un épais brouillard hivernal. Pour la énième fois il regrette que la maison ait été construite à l'écart de la route, ce qui l'empêche de percevoir les bruits de la circulation. Et pour l'instant, deux bonnes heures avant le lever du jour, les lumières de la ville ne lui parviennent pas davantage en raison du brouillard. Raspoutine, qui se tient dans l'encadrement de la porte donnant accès aux appartements privés de son chef, balance d'un pied sur l'autre sa lourde silhouette.

« Vous auriez au moins pu accorder vos violons, les gars, et raconter la même histoire. »

Assis sur le canapé et raides comme des passe-lacets, le Pou et Travers de Porc échangent un regard.

« À vrai dire, les flics du Bureau de lutte contre le crime ne nous ont pas laissé le choix, dit le Pou. Ils nous ont répartis dans des pièces séparées avant de nous interroger. Je n'avais aucun moyen de savoir ce que les autres allaient leur raconter.

— C'est pour ça que tu leur as dit que le tueur était un nègre, tandis que le Grec et Travers de Porc ont prétendu que c'était un Ouzbek aux yeux bridés, intervient Roman.

— Exactement », confirme le Pou.

Timour détourne son regard de la fenêtre.

« Avez-vous fait allusion à Tzuf ? demande-t-il.

— Aucun de nous n'a prononcé son nom, affirme Travers de Porc. C'est l'autre qui l'a mentionné.

— Qui ça, *l'autre* ? demande Roman.

— L'un des flics qui nous interrogeaient. Celui qui était en uniforme l'a appelé Ossip, se souvient Travers de Porc.

— O. Axelrod, précise le Pou. J'ai aperçu sur son bureau une plaque qui mentionnait son nom.

— Qu'a-t-il dit à propos de Tzuf ? demande Raspoutine.

— Il a dit que c'était une sacrée coïncidence que l'un des hommes de Caplan se soit tiré une balle dans le genou en présence de Tzuf et de l'Argentin – et que l'Argentin ait justement reçu une balle dans le même genou quelques jours plus tard… dit le Pou.

— Qu'as-tu répondu ? lui demande Timour.

— Je lui ai dit qu'il y avait aussi des divergences. Par exemple, que le type de Caplan ne s'était pas tiré une balle dans l'œil gauche, alors que l'Argentin y avait eu droit. »

Raspoutine lève les yeux au ciel d'un air dégoûté.

« C'est malin, murmure-t-il.

— Qu'est-ce que j'ai fait de mal, bordel ? demande le Pou.

— Ce que tu as fait de mal, pour commencer, c'est de voir le jour, grommelle Raspoutine.

— Du calme, Mika, intervient Timour. Nous sommes tous à cran. Vous deux, allez retrouver le Grec. Il a besoin d'être soutenu, il n'a pas encaissé la mort de l'Argentin. »

Les deux hommes se lèvent. Le Pou s'apprête à dire quelque chose mais se ravise en hochant la tête.

« Vas-y, crache le morceau », lui lance Raspoutine.

Le Pou considère son énorme ventre, qui déborde de sa large ceinture.

« Nous pensions que ces types venaient pour cette histoire de genou, dit-il. Nous ne savions pas que…

— Et même si nous l'avions su, coupe Travers de Porc, nous n'aurions rien pu faire. Ils étaient tous les deux armés.

— Je ne vous reproche rien, leur dit Timour. L'Argentin aurait dû réfléchir à deux fois dans ce garage avant de tirer. Quant au dénommé Tzuf, d'après ce que j'ai entendu dire, il ne s'est probablement pas donné la peine de réfléchir à deux fois lui non plus avant de débarquer dans cette *banya*. Ce sont des choses qui arrivent. Vous avez bien fait de ne pas parler de ce Tzuf aux flics. C'est un problème qui nous regarde et que nous allons régler nous-mêmes. »

D'un geste il leur désigne la porte. Le Pou et Travers de Porc s'inclinent pour le remercier. Une fois qu'ils sont partis Timour va s'asseoir dans son fauteuil, derrière son bureau.

« L'Argentin avait-il de la famille ? demande-t-il.

— Son père vit dans un village en Géorgie. Quant à sa grand-mère, à supposer qu'elle soit encore en vie, elle est à Buenos Aires : c'est elle qu'il était allé voir avant de se faire enrôler pour six ans dans l'armée argentine. »

Timour donne ses instructions à Raspoutine :

« Quand les flics nous aurons rendu le corps, demande au Grec de faire en sorte qu'il soit transféré chez son père en Géorgie. Nous paierons également les funérailles – et dis au Grec de ne pas lésiner sur le prix du cercueil, je tiens à ce que l'Argentin soit dignement enterré. Il faudra aussi verser à son père l'indemnité habituelle.

— Je m'en occupe, *pakhan*.

— Je veux que tu doubles le nombre des petits-six qui sont de garde en bas. Assure-toi qu'ils soient équipés d'armes automatiques et qu'ils aient des chargeurs de rechange. Sois très attentif à la foule des gens qui se présentent ici tous les matins. Ils doivent tous être fouillés de près, ainsi que le contenu de leurs paniers et de leurs sacs à dos. Qu'on inspecte même les couches des bébés.

— Et si j'installais un détecteur de métaux à l'entrée, comme on en voit dans les aéroports ?

— Dans le cas de l'Argentin cela s'est avéré particulièrement efficace, marmonne Roman à mi-voix.

— Cela ne peut pas faire de tort, déclare Timour. Le fait de devoir franchir un tel détecteur découragera peut-être certains de venir nous frapper ici même. (Il regarde Roman, qui a retourné une chaise de cuisine pour s'y asseoir à califourchon.) Comme tu l'auras compris, mon très cher fils, nous sommes en guerre. Et ce sera une guerre sans merci. Si Caplan s'était contenté du genou, nous aurions encore pu discuter. Mais l'abattre ainsi d'une balle dans l'œil alors qu'il n'y avait aucun mort de son côté… (Il se tourne vers Raspoutine.) Établis-moi la liste des lieutenants et des hommes de main de Caplan. Je veux savoir où ils sont basés, quelles sont leurs origines. S'ils ont fait de la taule, je veux savoir où et pour quel motif. Récolte aussi toutes les informations que tu pourras sur les deux derniers étages de l'hôtel Narodnaya : si l'on y accède par un ascenseur ou par des escaliers, notamment. Ainsi que sur les moyens d'accès au parking souterrain. Et le nombre de voitures dont il dispose. Je veux aussi la liste de tous les membres de la famille Caplan. »

Raspoutine se fend d'un sourire satisfait.

« Je tiens ce Caplan à l'œil depuis qu'il a débarqué à Moscou, dit-il. Sans compter la nouvelle Porsche qu'il vient d'offrir à sa fille, il possède sept voitures garées au premier niveau du parking souterrain ainsi que deux camions Studebaker destinés aux transports de troupes, dont l'un ne marche pas car il manque une pièce du moteur. Le garage est gardé vingt-quatre heures sur vingt-quatre par des flics à la retraite. Lorsque Caplan sort quelque part, il monte toujours à l'arrière du Studebaker en état de marche, ce qui rend toute attaque impossible. Un tir de bazooka égratignerait à peine la carrosserie. La seule solution serait de placer une bombe sur sa route mais encore faudrait-il savoir à l'avance quel itinéraire il va suivre : raison pour laquelle il ne prend jamais le même trajet lorsqu'il met les pieds en dehors de l'hôtel. Quant à sa famille, il a un frère cadet du nom de Mordechai, qui lui-même a un fils : cet enfoiré de Tzuf, ainsi qu'une fille prénommée Rosalyn, la sœur de Tzuf. Enfin Caplan a une fille, Yulia, qui d'après tous les témoignages… »

Roman interrompt Raspoutine.

« Je crois que nous pouvons laisser sa famille en dehors de cette affaire. »

Timour regarde son fils, étonné.

« Pourquoi ? demande-t-il. C'est Tzuf qui a abattu l'Argentin. Il est un peu tard pour le tenir à l'écart de tout ça.

— Je faisais allusion aux filles, dit Roman. Elles n'ont rien à voir avec ce meurtre.

— Comment le savoir ? demande Raspoutine.

— Rosalyn n'est pas en très bons termes avec son oncle, dit Roman. Quant à Yulia, c'est le pur produit d'un pensionnat suisse. C'est une enfant gâtée et pour l'instant le grand amour de sa vie est la Porsche que son père vient de lui offrir. Pour quelqu'un qui est tombé amoureux de sa Range Rover, ajoute-t-il avec un sourire narquois, tu devrais pouvoir comprendre ça, Mika. »

Raspoutine ignore cette remarque caustique.

« Cette Yulia n'a pas terminé ses études, dit-il en se tournant vers Timour. Elle s'est fait virer après s'être livrée à des activités extrascolaires d'ordre essentiellement sexuel. (Une idée lui vient brusquement et il se tourne vers Roman.) Ne me dis pas que c'était elle qui était au volant de cette Porsche garée devant la concession ! »

Timour les dévisage à tour de rôle.

« Personne ne m'a parlé d'une Porsche garée devant la concession ce jour-là », dit-il.

Roman se tourne vers son père.

« Ces filles n'ont rien à voir avec le meurtre de l'Argentin, pas plus qu'avec la guerre que nous allons mener contre Caplan. »

Timour considère la question.

« Tzuf est en tête de notre liste, dit-il enfin. Son père, ce Mordechai, est une cible potentielle. Caplan aussi, bien sûr – ainsi que l'ensemble de ses lieutenants et de ses hommes de main. Pour l'instant, nous laisserons sa fille et sa nièce en dehors de tout ça.

— Comment voyez-vous les choses ? lui demande Raspoutine.

— Nous éliminerons nos cibles principales les unes après les autres. Il ne s'agit pas d'une simple guerre des gangs, c'est notre réputation qui est en jeu dans cette affaire. Si la rumeur se répand que Caplan s'en est tiré après avoir tué l'un des nôtres, l'odeur du sang attirera les autres, qui viendront à leur tour pour s'emparer d'un morceau du cadavre. (Timour regarde sa montre.) Assure-toi déjà de la sécurité de la maison, dit-il à Mika. Quand tu auras réglé cette question nous verrons quel sera notre prochain mouvement. »

Raspoutine comprend que le *pakhan* souhaite parler en tête à tête avec son fils et a une petite idée du sujet de leur conversation.

« Je serai en bas si on a besoin de moi », lance-t-il en se dirigeant vers la porte.

Timour quitte son bureau et vient s'asseoir sur une chaise en face de Roman. Leurs genoux se touchent presque.

« Qu'est-ce que tu as, à t'enticher ainsi de toutes ces juives ? lui demande-t-il.

— Ce qui m'attire en elles est peut-être justement ce qui te hérisse.

— Si tu as besoin de te rebeller contre ton père pour devenir un homme, cela ne me dérange pas. Mais choisis un autre moyen.

— De toute façon, dit Roman, c'est fini entre Rosalyn et moi.

— Et l'autre alors, cette juive à la Porsche qui, si j'ai bien compris, s'avère être la propre fille de Caplan ?

— Avec elle, je ne suis même pas sûr que les choses aient seulement commencé.

— Arrange-toi dans ce cas pour qu'elles en restent là. Trouve-toi plutôt une gentille Ossète qui te donnera des fils.

— Comme tu l'as fait toi-même…

— Mon héritage n'est pas si indigne, mon cher fils, dit Timour en désignant la maison où ils se trouvent. Je n'ai pas trop mal réussi, pour un Ossète originaire d'Areshperani.

— Tu as fait ton chemin depuis lors, je suis le premier à le reconnaître. Mais en regardant derrière toi, quand tu te réveilles la nuit, t'arrive-t-il de regretter de ne pas être devenu un berger dans les montagnes de Géorgie, plutôt que le *pakhan* d'une tribu d'Ossètes échoués à Moscou ? »

Timour se lève et se met à marcher de long en large dans la pièce, espérant refréner avant que son fils ne s'en aperçoive la tourmente qui bouillonne en lui.

« Je ne suis pas certain que ta question me plaise, dit-il d'une voix douce avant de prendre appui sur son talon boiteux et de répéter, avec davantage de hargne : Ta question me déplaît même profondément, mon fils, sans parler du ton sur lequel tu l'as posée. D'une manière ou d'une autre, tu es parvenu à te convaincre que tu valais mieux que ton père parce que tu n'avais pas de sang sur les mains. Quand j'avais ton âge, Roman, il n'y avait que deux manières de rester en vie, d'avancer dans la vie, et elles impliquaient l'une et l'autre d'avoir du sang sur les mains. On pouvait devenir membre de leur merveilleux Parti communiste et se retrouver ainsi du côté des criminels. Ou on pouvait devenir soi-même un criminel honnête et vivre selon le code des *vory*. J'ai choisi la deuxième voie, parce qu'elle correspondait à ma nature et que c'était le moyen pour ma famille adoptive ossète – cette tribu que tu méprises – de survivre et même de prospérer. »

Timour s'interrompt et dévisage Roman.

« Pour répondre à ton insolente, pour ne pas dire irrespectueuse question, mon cher fils, je ne me réveille quasiment jamais au milieu de la nuit. Et s'il m'arrive de temps à autre de regarder en arrière, ce qui est fort rare, ce n'est pas en étant rongé par le remords. Et je n'ai certainement pas l'impression d'avoir fait naufrage ni d'avoir échoué à Moscou. »

Roman se lève à son tour et veut prendre la main de son père mais celui-ci, que la moindre manifestation d'émotion met mal à l'aise, la retire aussitôt. Blessé par ce refus, Roman lui lance :

« J'ai employé ce mot sans réfléchir, père. (Il hésite un instant, puis se lance.) Avec tout le respect que je te dois, tu n'as pas compris ce qui se passe entre nous. Il y a quelques jours tu m'as dit que le passé n'était jamais passé. J'ai cru que tu voulais dire que tu n'avais jamais vraiment quitté la Colonie pénitentiaire de régime strict n° 40. Que ton corps était ici, à Moscou, mais que ton esprit était toujours dans la steppe de Perm – que tu étais resté le *pakhan* d'un grenier sans fenêtre écoutant un poète lire du Pouchkine pour un quignon de pain. Tu as été condamné à passer dix ans dans cette colonie pénitentiaire mais la sentence était en fait à perpétuité. Tu n'en es jamais sorti, tu n'en sortiras jamais. Et quand on est extérieur à cette colonie pénitentiaire, comme c'est mon cas, il est tout à fait impossible d'y pénétrer. Voilà le mur qui nous sépare, père. Ces mots ont-ils un sens pour toi ? »

En inspirant bruyamment, Timour tourne le dos à son fils et se dirige en boitant vers la porte.

« Non, murmure-t-il avec colère. Ils n'en ont pas. Pas le moindre.

— Bon sang, père… Tu ne comprends donc pas ? Ta montre indique l'heure d'Areshperani – et moi, j'ai besoin de savoir l'heure qu'il est à Moscou ! »

Timour sort en claquant la porte derrière lui.

12

« Il faisait si froid dans cette fourmilière que même le contact d'un rayon de soleil sur la peau avait quelque chose de glacial... »

Vorkoutlag, au nord du cercle polaire
Un bref retour en arrière

La dure réalité que Timour ne pouvait plus ignorer après sa première arrestation à l'âge tendre de quatorze ans – sans parler des trois doigts qu'on lui avait brisés – était extrêmement simple : si l'on n'est pas capable de semer deux policiers en civil déjà âgés et bedonnants, mieux vaut renoncer à une carrière de pickpocket. Ce qui explique pourquoi il se lança au cours de sa dix-septième année dans une escroquerie lucrative qui ne nécessitait pas d'être un champion de course à pied : la fabrication de fausses icônes orthodoxes. Il avait loué près de la station de métro Maïakovskaïa, dans un immeuble construit avant la révolution, une chambre de bonne à deux sœurs estoniennes qui par le plus grand des hasards s'avérèrent de remarquables faussaires : elles fabriquaient des certificats de naissance ou de divorce d'une fidélité parfaite et fournirent à Timour le permis de résidence temporaire à Moscou dont il avait besoin. Il réussit à les convaincre qu'elles gaspillaient leurs talents : ayant dérobé un livre sur les icônes dans la bibliothèque d'une ancienne église orthodoxe, il mit les deux sœurs à l'ouvrage. Après quelques tâtonnements, ayant notamment commis l'erreur de mélanger le bleu de Prusse et l'alizarine à du jaune d'œuf, elles furent en mesure d'exécuter des copies remarquables de saint Georges terrassant le dragon, de Noé construisant son arche ou de Moïse face au buisson ardent, une fois qu'elles eurent trouvé la nuance qui convenait pour les flammes incandescentes. Timour disposait ensuite les panneaux de bois fraîchement peints sur le toit d'une cabane, dans une allée voisine, et les laissait exposés aux intempéries pendant un mois ou deux. Il recouvrait ensuite de vernis leurs motifs craquelés et allait proposer ses contrefaçons dans les débits de boisson huppés que fréquentaient les touristes occidentaux. Il fut pris la main dans le sac à plusieurs reprises par un policier qui surveillait les lieux mais le don d'une ou deux icônes suffit à convaincre le représentant de la loi de fermer les yeux sur ce petit trafic.

À l'âge de vingt-deux ans, Timour se tourna vers le commerce du caviar. Il avait monté un atelier clandestin dans le sous-sol d'une épicerie du quartier : il y mettait en conserve des bocaux d'un kilo de caviar béluga qu'il allait vendre dans les ambassades, moitié moins cher que chez Petrossian à Paris. Par une étrange ironie du sort, lorsqu'il fut finalement arrêté – c'était en 1941, il venait d'avoir vingt-quatre ans –, cela n'avait rien à voir avec les icônes ni avec le caviar, mais tenait au simple fait qu'il était ossète. Dès le début de l'invasion allemande, en bon paranoïaque soupçonnant des ennemis réels ou imaginaires de tous les côtés, Staline avait demandé à l'Armée rouge de « nettoyer » l'ensemble de la Russie à l'ouest de l'Oural des individus appartenant aux minorités indigènes dont il craignait, si l'opportunité se présentait, qu'elles ne soient un peu trop enclines à collaborer avec la Wehrmacht. C'est ainsi que parmi des milliers de Kalmouks, de Karatchaïs, de Tchétchènes, d'Ingouches, d'Ossètes et même d'anciens émigrés allemands, Timour se retrouva déporté pendant l'hiver 1941 à Vorkoutlag, l'une des dizaines de fourmilières pénitentiaires édifiées dans la toundra de Vorkhouta, à une journée en traîneau de rennes au nord du cercle polaire : il faisait si froid que même le contact d'un rayon de soleil sur la peau avait quelque chose de glacial. Timour fut assigné dans un long baraquement en brique dont les fenêtres étroites étaient protégées par des peaux de bêtes afin que les épaisses fumées noires qui s'élevaient dans le ciel au-dessus de l'étendue désolée du permafrost ne pénètrent à l'intérieur. Le *vor* qui dirigeait le baraquement, Kosta Karatsev, un vieillard arthritique qui purgeait une peine de vingt ans après avoir tué l'amant de sa femme, s'avéra être un Ossète lui aussi, originaire du même village de la steppe que le grand-père de Timour : Areshperani, dans l'est de la Géorgie. Après avoir interrogé le nouveau *zek* et s'être assuré qu'il ne s'agissait pas d'un mouchard ou, pire encore, d'un communiste, Kosta découvrit le lien qui les unissait et prit Timour sous son aile. Il lui attribua une couchette en bois sur le montant de laquelle il avait gravé avec soin le nom de son précédent occupant : Igor Poznanski.

« C'était le secrétaire de Léon Trotski dans les années 1920, confia-t-il un soir à son protégé. En 1938, ils ont emmené le pauvre Igor dans la toundra, l'ont abattu et ont abandonné son corps dans la terre gelée, au fond d'une tranchée anonyme. C'est du moins ce que m'a dit l'un des gardes le lendemain matin, quand Poznanski ne s'est pas présenté à l'appel. C'était d'ailleurs un luxe d'être exécuté en hiver parce que le froid vous achevait, si jamais la balle ne vous avait pas tué. En été les exécutions tournaient souvent au cauchemar. Les gardes étaient généralement ivres, du coup certains condamnés étaient seulement blessés et le lendemain la terre remuait encore quand le bulldozer passait sur eux. Ne me lâche donc pas d'un pouce, mon garçon, cela t'évitera de finir avec une balle dans la nuque. »

Pour étayer ses dires, Kosta avait obtenu que Timour ait droit à une paire de bottes en peau de renne dont l'une était munie d'une épaisse semelle renforcée. Il lui avait également fait tatouer sur la poitrine le portrait de Lénine (Vladimir Organisateur de la Révolution, ou si l'on préfère *vor*, c'est-à-dire « voleur ») avant de l'introniser dans la confrérie des *vory v zakone* de la colonie. Par l'une de ces sinistres matinées blafardes de l'hiver arctique où les nuits sont incommensurablement plus longues que les jours et où la température descend en dessous de -30 °C, sous les yeux des trois cent vingt occupants du baraquement (tous enveloppés dans leurs manteaux, même à l'intérieur, et la capuche rabattue sur la tête), Timour posa la main sur son cœur, à travers sa couche de vêtements, et jura de respecter désormais le code d'honneur des *vory*, à la vie à la mort. Pour sceller son serment, il se piqua l'extrémité du pouce avec la pointe d'un os de phoque et étala le sang sur son front.

« *Nazdorovie*, lança Kosta en levant son verre d'infusion d'églantine gelée pour saluer son protégé. Bienvenue dans notre *monde de voleurs*.

— Hourra pour Timour le Boiteux ! » s'exclamèrent en chœur les *vory* de Kosta.

Dans la toundra de Vorkhouta, la principale activité – en dehors du fait de survivre aux longs mois d'hiver – consistait à aller creuser les collines de l'Oural à la recherche de charbon. En tant que membre nouvellement intégré des *vory v zakone*, Timour n'était pas autorisé à se joindre aux milliers de prisonniers qui travaillaient dans les mines pour le régime communiste. Il finit par atterrir chez le coiffeur de la colonie, à couper les cheveux des *zeks* – la seule activité qu'autorisait le code des *vory* parce qu'elle lui permettait d'avoir accès aux ciseaux et aux aiguisoirs. (L'unique jour de repos qui leur était accordé, une fois par mois, il récupérait des rations supplémentaires en enseignant l'art et les techniques des pickpockets aux enfants des prisonniers politiques envoyés en exil avec leurs parents.) Armé de sa paire de ciseaux et n'hésitant jamais à s'en servir, Timour ne tarda pas à devenir l'un des hommes de confiance de Kosta. Lorsque la guerre prit fin, en 1945, il avait été élevé au rang de lieutenant, chargé de diriger ses hommes de main.

Ce fut seulement à la mort du Grand Timonier, Jardinier du bonheur humain et Maître Architecte du communisme, huit ans après la fin de la guerre, que les autorités soviétiques commencèrent à libérer les prisonniers des diverses ethnies envoyés dans les camps au titre de la « détention préventive », pour reprendre l'euphémisme officiel. Convoqué dans le bâtiment administratif de la colonie, Timour parvint à dissimuler sa déception lorsque l'apparatchik communiste, qui pensait lui faire une faveur, lui offrit un permis de résidence à Irkoutsk, sur la rive sibérienne du lac Baïkal.

« C'est à prendre ou à laisser, lui lança-t-il d'un air irrité en ayant soin de rester à l'abri de son large bureau. Irkoutsk est la seule ville où tu aies le droit de t'installer *si jamais* tu dois quitter Vorkoutlag. »

Considérant ce « si jamais » comme une menace larvée, Kosta conseilla à son protégé de ravaler sa fierté et d'accepter ce fichu permis de résidence avant que l'apparatchik n'ait changé d'avis. Timour suivit le conseil de son mentor. Après lui avoir fait des adieux curieusement dénués d'émotion, il empocha le papier dûment estampillé, le brandit sous le nez des gardes à l'entrée du camp avant de le fourrer dans son baluchon et de quitter la colonie sans se retourner. Mais sitôt hors de vue des miradors dressés sur le périmètre du camp, il s'empressa de prendre la direction opposée et de tourner le dos à Irkoutsk. Au fil d'un voyage qui occupa l'essentiel des huit mois suivants, il traversa l'ensemble de l'Oural, ne s'arrêtant que pour reprendre son souffle dans des villages qui prétendaient être des bourgades et des bourgades qui prétendaient être des villes avant de se remettre en route, en gardant le cap qu'il s'était fixé et en se rapprochant inexorablement de Moscou.

Une fois de retour dans la capitale, Timour s'installa dans un petit hôtel tenu par des Ossètes, juste en face du ministère des Affaires étrangères soviétique, et dont le propriétaire graissait la patte à la police pour qu'elle ne vienne pas mettre son nez dans ses registres. En ayant soin de se raser de près tous les jours, au cas où il tomberait sur un milicien susceptible de reconnaître le prisonnier de Vorkoutlag dont on avait perdu la trace et dont la photo était placardée dans les commissariats, Timour ne tarda pas à monter sa petite affaire : il fournissait des plombiers, des charpentiers ou des électriciens aux fonctionnaires du ministère en échange de passeports vierges. Avec l'aide d'une des deux sœurs estoniennes, qui avait survécu à la guerre, à la famine et aux bombardements, il échangeait ces faux passeports contre des tickets de rationnement et doublait la mise en troquant ces tickets contre des roubles. Ayant suivi son apprentissage douze ans durant auprès de Kosta Karatsev, il employa la coquette somme qu'il avait ainsi rassemblée à recruter une bande d'Ossètes et à constituer son propre cercle de *vory v zakone*. Leur spécialité consistait à proposer leurs services aux commerçants du marché noir qui se fournissaient illégalement dans les usines de la banlieue moscovite. En échange d'une modeste commission de dix pour cent, les *vory* de Timour se chargeaient d'aller réclamer les dettes, d'imposer des contrats, de décourager la concurrence et de tenir à distance les gangs rivaux, qui proposaient une commission moins modeste de vingt pour cent pour le même genre de services.

À la fin des années 1950 Timour put adopter un statut plus respectable et assurer sa propre protection en louant une suite au dernier étage de l'hôtel Oktiabrskaya. Édifié à l'origine et à son seul usage par le Comité central du Parti communiste, l'hôtel comportait un élégant hall d'entrée et un escalier en marbre qui montait en colimaçon jusqu'au premier étage, où trônait un buste en marbre de Lénine et où se trouvaient deux bars servant de l'authentique whisky écossais. Un gymnase aux parois vitrées avait été installé sur le toit. Des officiels communistes du monde entier logeaient à l'Oktiabrskaya lorsqu'ils séjournaient à Moscou, ce qui ouvrit de nouveaux horizons aux *vory v zakone* de Timour. Il s'était fait une règle stricte de ne jamais toucher aux drogues mais quand un dirigeant communiste de passage avait besoin d'une Volga, avec ou sans chauffeur, d'une femme ou deux pour une nuit ou deux, d'un rendez-vous avec un commissaire du peuple particulièrement difficile à joindre ou, plus rare encore, de deux billets d'orchestre pour le Bolchoï, il pouvait compter sur Timour et ses amis *vory* – en échange d'un honnête pourboire dans une monnaie fiable.

En 1965 et à sa grande surprise étant donné qu'il n'avait jamais accordé une grande attention à la question, il fit un enfant à une jeune infirmière ossète pour laquelle il éprouvait un sentiment proche de l'attachement, qui le mettait un peu mal à l'aise. À son grand regret, elle ne survécut pas à l'accouchement. Profondément affecté par la perte de sa compagne, il refusa ne serait-ce que de poser les yeux sur son fils, qui avait été prénommé Roman en hommage au père de l'infirmière, un communiste italien venu s'établir en Russie au début de la révolution bolchevique afin de participer à l'édification d'un nouvel ordre mondial. Timour révisa sa position quelques semaines plus tard en tombant par hasard sur une photographie de son fils prise quelques minutes après sa naissance : les yeux grands ouverts, il fixait l'objectif d'un air intrigué comme s'il était impatient de découvrir le monde qui l'attendait derrière cet appareil. La mort de la mère de Roman lui avait brisé le cœur mais le regard du nourrisson l'émut profondément. Ayant résolu de donner à son fils une résidence plus digne de lui qu'une chambre d'hôtel, il contraignit plus ou moins à vider les lieux les occupants de l'ancienne propriété d'un banquier tsariste qui avait été reconvertie en appartements collectifs, sur les monts Lénine au-dessus de Moscou, et dont il s'empressa de faire abattre les cloisons pour rendre à la vaste demeure sa splendeur prérévolutionnaire.

Il ne devait pourtant pas y résider au cours des dix années suivantes, ayant été condamné pour la seconde fois à une peine de prison, victime d'une des fréquentes campagnes contre la corruption lancée par les autorités. Arrêté pour avoir enfreint l'article 88 du Code pénal soviétique et accusé d'être un « élément socialement dangereux », il fut conduit devant un tribunal spécial composé de trois juges : le procès ne dura pas sept minutes et il écopa d'une peine de dix ans.

C'est ainsi que Timour devint le *pakhan* de la Colonie pénitentiaire de régime strict n° 40 à Koungour, dans la région de Perm.

13

« Tu essaies d'imaginer une issue à ce cauchemar… »

Hôtel Narodnaya, Moscou
Mardi 14 janvier 1992

Au bout de plusieurs tentatives, Roman parvient à joindre Yulia sur son tout nouveau téléphone par satellite, de la taille d'un talkie-walkie américain de la Seconde Guerre mondiale.

« Je t'ai dit de ne pas m'appeler sauf s'il est question de vie ou de mort, chuchote-t-elle d'un ton exaspéré.

— C'est le cas, lui dit-il. Il faut absolument que je te parle.

— C'est ce que tu es en train de faire.

— Je veux dire : en vrai. En tête à tête.

— C'est impossible. Je suis enfermée ici. Mon père m'a ordonné de ne pas mettre le nez hors de l'hôtel jusqu'à ce que la tempête se soit calmée. Je prends des somnifères mais cela ne m'aide pas à dormir, bordel de merde !

— Écoute-moi, Yulia : il y a un spa au troisième étage du Narodnaya. J'y suis déjà allé…

— Avec une copine ?

— Je ne suis pas vierge, Yulia, lui rappelle-t-il. Oui, c'était avec une amie d'alors. Écoute, je connais l'une des employées de ce spa, c'est la fille de l'épouse d'un de nos Ossètes. Je pourrai y accéder par l'issue de secours. Ils ont des cabines pour se changer, elle me dira dans laquelle tu te trouves. Je t'y rejoins dans une heure.

— Je ne te garantis pas que je parviendrai à convaincre les gardes que papa a postés dans le couloir, lui dit-elle. Mais j'essaierai. Dans une heure, entendu. Si je n'y suis pas… eh bien, je n'y serai pas. »

Après s'être glissé par l'issue de secours à l'intérieur du spa, Roman aperçoit à l'extrémité du couloir la fille qu'il a contactée et qui s'appelle Osnat. Elle tend la main vers lui, les cinq doigts écartés. Roman la remercie d'un geste et pénètre dans la cabine n° 5. Il écoute le bruit de la douche pendant quelques instants avant de se verser une bonne rasade de whisky dont il boit la moitié d'un trait. Derrière lui, Yulia émerge de la douche en se séchant les cheveux avec une serviette, drapée dans un peignoir rouge un peu passé. Roman veut s'approcher d'elle mais elle lève la main, la paume tournée vers lui, comme un agent de la circulation arrêtant un véhicule, afin qu'il se tienne à distance.

« Je sais ce qu'il se passe, Roman, murmure-t-elle. Nos familles sont en guerre.

— Nous ne sommes pas obligés de les suivre sur ce terrain. »

Yulia se dirige pieds nus vers la desserte et soulève le verre à moitié plein de Roman pour en humer le contenu.

« C'est drôle, dit-elle comme si elle se parlait à elle-même, je n'ai jamais aimé le goût du whisky mais j'adore son odeur. »

Elle se tourne vers Roman et ajoute, d'une voix chargée de colère :

« Je te l'ai déjà dit, Roman : il n'y a pas de *nous* possible. Il y a *moi*, il y a *toi* – avec ton sang ossète et tes légions de bandits ossètes – et ce *toi* était bien présent dans cette concession Porsche quand l'un des hommes de mon père a reçu une balle dans le genou. Sais-tu qu'on a dû lui amputer la jambe à la clinique ?

— Il s'apprêtait à sortir son revolver...

— Il mettait la main dans sa poche, bordel de merde ! Ne me dis pas que tu as essayé d'empêcher ton Argentin de lui fracasser le genou ! (Yulia remonte le col de son peignoir et s'effondre sur une chaise.) Je ne sais pas ce que je m'étais imaginé... On sait bien ce que valent les Ossètes, y compris ceux qui sont allés à Londres et qui sont censés être un peu plus civilisés... Ce sont des sauvages, des brutes à la gâchette facile... »

Roman s'assoit sur le sol, adossé au mur.

« Tu n'échappes pas aux clichés...

— Les juifs ont l'habitude d'être confrontés à ce genre de clichés. Je suis une israélite, comme mon père et mon cousin Tzuf, qui est né douze minutes après moi. S'il m'arrivait un jour de l'oublier, je suis certaine que le monde se chargerait de me le rappeler.

— Comme tu m'as rappelé que j'étais un Ossète, prisonnier du mythe de son peuple.

— Il m'arrive certains matins de me réveiller, prisonnière du mythe juif. D'autres jours je me réveille en regrettant tout simplement d'être née.

— C'est sur cela que tu te lamentes, Yulia ? Sur le fait d'être née ?

— Je suis une cause perdue, Roman. Il était bien inutile de m'envoyer terminer mes études en Suisse, elles n'avaient même pas commencé. Il me faudrait repartir de zéro. C'est sur ça que je me lamente. (Elle fait mine d'essuyer une larme.) Retourne donc dans les steppes du Caucase, bon Dieu, tu y seras plus en sécurité qu'ici. Ici…

— Quoi, *ici* ?

— Si tu restes à Moscou, tu finiras par abattre les hommes de mon père, si le tien te l'ordonne. Et même par m'abattre moi…

— Quoi, *ici* ? insiste Roman.

— Ici tu es en danger. Timour le Boiteux va sûrement vouloir venger l'Argentin. Et Caplan voudra se venger à son tour. Nous marchons toi et moi sur la corde raide, Roman. Il y a de fortes chances pour que nous soyons au bout du compte les victimes du merveilleux cercle vicieux imaginé par nos pères.

— Il existe une issue, Yulia. Avant d'être enfermés dans ce cercle et qu'il nous ait broyés, évadons-nous de la prison. Déchirons les draps, nouons-les bout à bout et franchissons le mur d'enceinte. Qu'avons-nous à perdre ? Faisons-le ensemble. *Nous.*

— Tu essaies d'imaginer une issue à ce cauchemar mais c'est un rêve, Roman… Tu voudrais inventer ta vie comme s'il s'agissait d'une fiction. S'échapper ? Mais comment ?

— Pourquoi dis-tu que tu es une cause perdue ?

— J'ai remarqué que les hommes me regardent dans les yeux quand ils me parlent – enfin, quand ils ne sont pas occupés à mater mes seins – mais que les femmes en revanche évitent mon regard. Pour quelle raison, à ton avis ? Les femmes sont beaucoup plus futées que les hommes. Que voient-elles donc lorsqu'elles détournent ainsi les yeux ? (Elle glisse une main dans son peignoir, au niveau de son cœur.) S'échapper, d'accord, ajoute-t-elle. Mais comment ?

— J'ai un copain anglais qui possède un petit avion.

— D'ailleurs si je suis une cause perdue, c'est mon affaire. Mes lamentations ne regardent que moi.

— Si tu ne voulais pas que je sois au courant, il ne fallait pas m'en parler. »

Penchant la tête sur le côté et esquissant un sourire qui n'a rien de joyeux, Yulia considère Roman.

« Je me demande depuis le début d'où tu débarques, dit-elle. Et ce que tu as en tête. Un Anglais. Un avion. Bon, et ensuite ?

— Anthony se voit comme une sorte de cartographe mais c'est surtout un play-boy pété de thunes qui a appris tout seul à lire les cartes aériennes. Il parcourt l'Europe à bord de son vieux Cessna depuis qu'il a son brevet de pilote. Il pourrait atterrir, mettons, sur une piste de l'aéroport de Bolshoye Gryzlovo, qui se trouve à une heure de bus d'ici. Si nous parvenions à le rejoindre, il pourrait nous embarquer – *nous*, tous les deux – et nous emmener n'importe où. À Berlin, à Rome, à Paris. Sur la Côte d'Azur. Sur une île grecque. N'importe où.

— Il te faudra ensuite subvenir à mes besoins – et je suis accoutumée au luxe, lui dit-elle en plaisantant. Comment gagnerons-nous notre vie ?

— Tu pourrais toujours poser nue.

— Attends un peu… Selon toi, ce serait à moi de subvenir à tes besoins ?

— Je plaisantais. Je trouverai bien du travail.

— Quelles sont tes compétences ? Es-tu charpentier ? Maçon ? Électricien ? Je ne parle évidemment pas de ton savoir-faire de gangster ossète, sachant entailler l'extrémité des balles afin qu'elles explosent en atteignant leur cible. »

Roman commence à se demander si Yulia n'est pas tout bonnement terrorisée.

« Je pourrai conduire un taxi. De nombreux Russes blancs ont fini chauffeurs de taxi à Paris après la révolution bolchevique. (Il se lève et va se servir un nouveau verre de whisky.) Tu veux le humer ? » ajoute-t-il en le tendant à Yulia.

Celle-ci hausse les épaules d'un air exaspéré.

« Pourquoi es-tu une cause perdue ? reprend-il.

— Ton copain anglais pourrait-il nous emmener à Yalta ?

— Qu'y a-t-il de spécial à Yalta ? »

Yulia entrevoit une lointaine lueur d'espoir à l'extrémité de son tunnel.

« J'ai un oncle et une tante qui s'occupent du palais Lavidiya, la garçonnière d'été de Nicolas II aux environs de Yalta. Le palais a été transformé en musée : personne ne le visite jamais mais il y a des appartements sous les toits. Mon oncle et ma tante en occupent un. Ils m'ont dit que je serais toujours la bienvenue si je débarquais un jour chez eux.

— Yalta n'est pas une mauvaise idée. De là nous pourrions prendre place à bord d'un bateau qui rejoindrait la Grèce en passant par le Bosphore.

— Je ne sais pas.

— Comment ça, tu ne sais pas ?

— Écoute, tu as un adorable tatouage sur la poitrine, tu es une assez bonne affaire au pieu et tu me plais suffisamment pour que je baise avec toi, mais je ne suis pas sûre que cela suffise pour que nous prenions le large ensemble. »

Yulia saisit une cigarette américaine à bout filtre dans une coupe posée sur la table et se penche pour l'allumer à la flamme d'une bougie.

Roman la regarde regarder les spirales de fumée qui montent de la cigarette.

« J'ignorais que tu fumais, dit-il.

— Je ne fume pas. Je fumais autrefois mais j'ai arrêté parce que je déteste l'odeur du tabac.

— Pourquoi fumais-tu, alors ?

— J'aime le goût du tabac, les gestes des fumeurs. Je fume en ce moment parce que je me ronge les sangs après m'être laissé convaincre d'accepter ta proposition dans le vain espoir que cela m'aidera à chasser mes vieux démons. Alors que n'importe quel crétin comprendrait que le simple fait de les fuir suffit à les réveiller.

— Tu… tu acceptes ?

— Tu ne comprends donc pas non plus le sens du mot *oui* ? (Elle tire une bouffée sur sa cigarette pour ranimer la braise.) J'arrêterai définitivement de fumer après avoir fini celle-ci, murmure-t-elle. Ne te réjouis pas trop vite… J'envisage d'adopter désormais un régime pescetarien ou mieux encore fruitarien. Et de me mettre au whisky pour m'aider à tenir le coup.

— Je me réjouis, parvient à s'exclamer Roman dans un murmure. Yalta, nous voilà !

— Dis-moi une chose, Roman… Ton fameux père – ou devrais-je dire infâme ? – a-t-il jamais aimé quelqu'un ?

— Il m'aime.

— Je faisais allusion aux femmes. A-t-il jamais aimé quelqu'un d'autre que lui-même ?

— Je ne suis pas certain qu'il aurait employé le terme d'*amour*, mais oui, il a éprouvé… un attachement, de l'affection pour… pour quelqu'un.

— Qui donc ?

— La femme qui m'a mis au monde. »

Yulia considère cette déclaration.

« Il faut que je te le dise, reprend-elle. Tu as toujours l'air triste, Roman, même quand tu souris. C'est à cause de ton regard : tes yeux sont d'un joli brun, un peu kaki, mais ce kaki vire au boueux et s'avère franchement laid quand la tristesse te gagne. Si tu veux cacher cette tristesse – à une femme, par exemple à moi – je te conseille de garder les yeux fermés pendant tes heures d'éveil, comme un somnambule. Les paysans prétendent que la tristesse rétrécit le temps. Et j'ai entendu dire que le bonheur l'étirait, au contraire, mais je n'ai aucune expérience personnelle en la matière.

— Eh bien d'accord ! Étirons le temps ensemble, tous les deux ! Envolons-nous pour Yalta !

— Tu as encore ce petit sourire triste…

— Vraiment ? dit Roman en riant. Tu as probablement raison. »

14

« Attirées par le sang les abeilles grouillent sur ses paupières, s'insinuent dans ses narines… »

Le village de Tzukoi, à quelques encablures de Moscou
Mercredi 15 janvier 1992

Le coursier coiffé d'un casque en cuir, chaussé de lunettes de protection et qui a enfilé une veste en cuir devant derrière pour se protéger du vent, gare sa moto Voskhod d'un rouge étincelant devant le portail de la demeure de Timour, sur les monts Lénine, avant d'appuyer sur le bouton de l'interphone.

« Je dois remettre un pli à un certain Roman Monsourov, dit-il dans l'appareil.

— Glissez-le dans la fente de la boîte aux lettres, lui répond une voix.

— J'ai besoin d'une signature, insiste le coursier.

— Vous n'avez qu'à signer votre papelard vous-même, dit la voix. Et ne traînez pas trop. »

Le coursier lève les yeux et aperçoit la caméra de sécurité installée dans les hauteurs du mur d'enceinte.

« Oui, je vous observe », confirme la voix dans l'interphone.

Le coursier hausse les épaules et glisse l'enveloppe en papier kraft dans la boîte avant de remonter sur sa Voskhod et de redémarrer pour descendre la colline.

À l'intérieur de la propriété, l'un des petits-six vient récupérer l'enveloppe. En la tenant prudemment par le bord, il se rend au sous-sol et la passe sous le détecteur à rayons X dont Raspoutine vient de faire l'acquisition.

« C'est bon, lui annonce l'homme de garde. Il n'y a que du papier à l'intérieur. »

Le petit-six monte deux étages plus haut et tombe sur Raspoutine qui est en train de feuilleter le catalogue d'un trafiquant d'armes libanais spécialisé dans les armes de poing et les surplus militaires américains.

« Mika, tu sais où est Roman ? lui demande-t-il. J'ai une lettre pour lui.

— Donne-la-moi, dit Raspoutine.

— Elle est adressée à Roman… »

Raspoutine lève les yeux de son catalogue et le fusille du regard.

« Bon, d'accord… Euh… Désolé… » murmure le jeune homme en lui tendant l'enveloppe.

Raspoutine va chercher une lime à ongles dans un tiroir et s'en sert pour ouvrir l'enveloppe. Il en sort une feuille de papier machine pliée en deux qu'il étale sur la table. Elle est écrite en capitales et en caractères gras :

ROMAN, PAUVRE MERDE, AU TEMPS DES TSARS NOS ANCÊTRES RÉGLAIENT LEURS QUERELLES DE CLOCHER DE MANIÈRE CIVILISÉE : LES HÉRITIERS DES DEUX FAMILLES CONCERNÉES SE RENCONTRAIENT POUR S'AFFRONTER EN DUEL. JE TE METS AU DÉFI DE VENIR ME RETROUVER SUR LE TERRE-PLEIN QUI SURPLOMBE LA MOSKOVA, EN FACE DU VILLAGE DE TZUKOI OÙ LES DUELS ONT EU LIEU PENDANT DES SIÈCLES. TRAVERSE LE FLEUVE ET TROUVE-TOI LÀ-BAS DEMAIN MATIN À L'AUBE. IL N'Y AURA QUE

NOUS DEUX, ARMÉS DE REVOLVERS, ET UN SEUL D'ENTRE NOUS REGAGNERA MOSCOU VIVANT. AURAS-TU ASSEZ DE COUILLES POUR RELEVER CE DÉFI ?

TZUF

Le téléphone se met à sonner dans la pièce voisine, vrillant les tympans de Raspoutine.

« Quelqu'un va-t-il se décider à décrocher ce putain de téléphone ? » lance-t-il.

La sonnerie s'interrompt brutalement. Quelques instants plus tard le Pou passe la tête dans l'encadrement de la porte.

« C'est Roman, dit-il à Mika. Il veut te parler.

— Dis-lui que je suis sorti.

— Je lui ai déjà dit que tu étais là. »

La lettre à la main, Mika se rend dans la pièce voisine et saisit le combiné posé sur le bureau du Pou.

« Que se passe-t-il, Roman ? demande-t-il. Ah... Quand comptes-tu partir ?... Ton père ne sera pas ravi quand je lui annoncerai la nouvelle... Comment ça, ne rien lui dire ? Il voudra évidemment savoir où tu es passé quand il ne te verra pas pour le dîner. Que dois-je faire ? Lui mentir ? (Mika écoute un long moment Roman.) Mène ta putain de vie à ta guise, dans ce cas, finit-il par lui dire en regardant la lettre qu'il tient toujours à la main. Non, rien de spécial ici, rien en tout cas qui te concerne directement. Entendu... Toi aussi... »

Après avoir raccroché, Mika relit la lettre de Tzuf puis la glisse dans sa poche, avant de caresser les quatre crânes tatoués sur les doigts de sa main droite.

« Pourquoi souris-tu ainsi, Mika ? lui lance le Pou qui l'observe depuis la porte.

— Je songe au cinquième crâne que je vais bientôt devoir ajouter…

— Et qui est le malheureux élu ?

— Ce connard de Tzuf. Écoute-moi bien, le Pou : ma Range Rover doit être prête à démarrer demain à 4 heures du matin. Tu m'accompagneras ainsi que Travers de Porc.

— Armés ?

— L'artillerie habituelle. Et deux bonnes paires de jumelles.

— Où devons-nous aller, Mika ?

— En pique-nique au bord de la Moskova. »

Le Pou, qui a pris à la lettre la déclaration de Mika, débarque le lendemain avec un thermos rempli de café et des beignets destinés au pique-nique. Après avoir garé la Range Rover le long d'une grange, à la limite sud de Tzukoi, Mika boit une gorgée de café dans le couvercle du thermos. La Moskova qui coule à leurs pieds le long de la berge est couverte d'une nappe de brouillard : celui-ci se dissipe dès les premières lueurs du jour, révélant la présence d'une chaloupe qui se dirige un peu plus loin vers l'autre rive au milieu des vaguelettes argentées. En braquant ses jumelles sur l'embarcation, Raspoutine distingue la silhouette de l'homme qui manie les rames, vêtu d'une parka polaire dont il a rabattu la capuche sur sa tête. Le talkie-walkie Motorola se met soudainement à grésiller.

« Tu le vois ? » demande Raspoutine à Travers de Porc, qui s'est planqué derrière une levée de terre au nord de Tzukoi, au milieu d'un buisson de mûriers.

« Il est arrivé dans une Mercedes avec trois autres zigotos, lui rapporte Travers de Porc, un peu essoufflé. Ces connards sont restés dans la voiture dont le moteur tourne encore, je l'entends d'ici. Le type qui rame est allé récupérer sa barque sur la berge.

— Il a un fusil ? demande Raspoutine.

— La chaloupe était couchée à l'envers sur les galets lorsqu'il est arrivé : il l'a retournée et mise à l'eau. Je distingue d'ici l'intérieur de la barque : il y a une paire de bottes en caoutchouc et une canne à pêche sous le siège, mais pas l'ombre d'un fusil.

— Tu en es sûr ?

— Je te le jure, sur ma tête.

— C'est la mienne qui est en jeu », grommelle Mika entre ses dents avant d'éteindre le Motorola.

Il lève ses jumelles et examine le terre-plein qui surplombe l'autre rive, d'une quinzaine de mètres de large et de la longueur approximative d'un terrain de football. L'endroit est désert. Juste en dessous, flanquant le terre-plein, se trouve une longue rangée de ruches en bois de diverses tailles. Raspoutine se souvient que Tzukoi est réputé pour son miel, vendu sur le marché de Fermerski. Il enfile une paire de gants en cuir qui épousent étroitement ses mains et dévisse le silencieux sur le Parabellum 9 mm qu'il a sorti de sa sacoche.

« Je me fiche du bruit, dit-il au Pou. C'est la précision qui m'importe. »

Il ôte le chargeur qui contient treize balles puis le remet en place d'une poussée de la main et glisse un second chargeur dans la poche de sa parka.

« Je déteste abandonner la chaleur de cette voiture, dit-il d'un air enjoué, mais je ne vais pas faire poireauter cet enfoiré.

— Bonne chance, Mika, chuchote le Pou.

— Pourquoi chuchotes-tu ?

— Je ne veux pas que le mort m'entende.

— Tu veux dire le mort en sursis », ajoute Raspoutine avec un petit rire.

Sur la berge étroite qui s'étend en bas du village, Raspoutine retourne à son tour l'une des barques, la pousse vers l'eau et monte à son bord avant de se mettre à ramer pour traverser la rivière. Atteignant l'extrémité sud du terre-plein, il se hisse hors de son embarcation. Se protégeant les yeux de la main, il voit la silhouette encapuchonnée dans sa parka qui longe les ruches et se dirige vers lui. Raspoutine sort le Parabellum de sa poche. Après l'avoir armé il le tient bien en main, le bras le long du corps et le canon pointé vers le bas. En plissant les yeux il voit Tzuf hésiter, puis s'aplatir brusquement au sol. *Qu'est-ce qu'il fabrique ?* se demande-t-il. *Ses nerfs ont lâché ou quoi ? S'il tire à une telle distance ses balles n'arriveront jamais jusqu'ici.* Un brusque soupçon lui traverse l'esprit. *Tzuf était un tireur d'élite en Afghanistan. Et les snipers ont l'habitude de se mettre à plat ventre… Si jamais il avait planqué un fusil au pied du terre-plein…* L'éclat d'un tir se répercute à travers les nappes de brume qui montent de la rivière tandis qu'une balle à l'extrémité entaillée lui fracasse le genou. Le choc rejette Raspoutine en arrière et il s'étale sur le dos. Il ne ressent pas de douleur, juste la décharge de l'impact qui irradie dans sa jambe. Il a la présence d'esprit de se souvenir du Parabellum. *Il faut que je sorte mon arme*, se dit-il en commençant à ressentir la douleur qui lui vrille le genou. Il se mord la langue, perçoit le goût du sang qui s'écoule de sa bouche. Lorsqu'il parvient à ouvrir les yeux Tzuf se dresse devant lui, portant à bout de bras un long fusil d'assaut Dragonnov équipé d'un viseur télescopique.

« Est-ce que tu m'entends ? lui dit Tzuf. Où est cet enfoiré de Roman ? C'est lui qui était censé venir, pas toi. »

Terrassé par la douleur, Raspoutine parvient à sortir son second chargeur de la poche de sa parka. Le prenant pour son Parabellum, il le pointe vers Tzuf et essaie de tirer mais seul le rire moqueur de son adversaire lui répond.

Tzuf se penche vers sa victime et lui lance :

« Vu le mal que je me suis donné pour venir t'abattre, la moindre des choses, Mika Raspoutine, serait que tu nous fasses l'honneur d'une dernière déclaration avant de mourir.

— Peste…

— Peste ? se moque Tzuf. De quelle peste parles-tu ?

— Peste sur vos deux… »

Étouffé par le sang qui lui emplit la gorge, Raspoutine est incapable d'achever sa phrase.

Avec un petit ricanement, Tzuf ramasse le pistolet de Raspoutine et le balance dans la rivière au pied du terre-plein.

« C'est donc la peste que tu réclames… » murmure-t-il.

Après avoir pris soin d'enfiler un énorme gant d'apiculteur, il se dirige vers la rangée de ruches. Soulevant le couvercle, il retire de l'une d'elles un rayon de miel couvert d'abeilles et le balance sur la poitrine de Raspoutine.

« Eh bien la voici, ta peste ! »

Affolées et attirées par l'odeur du sang, les abeilles ne tardent pas à recouvrir le visage de Raspoutine, grouillant sur ses paupières et s'insinuant dans ses narines et ses oreilles. Il lève une main pour les chasser mais son geste est trop faible. Un cri étouffé s'échappe de ses lèvres gonflées tandis que sa bouche s'emplit du flot bourdonnant des insectes.

15

« Je vais gratter mes “petites démangeaisons”… »

Moscou
Plus tard, ce mercredi

Le Pou lutte pour retenir ses larmes.

« J’ai assisté à toute la scène à travers mes jumelles, depuis l’autre rive. Je ne savais pas quoi faire, Roman. J’ai vu que Tzuf m’avait repéré à travers son viseur télescopique et j’ai dû aller me planquer au plus vite derrière la voiture. Trois types l’attendaient dans la Mercedes. Travers de Porc se trouvait quelque part à l’autre bout du village. Je ne pouvais absolument rien faire…

— Je ne te reproche rien, opine Roman.

— Une fois qu’ils eurent décampé nous avons traversé la rivière, Travers de Porc et moi. Nous aurions évidemment ramené le corps de Raspoutine, en dépit des abeilles, mais nous avons entendu les sirènes de la police et nous sommes empressés de déguerpir. Bon Dieu, si tu avais vu son visage… il était boursouflé et avait triplé de volume sous l’effet des piqûres : il n’avait plus rien à voir avec le Mika que nous connaissions. Quelle mort horrible… Mika avait ça sur lui, ajoute-t-il en sortant une lettre de sa poche. Elle t’était adressée mais c’est lui qui l’a réceptionnée. »

En lisant la lettre de Tzuf – ROMAN, PAUVRE MERDE… – Roman se souvient brusquement de la remarque qu'avait faite Ophelia à Barcelone, citant Hegel : « À la base, l'Histoire est un *Schlachtbank* – un abattoir. »

« Que devons-nous faire à présent ? l'implore le Pou. Et comment allons-nous procéder ?

— Je dois d'abord en discuter avec mon père, dit Roman en se rendant compte qu'il se parle à lui-même et que sa voix a pris une intonation plus aiguë qu'à l'ordinaire. Il saura, lui, ce qu'il convient de faire. »

En montant l'escalier Roman entend son père qui parle au téléphone d'une voix glaciale, refrénant visiblement sa colère : il discute avec un employé de la morgue dans le but de récupérer le cadavre de Mika afin de l'enterrer dignement. Parler avec Yulia lui paraît soudain plus urgent. Il regagne sa chambre au deuxième étage, tire le verrou derrière lui et s'assoit sur le bord de son lit avant de composer le numéro du téléphone par satellite de Yulia. L'écouteur collé à l'oreille, il entend la sonnerie retentir une bonne quinzaine de fois et s'apprête à laisser tomber lorsque Yulia décroche enfin.

« C'est moi, dit-il. Il est arrivé quelque chose. Il faut que je te voie.

— Tu parles, qu'il est arrivé quelque chose ! s'exclame-t-elle. Mais tu es la dernière personne que j'aie envie de voir. Il faut que je me tienne à l'écart de toi et de ton baratin. Mon père…

— Le mien aussi, dit-il en constatant qu'elle n'achève pas sa phrase.

— Tu vas tuer mon cousin Tzuf, n'est-ce pas ?

— Si c'est en mon pouvoir, oui. Il a assassiné mon meilleur ami.

— C'était un duel loyal…

— D'où tires-tu cette information ?

— Et toi, d'où tires-tu les tiennes ?

— D'un témoin oculaire, lui dit Roman. Ce duel était tout sauf loyal, Yulia. Ton cousin Tzuf a tué Raspoutine avec un essaim d'abeilles.

— Comment peut-on tuer quelqu'un de la sorte, bordel ?

— Ce n'était pas après lui que Tzuf en avait, il était venu pour m'abattre moi. Raspoutine a intercepté sa lettre.

— Quelle lettre ?

— Raspoutine a été tué par des dizaines de piqûres d'abeilles.

— Et dans tout ça qu'advient-il de ce *nous* que tu appelais de tes vœux, Roman ?

— Viens me retrouver, Yulia. »

La jeune femme a un instant d'hésitation.

« Où ? dit-elle enfin. Quand ? »

Roman lui donne l'adresse d'un café, dans un petit hôtel discret qui vient d'ouvrir aux abords de la rue Arbat.

« Ce soir à 10 heures, précise-t-il.

— Je ne sais pas.

— Comment ça, tu ne sais pas ?

— Je ne sais pas si l'ange tatoué sur ta poitrine suffira à protéger la flamme… »

Pendant quelques instants la ligne paraît coupée mais la voix de Yulia finit par revenir :

« … tu me détestes ?

— Oui… Non… Enfin, il y a des moments où je crois que je t'aime et d'autres où je…

— Finis ta putain de phrase, bordel ! Où tu… ?

— Où je regrette de t'avoir aperçue ce jour-là en train de patiner sur cet étang.

— Que vas-tu faire au sujet de Tzuf ? »

Roman perçoit la respiration oppressée de Yulia à l'autre bout du fil.

« Je crois que je vais gratter mes "petites démangeaisons", pour reprendre l'heureuse formule de Dostoïevski », murmure-t-il avant de mettre un terme à la conversation.

Après avoir regagné le troisième étage, Roman découvre son père en compagnie d'un *vor* qu'il ne reconnaît pas, penchés l'un et l'autre au-dessus d'un plan d'architecte étalé sur la table. Timour lève les yeux en voyant arriver son fils.

« Tu ne connais pas l'Araignée, lui dit-il. Il est originaire d'un village musulman proche de celui où vivait mon grand-père. Il a appris l'art délicat de la fabrication des bombes dans les Forces armées de la mer Noire. Dis bonjour à mon fils, l'Araignée. »

L'Ossète à la peau brune et aussi tendue qu'un oignon adresse un signe de tête à Roman. Une minuscule fusée en train d'exploser est tatouée sous son œil droit.

Roman lui demande :

« Qui t'apprêtes-tu donc à faire sauter ?

— L'homme que ton père aura décidé d'éliminer. »

La narine esquintée de Timour se met à siffler tandis qu'il déclare à son fils :

« L'Araignée est ce que les musulmans appellent un *hafiz*, un gardien du Coran : il est capable de réciter par cœur l'ensemble des cent quatorze sourates. Tu peux le mettre à l'épreuve, Roman : choisis une sourate, n'importe laquelle…

— La cent quatorzième », dit Roman.

Les yeux de l'Araignée se plissent jusqu'à ne plus former qu'une fente étroite tandis que ses doigts tripotent l'anneau doré fixé dans le lobe de son oreille gauche.

« Sourate 114 : *Bismi Allahi ar-Rahmani ar-Rahimi*, commence-t-il. Je me réfugie auprès d'Allah, Seigneur des hommes, Roi des hommes, Juge des hommes, pour me prémunir du mal de celui qui murmure… »

Roman l'interrompt :

« Qui est celui qui murmure ? »

L'Araignée dévisage à tour de rôle le père et le fils.

« Il est clair que celui qui murmure est le diable, dit-il.

— Et que murmure le diable ? » insiste Roman.

Décontenancé, l'Araignée regarde Timour qui lui lance en agitant son index :

« Instruis mon fils ! »

Le nouvel artificier ossète s'exécute :

« Le diable avait murmuré à l'oreille du juif Lobeid de faire onze nœuds à une corde afin d'ensorceler le Prophète, béni soit son nom. Les commentateurs nous précisent que l'archange Djibril révéla ensuite au Prophète où était cachée cette corde : le Prophète envoya son beau-fils Ali la récupérer, avant de défaire les nœuds l'un après l'autre en récitant des versets du saint Coran. C'est ainsi qu'il s'est libéré du sort qu'on lui avait jeté. »

Timour ajoute d'une voix tranchante :

« Je me souviens que la grand-mère de mon père, qui avait vécu plus de cent ans et acquis la sagesse propre à la vieillesse, avait repéré à Areshperani un homme et une femme qui avaient "noué la corde". Lorsque je trouvai un jour le courage de lui demander ce qu'elle entendait par là, elle me répondit que l'amour les avait ensorcelés. Garde-toi de *nouer la corde* avec des juives, mon cher fils. »

Roman regarde son père droit dans les yeux.

« Je ne parviens pas à savoir si tu es antisémite ou simplement anti-Caplan, père… »

Embarrassé, l'Araignée baisse les yeux et contemple ses lacets de souliers.

« Pour répondre à ta remarque irrespectueuse et à tout le moins maladroite, mon fils, je n'ai jamais caché le peu d'estime que m'inspirent les israélites. Toutefois, je ne combats pas Caplan en raison de ses origines mais parce qu'il marche sur les plates-bandes de ton père et porte atteinte à sa réputation. C'est pourquoi, par loyauté à l'égard de ton père et par respect pour ses *vory* ossètes, il serait souhaitable que tu desserres les liens que tu as noués avec sa nièce Rosalyn et sa fille Yulia.

— L'amour d'un fils pour son père constitue un lien, lui aussi », ne peut s'empêcher de rétorquer Roman.

Constatant avec une certaine satisfaction l'embarras dans lequel cette remarque a plongé Timour, il fait volte-face et se dirige vers la porte.

« Je ne t'ai pas donné l'autorisation de partir, aboie celui-ci.

— J'ai besoin d'air.

— Il y a suffisamment d'air dans cette pièce.

— Je parle d'*air frais*, père. »

Après avoir quitté la propriété, Roman entreprend de remonter la colline en suivant une route à sens unique qui sinue entre les villas prérévolutionnaires érigées au milieu de jardins plus ou moins à l'abandon. Il essaie de mettre un peu d'ordre dans les pensées qui l'agitent, entre l'obsession de son père pour cette histoire de nœuds et la description que le Pou lui a faite du visage de Raspoutine déformé par les piqûres d'abeilles, lorsqu'une Packard noire américaine débouche soudain devant lui et lui bloque le passage. La portière arrière s'ouvre et la tête d'un homme en émerge.

« Vous souvenez-vous de moi, Roman Timourovich ? » lance l'individu.

Empoignant aussitôt son revolver dans la poche de sa parka, Roman évite de s'approcher du véhicule.

« Non, dit-il.

— Vous aviez suivi mon cours sur la mafia italienne, il y a une éternité. »

Roman met brusquement un nom sur ce visage.

« Axelrod, dit-il. Ossip Axelrod. Vous prétendiez que la seule différence entre la mafia italienne et les *vory* russes tenait au fait qu'ils ne parlaient pas la même langue.

— Je n'avais pas tort.

— Votre explication était tout de même un peu simpliste. C'est une jolie voiture que vous avez là… Comment gagnez-vous votre vie à présent ?

— Je suis flic. Je travaille au Département de la lutte contre le crime organisé, dont je dirige le Sixième Bureau.

— Ça ne m'étonne pas. Dans ce cas, vos bureaux se trouvent dans cet immeuble qui aurait dû avoir vingt étages et qu'on a finalement circoncis. »

Axelrod se fend d'un sourire.

« Ah, il faut que je la retienne, celle-là ! Désormais, quand quelqu'un me demandera où je travaille, je lui dirai : dans l'immeuble circoncis.

— Je suis désolé mais il n'est pas dans mes habitudes de discuter avec un flic, sauf quand il m'est impossible de faire autrement.

— Il va bien le falloir, pourtant. Je veux vous faire une faveur. »

Roman s'avance d'un pas vers la Packard et remarque que le chauffeur le surveille dans le rétroviseur extérieur.

« Dites d'abord à votre acolyte de mettre ses mains sur le volant », lance-t-il.

Axelrod se met à rire. Le chauffeur rit à son tour et lève les mains avant de les poser bien en évidence sur son volant.

« Vous avez raison de vous montrer nerveux, concède Axelrod. Tzuf, le neveu de Caplan, cherche à vous descendre. Il a flingué votre copain Raspoutine en croyant qu'il s'agissait de vous.

— Comment le savez-vous ?

— Vous n'avez jamais entendu parler des écoutes téléphoniques ?

— En quoi consiste donc cette faveur dont vous me parliez ?

— Nous avons convoqué Tzuf dans notre immeuble circoncis, où il se présentera à 4 heures cet après-midi. Inutile de préciser qu'il aura un alibi en béton, une dizaine de personnes seront prêtes à jurer sur une pile de bibles ou sur *Le Capital* de Marx qu'ils prenaient le petit-déjeuner ensemble, à moins que trois filles n'assurent qu'elles étaient au lit avec lui au moment du crime. Nous comptons le retenir pendant une heure et quart, le temps qu'il nous fournisse son alibi. À 17 h 15, lorsque l'obscurité commencera à tomber, nous l'informerons à contrecœur qu'il est libre de repartir et le ferons descendre par l'escalier de service jusqu'à une petite porte donnant sur le côté, dans Sredniy Karetnyy, en face de la statue de Joukov. Nous garderons son téléphone, il ne pourra donc pas appeler un taxi. Il devra remonter la ruelle et dépasser la statue pour rejoindre le métro. »

Roman se rapproche un peu plus.

« Pourquoi me racontez-vous ça ?

— Mon supérieur est fermement convaincu que la solution du problème que nous posent les *vory v zakone* consiste à les laisser s'entre-tuer. Plus il y aura de cadavres, plus les croque-morts auront du pain sur la planche et moins de travail nous restera-t-il à faire, de notre côté. (Axelrod se penche et saisit le carton à chaussures posé à ses pieds.) Un petit cadeau de la part de votre ancien professeur…

— De quoi s'agit-il ? demande Roman.

— D'un nouveau joujou venu d'Amérique. Prenez-le, il ne mord pas. »

Roman ouvre le carton à chaussures. À l'intérieur se trouve un splendide Colt Magnum .357 : un silencieux est vissé sur le canon, lui-même surmonté d'un long cylindre étroit qui ressemble à une torche. Il appuie sur le bouton et un rai de lumière aussi fin qu'une aiguille se met à danser sur le trottoir à ses pieds.

« Un pistolet à rayon laser ! » murmure-t-il.

Il se souvient que le regretté Raspoutine l'avait emmené s'entraîner un jour avec un Parabellum et avait mentionné l'existence de ce type d'engin, mais c'est la première fois qu'il en voit un. Il relève les yeux et jette sur Axelrod un regard interrogateur.

« Pourquoi me donnez-vous ça ? »

Le responsable du Sixième Bureau s'autorise un léger sourire.

« Pourquoi pas ? » répond-il en émettant un petit rire complice.

Il referme sa portière et tapote l'épaule de son chauffeur. La Packard se remet en route et remonte lentement la rue étroite.

Roman se demande si on ne cherche pas à le manipuler dans cette affaire – le Sixième Bureau d'Axelrod pourrait fort bien vouloir faire d'une pierre deux coups – et il prend donc la précaution d'arriver sur les lieux deux heures avant la tombée de la nuit. Il s'est planqué dans un recoin, à l'ombre de la statue de Joukov, et reçoit par l'intermédiaire d'un écouteur les informations que lui transmet le Pou, lui-même posté sur le toit d'un hôtel voisin, muni de jumelles, et qui lui décrit tous les individus passant dans les abords immédiats du petit parc.

« Un Blanc d'une vingtaine d'années, des lunettes d'aviateur, habillé en civil mais portant des bottes et une casquette de para, il traverse à ta droite. Trois hommes d'un certain âge coiffés de chapeaux fabriqués avec de vieux numéros de la *Pravda*, je suis même en mesure de déchiffrer la une à travers mes jumelles. Ils marchent en file indienne le long du sentier derrière toi, comme des funambules. Un Blanc en civil, la cinquantaine, un pince-nez de traviole sur son nez d'israélite, il arrive du côté du métro. Un type, pas franchement blanc quant à lui, qui mendie dans la rue le long du parc… »

Peu à peu, avec la froidure qui s'installe en fin d'après-midi, les passants se font plus rares.

Une pénombre couleur de suie commence à recouvrir la ville, mêlée à une pluie fine qui pourrait fort bien virer au grésil si la taille des gouttes augmentait. Soudain un grésillement se fait entendre dans l'écouteur de Roman.

« Jésus Marie, c'est lui ! s'exclame le Pou d'une voix excitée. Il vient de sortir par la porte latérale de ce putain d'immeuble.

— Tu es certain qu'il s'agit bien de lui ? chuchote Roman dans le micro épinglé sur sa veste.

— Sûr et certain, sans l'ombre d'un doute ! Il essuie du revers de la manche la pluie qui coule sur son front. »

Tzuf vient de dépasser la statue de Joukov et entend dans l'obscurité quelqu'un l'appeler par son nom. Au même instant, il remarque l'insecte jaune qui s'est mis à danser sur sa poitrine.

Il n'entend même pas la détonation assourdie du Colt.

« Tu as fait du bon travail, mon fils. »

Timour fixe Roman. En scrutant son regard, il est surpris de ne pas y déceler la moindre trace d'émotion. Il se creuse la tête à la recherche d'une repartie réconfortante mais tout ce qu'il trouve à dire, c'est :

« Il n'est jamais facile de tuer quelqu'un.

— Tu parles d'expérience, père ?

— Mais oui. »

Timour s'assoit à côté de son fils et pose la main sur son genou.

« Tu te sens bien ? lui demande-t-il.

— Non.

— Avec le temps…

— J'ai aimé ça.

— Pardon ?

— J'ai pris du plaisir à tuer ce type, père. J'avais des frémissements dans les doigts. Je n'en suis pas certain à cent pour cent mais il me semble même avoir eu une érection. »

Timour accueille cette déclaration d'un hochement de tête compréhensif.

« Il n'y a rien d'extraordinaire dans le fait de prendre du plaisir à venger un ami cher, dit-il. Ce Tzuf l'avait bien cherché. Il n'a pas laissé l'ombre d'une chance à Mika au bord de cette rivière.

— Je ne veux pas devenir quelqu'un qui prend du plaisir à tuer ses semblables.

— Ce qui te trouble ce n'est pas d'avoir tué Tzuf, mais d'avoir découvert quelque chose en toi que tu ignorais et qui te déplaît. J'ai dû franchir ce Styx moi aussi il y a fort longtemps, mon fils.

— Et comment t'en es-tu sorti ? »

Timour hausse les épaules.

« C'est comme une allergie, dit-il. On apprend à vivre avec. »

Roman est assis à côté de Yulia dans un box du petit café de l'hôtel retiré, aux abords de la rue Arbat.

« J'ai tué l'un de tes proches.

— Tzuf ?

— Tzuf. »

Yulia détourne les yeux, visiblement distraite – mais par quoi ? La mort de Tzuf ? Le fait que cela ne l'affecte pas autant qu'elle l'aurait voulu ? Et que ce soit son amant du moment qui l'ait abattu ? Ou par tout cela en même temps ?

« Dis-moi ce que tu aimes le plus en moi, dit-elle brusquement, en espérant que le fait de changer de sujet lui fera oublier le reste.

— Tu as entendu ce que je viens de te dire, Yulia ? »

Roman se rapproche d'elle sur la banquette et comprend soudain qu'elle préfère parler d'autre chose.

« Ce que j'aime le plus en toi, reprend-il, c'est que tu es toujours aussi belle, avec ou sans vêtements.

— Sérieusement... Dis-moi ce qui te touche le plus.

— Ce qui me touche le plus, c'est ta façon de te lamenter sur le lait répandu. »

Mais la réalité ne tarde pas à pointer à nouveau le bout de son nez.

« Je ne suis pas idiote, Roman, lance-t-elle. Je sais que tu as tué Tzuf. Et que mon cousin avait tué cet ami à toi dont je n'arrive pas à retenir le nom.

— Raspoutine.

— C'est cela, Raspoutine. Il doit s'agir d'un nom de code ? Vous utilisez bien des surnoms, entre vous ? (Sans lui laisser le temps de répondre elle poursuit, absorbée par son récit.) Tzuf a bien tué ton ami avec un essaim d'abeilles. J'ai surpris l'un des *vory* de mon père qui a assisté à la scène, de l'autre côté de la rivière, et l'ai entendu décrire les ruches, la nuée d'abeilles et l'effondrement du monde que je croyais connaître. Le Tzuf capable de faire une chose pareille n'est pas celui qui m'avait fait découvrir les mystères du sexe masculin. Ce n'est pas le petit cousin que j'admirais quand nous étions enfants. Et puis merde ! ajoute-t-elle en se mordillant la lèvre. Comme s'il n'y avait déjà pas assez de lait répandu dans ma vie…

— Deux des nôtres sont morts de part et d'autre et c'est sur toi que tu t'affliges. Mais cette histoire ne te concerne pas.

— Tu crois peut-être que je vais me mettre à gémir en déchirant mes vêtements et autres conneries de ce genre ? Je ne suis pas une pleureuse de l'Antiquité, Roman l'extraterrestre. »

Elle regarde la pancarte écrite à la main au-dessus du bar qui proclame : « Le client, voilà l'ennemi », puis les trois touristes assis à une table à côté de l'entrée. Des Anglais, probablement, à en juger par leurs épais favoris et le nombre de bouteilles de bière vides alignées sur le chariot de service, comme pour une compétition.

« Cette histoire me concerne, reprend-elle. Je croyais que le fait d'adopter un régime fruitarien suffirait à résoudre mon problème, mais ce n'est pas le cas. Il faut que j'échappe à ce monde de voleurs auquel mon père comme le tien ont voué leur existence. J'ai besoin de vivre dans un autre univers.

— Je suis désolé que ce régime ne se soit pas avéré efficace. (Roman reprend son souffle et rassemble son courage pour prononcer les mots qui lui brûlent les lèvres.) Moi aussi, j'ai besoin de vivre dans un autre univers, parvient-il enfin à dire en saisissant la main de Yulia qui pianote nerveusement sur la table. Et si nous partions ensemble à sa recherche ?

— Oui, dit-elle à sa grande surprise. Pourquoi pas ?

— Bon sang ! s'exclame-t-il. Cela ressemble à une approbation ! »

Yulia éclate de rire et les trois Anglais près de la porte se retournent pour la regarder.

« Qu'y a-t-il donc dans le mot *oui* que tu n'arrives pas à comprendre ? lui demande-t-elle.

— Jamais je ne me serais attendu à une chose pareille, lui explique Roman. J'ai passé l'essentiel de ma vie comme un somnambule, dans l'ombre de mon père. J'avais quasiment perdu l'espoir de me réveiller un jour. »

Il n'est pas convaincu qu'elle l'ait bien entendu – ou du moins, qu'elle ait bien saisi le sens de ses paroles.

« Cela montre à quel point une fille peut être désespérée, s'accrochant en pleine tempête au moindre fétu de paille, murmure-t-elle d'une voix émue, trahie par une larme qu'elle tente de chasser. Où as-tu trouvé cette chemise ? reprend-elle. À Londres ?

— Non, elle vient d'Allemagne de l'Est.

— Personne ne porte des chemises fabriquées en Allemagne de l'Est, à moins de ne pouvoir faire autrement.

— Les Allemands de l'Est en portent bien. »

Il s'apprête à ajouter quelque chose mais se ravise au dernier moment.

« Vas-y, dis-le, l'encourage Yulia.

— J'allais dire qu'il suffit au fond de savoir à qui l'on fait confiance, dit-il en réfléchissant à voix haute.

— Non, dit-elle. Tu es prisonnier d'une vision masculine des choses. Il ne s'agit pas de confiance, mais d'amour. »

Roman hoche à nouveau la tête.

« J'aime mon père, dit-il, mais je ne suis pas sûr de lui faire confiance. »

Yulia considère sa réponse.

« J'aime mon père, moi aussi, mais… »

Elle secoue violemment la tête, sans achever sa phrase.

« J'ai confiance en toi », murmure Roman.

En poussant un soupir, Yulia regarde la carte des plats du jour rédigée à la craie sur un tableau noir posé sur un chevalet, puis les bagues qu'elle porte à chacun de ses doigts. Roman a l'impression qu'elle aurait même regardé son nombril si elle ne portait pas une veste matelassée de l'armée chinoise par-dessus un pull en cachemire par-dessus une chemise en flanelle boutonnée jusqu'au ras de son cou d'une blancheur d'albâtre.

16

« Il y a deux ou trois semaines, j'étais plus vieille que je ne le suis aujourd'hui… »

Palais Lavidiya, aux environs de Yalta
Jeudi 16 janvier 1992

« Parle-t-elle anglais ? demande Anthony à Roman, assis à côté de lui dans le Cessna sur le siège du copilote.

— Je ne lui ai jamais posé la question.

— Eh bien, pose-la-lui. »

Roman se retourne.

« *Ti gavorish Angliski ?* demande-t-il à Yulia qui regarde le paysage à travers la vitre rayée du hublot, assise derrière le siège du pilote, fascinée par le cours de la Volga qu'Anthony suit à présent après avoir survolé le kremlin de Nijni Novgorod et pris la direction du sud-ouest pour rejoindre la Crimée et l'aéroport de Simferopol, à une soixantaine de kilomètres de Yalta.

— L'anglais ? répond-elle. Ah, j'aimerais bien !

— Non, rapporte Roman, elle ne le parle pas.

— Dommage, j'aurais bien engagé la conversation avec elle… Elle a des genoux charmants. Où l'as-tu dénichée ?

— Elle faisait du patin à glace dans le parc Gorki. Elle portait des collants noirs et une minijupe rouge ce jour-là.

— Qu'est-ce que tu lui racontes ? crie Yulia pour couvrir le bruit des réacteurs.

— Je lui parlais du jour où nous nous sommes rencontrés, quand tu patinais sur l'étang gelé du parc Gorki. »

Yulia se retourne vers le hublot.

« Je n'aime pas voyager en avion, crie-t-elle.

— Pourquoi ? »

Ses yeux félins s'étrécissent et ses paupières ne forment plus que deux fentes étroites, comme si elle craignait que son regard ne se fixe sur quelque chose.

« Quand les avions sont au sol, dit-elle, j'ai peur qu'ils soient trop lourds et n'arrivent pas à décoller. Et quand ils sont en l'air, j'ai peur que leur poids les entraîne et qu'ils aillent s'écraser au sol. (Du talon de sa botte qui lui arrive au genou, elle frappe le plancher du Cessna.) Bon Dieu, Roman, il n'y a rien là en dessous !

— Je comprends… Tu as peur de mourir.

— Et toi, tu n'as pas peur peut-être ?

— J'ai peur de souffrir. J'ai peur de devenir un légume. J'ai peur de devoir passer sans toi le temps qu'il me reste à vivre.

— Va te faire foutre !

— Avec toi, volontiers. »

La formule a fini par devenir rituelle, comme un signe de l'intimité qui s'est établie entre eux. Pour la première fois depuis qu'il a employé cette réplique, Yulia ne peut s'empêcher d'esquisser ce qui ressemble fort à un sourire.

Tout en fredonnant un air de *La Traviata*, parsemé çà et là de quelques mots qui pourraient vaguement passer pour de l'italien, Anthony engage son Cessna dans un énorme cumulus : l'avion se met à vibrer et un thermos tombe d'un compartiment au-dessus de leurs têtes avant de rouler sur le plancher de l'appareil. Roman se penche en arrière pour le ramasser et le ranger dans un endroit sûr.

« Le type qui m'a appris à piloter prétendait que les cumulus ont l'avantage de briquer de fond en comble la carrosserie des avions », crie Anthony après avoir poussé un gloussement de plaisir.

Tandis que le Cessna émerge du nuage, la Volga s'étale devant eux avec ses blocs de glace et les villages qui ponctuent ses berges, perdus dans d'immenses forêts de bouleaux. Mille mètres en dessous du Cessna, un biplan saupoudre d'engrais l'étendue hivernale des champs de blé, pulvérisant derrière lui une nuée blanche plus large que ses ailes.

« D'ici une demi-heure, lance Anthony, nous serons arrivés. »

Yulia quitte son reflet des yeux dans le hublot ovale.

« Pour l'instant nous n'avons fait l'amour qu'une seule fois, Roman, s'écrie-t-elle. T'en souviens-tu au moins dans les moindres détails ? Es-tu capable de faire défiler la scène depuis le début dans ton cerveau embrumé ?

— Nous avons fait l'amour à deux reprises, corrige Roman. Une première fois le soir, puis le lendemain matin.

— La fellation ne compte pas. »

Anthony, qui saisit des bribes de leur conversation, écarte l'un des écouteurs qui couvrent ses oreilles. Il pointe la main vers Roman en imitant un pistolet et fait mine d'appuyer deux fois sur la gâchette.

« La fellation ! s'écrie-t-il. On se la coule douce en Russie ! »

Roman feint d'avoir été touché puis éclate de rire, avant de se retourner sur son siège et de crier à Yulia :

« Je me souviens de tout : de chaque geste, de chaque instant, de chaque imperfection de ton corps...

— Des imperfections ? Sois un peu plus précis, s'il te plaît !

— Tes oreilles sont trop grandes, ton nombril est rempli de peluches... »

Yulia l'interrompt.

« Tu as exploré mon nombril ?

— Il n'y a pas un recoin, pas un centimètre carré de ton corps que je n'aie exploré. Mais je n'en avais pas fini avec tes imperfections : tu as les lèvres gercées, ton sein droit ne pointe pas dans la même direction que celui de gauche, le bleu-vert de tes yeux me fait penser à celui des eaux boueuses après la tempête, plutôt que dans leur limpidité initiale. »

Yulia considère un instant ces déclarations.

« Si jamais nous devions finir par former un *nous*, Roman – attention, je ne dis pas que l'affaire soit dans le sac ! – et si nous devions vivre ensemble pendant, mettons, quarante ans... et si pendant ces quarante ans nous faisions l'amour deux fois par semaine, c'est-à-dire une centaine de fois par an, nous aurions baisé quatre mille fois à l'arrivée. Ma question est la suivante : est-ce que tu te souviendrais précisément de chacune de ces quatre mille fois ?

— Quatre mille quoi ? lance Anthony à Roman, qui ne lui a pas traduit l'ensemble de la phrase.

— Absolument, répond Roman à Yulia. Je m'en souviendrais dans le moindre détail, de la même façon que j'ai mémorisé les deux premières, je te le jure.

— Pour l'instant il n'y a eu qu'une première fois, Roman, répète Yulia en retenant un sourire. Tu mens comme un arracheur de dents mais je commence à avoir de l'affection pour autre chose en toi que l'ange tatoué sur ta poitrine.

— De l'affection ? Pas de l'amour ?

— L'affection dure souvent plus longtemps que l'amour.

— Qui a dit ça ?

— Moi, bordel ! s'exclame Yulia. C'est moi qui ai dit ça. »

Les deux passagers d'Anthony connaissent un moment d'inquiétude en découvrant que leur pilote ne parvient pas à contacter la tour de contrôle de l'aéroport de Simferopol. Quand une voix finit par leur répondre elle s'exprime en anglais avec un accent russe si prononcé qu'Anthony ne comprend pas un traître mot. Roman les tire de ce pétrin en demandant au contrôleur aérien de répéter ses consignes en russe, avant de les traduire à Anthony :

« *Roger*, vent d'ouest à sept nœuds sur la piste W2, transmet-il.

— Sérieusement ? lui dit Yulia. Tu te souviendrais des quatre mille fois ? »

Couverte par les grésillements, la voix du contrôleur résonne dans le cockpit :

« Simferopol à Cessna : vous êtes sur une trajectoire qui va vous faire survoler une base militaire… (Roman aperçoit en effet les chasseurs en forme de cigares argentés garés un peu plus loin sur le tarmac) ...ce qui, comme l'abus du tabac, risque de s'avérer dangereux pour votre santé : ces gars-là n'aiment pas trop qu'on vienne se balader au-dessus de leurs têtes. Nous vous conseillons donc instamment de modifier votre trajectoire.

— Nous allons les contourner », lance Anthony une fois que Roman a traduit la consigne.

Roman répète sa décision en russe dans le micro d'Anthony.

Hormis un léger dérapage sur la piste constellée de givre, Anthony réussit à la perfection l'atterrissage de son Cessna et pousse de petits cris de joie en dirigeant l'appareil vers un hangar rempli de camions-citernes.

« Sur les vols commerciaux, dit-il, les passagers applaudissent quand le pilote a correctement posé son avion. »

Roman traduit sa remarque à Yulia.

« Ils applaudissent parce qu'ils sont soulagés d'être encore en vie », dit-elle.

Anthony coupe le moteur et donne un petit coup de coude dans les côtes de Roman en lui montrant la jeune femme moulée dans son jean qui est venue placer des cales en bois sous les roues du Cessna.

« Ça fait longtemps que je n'ai pas vu un cul pareil », chuchote-t-il.

Détachant la sangle qui lui comprime le sein, Yulia comprend vaguement le sens de sa remarque.

« Je croyais qu'il était homosexuel, dit-elle à Roman.

— Je le suis, mais pas exclusivement », répond Anthony après que Roman lui a traduit la phrase.

« Et où allez-vous comme ça ? » leur demande la vieille mémé qui conduit le taxi noir délabré de l'aéroport, un Zil antédiluvien qui a bien huit cent mille kilomètres au compteur et dont le moteur émet un bruit plus proche de celui d'un tank que d'une automobile.

« Au palais Lavidiya, lui répond Roman.

— Au palais Lavidiya ! J'y ai conduit deux Américains l'été dernier mais ils ont fait demi-tour et se sont empressés de regagner Yalta en s'apercevant qu'il n'y avait pas de terrain de golf dans la propriété. Si vous voulez faire du golf, les gars, je vous préviens que vous ne prenez pas la bonne direction.

— Pouvez-vous parler un peu moins fort et conduire plus lentement ? lui lance Yulia depuis la banquette arrière.

— Je peux parler moins fort, grommelle la vieille, mais c'est moi qui décide à quelle vitesse nous roulons. Si vous n'aimez pas ma façon de conduire, il faudra vous trouver un autre véhicule.

— Il y a donc un autre taxi à l'aéroport ?

— Pas depuis 1982, à ma connaissance. »

Anthony pousse un sifflement admiratif en découvrant le palais Lavidiya qui émerge derrière une rangée de haies impeccablement taillées.

« Bon sang ! s'exclame-t-il. J'imagine que la Russie devait ressembler à ça avant que les communistes n'interrompent sa croissance. »

L'oncle Oleska, qui est le frère de la première épouse de Caplan, la mère de Yulia, est assis devant une énorme table en marbre dans le vaste hall d'entrée. Un petit radiateur électrique aux filaments incandescents réchauffe ses pieds et son vieux barzoï est étalé comme une peau de mouton devant la grande cheminée où gisent les cendres des vieilles palissades en bois du palais, arrachées les unes après les autres lorsque le bois de chauffage s'est avéré trop onéreux. Des miettes de gâteau et un thermos de thé décorent un vieil exemplaire de la *Pravda* étalé comme une nappe en travers de la table. L'oncle Oleska porte un pantalon de velours élimé dont il a fourré le bas dans ses bottes en caoutchouc et une tunique fatiguée d'officier de cavalerie des casaques du Don au col relevé autour de sa gorge plissée. Une seule médaille en argent est épinglée sur sa poitrine : celle des partisans de la Guerre patriotique, où figurent les profils de Lénine et de Staline.

« Yulia, ma chère petite… » s'exclame-t-il, les larmes aux yeux, après avoir vu sa nièce franchir les portes d'entrée monumentales.

Yulia se précipite pour couvrir de baisers ses joues mal rasées.

« Oncle Oleska, tu m'avais dit que tu pourrais me loger dans l'une de tes chambres au grenier en cas de besoin. Est-ce que ta proposition tient toujours ?

— Bien entendu, ma chérie. Te voir est un réconfort pour mes yeux.

— Mais où est tante Aksinia ? »

Oleska gratte la barbe hirsute qui couvre son menton pour masquer son trouble.

« Cela fera un an, six mois et deux semaines qu'elle est morte, dit-il. Les médecins m'ont dit qu'il s'agissait d'un cancer des poumons. Je leur ai répondu que c'était impossible, qu'Aksinia n'avait pas fumé une seule cigarette de sa vie. Enfin… comme disent les paysans, de l'eau a coulé sous les ponts, ajoute-t-il avec un haussement d'épaules résigné. Nous étions heureux ici, à vivre dans le dernier recoin de l'Ancien Régime. »

Il jette un coup d'œil par-dessus son épaule au portrait de l'impératrice douairière Maria Feodorovna, qui avait fui la Russie après la révolution bolchevique à bord d'un navire de guerre anglais envoyé par son neveu, le roi George V.

« Lavidiya était un peu notre Varykino, reprend Oleska à l'intention de sa nièce. L'État de l'Oural où le docteur Jivago et Lara ont essayé de fuir le monde, dans le conte de fées – ou devrais-je dire de terreur – de Boris Pasternak. »

Yulia se tourne vers Roman.

« Cela pourrait devenir notre Varykino à nous aussi… »

Anthony se tord le cou pour examiner l'énorme vitrail ovale qui domine la porte d'entrée.

« On a l'impression d'avoir remonté le temps quand on arrive ici, dit-il. Et de se retrouver dans un siècle passé. »

Roman ne quitte pas Yulia des yeux en lui répondant :

« Je ne crois pas à ces voyages dans le temps, dit-il. Si la chose était possible, nous verrions sans arrêt des visiteurs du futur débarquer chez nous.

— Qui sait si tel n'est pas le cas, rétorque Anthony en lui faisant un clin d'œil. Simplement, nous ne les reconnaissons pas. »

En dévisageant Anthony, l'oncle Oleska demande à sa nièce :

« Qui est ce gros individu qui t'accompagne ?

— C'est Anthony, notre pilote, lui explique-t-elle. Nous nous sommes enfuis de Moscou à bord de son avion. Quant à lui, il s'appelle Roman : c'est mon amant – et l'amour de ma vie. »

Les mots lui ont échappé sans qu'elle s'en rende compte. Elle s'empresse d'ajouter, comme si le fait de plaisanter pouvait désamorcer la gravité de sa remarque :

« Dieu merci, Roman est russe. Anthony quant à lui est anglais, même si ce n'est pas sa faute.

— Anglais ? J'aurais dû m'en douter, dit l'oncle Oleska en souriant sans desserrer les lèvres, comme apprennent à le faire tous ceux qui ont de mauvaises dents. Les British ont tous failli mourir de faim entre 1940 et 1945 mais ils se sont rattrapés par la suite en s'empiffrant de viande de mouton…

— Qu'y a-t-il ? demande Anthony. Il parle de moi ?

— Il parle de la guerre, lui répond Roman.

— Laquelle ? rétorque Anthony avant d'ajouter avec un sourire entendu : Étant russe, il ne doit plus s'y retrouver… »

Yulia tend le bras depuis le lit étroit et dur comme de la pierre pour attraper quelques grains du raisin de Tachkent que l'oncle Oleska a déposé dans une coupelle sur la table de nuit. Elle écoute pendant un long moment la respiration régulière de Roman avant de s'extraire de la lourde couette et de se diriger, pieds nus, vers l'unique fenêtre de la chambre au plafond bas, située sous les combles. Elle tourne la poignée et l'ouvre en grand, puis se penche par-dessus les bandes de coton disposées le long des montants pour renforcer l'isolation.

Une bouffée d'air marin pénètre dans la pièce. Brusquement réveillé, Roman se redresse dans le lit, en appui sur le coude.

« Qu'est-ce que tu fabriques ? lui lance-t-il à mi-voix.

— Je fais rentrer un peu d'air.

— Il doit faire -10 °C, Yulia ! »

Ses yeux s'accoutument peu à peu à l'obscurité, il distingue les contours élancés du dos nu de Yulia à l'autre bout de la pièce.

« Nom de Dieu ! Peux-tu me dire pourquoi tu éprouves le besoin d'aller te planter complètement nue devant cette fenêtre ouverte ?

— C'est pour sentir l'odeur de la mer. Je sais qu'elle n'est pas loin, enveloppée de brouillard et de froidure. Quand j'étais petite, à Vilnius, j'ai passé plusieurs fois des vacances sur la côte, à Klaipéda, avec une très belle femme qui prétendait être une actrice de cinéma. On m'avait dit de l'appeler tante Esther mais comme aucun de mes parents n'avait de sœur, il devait s'agir d'une maîtresse de mon père. Une fois que tante Esther était endormie je montais au grenier et j'ouvrais une petite fenêtre pour sentir l'air de la Baltique.

— Même en hiver ?

— Surtout en hiver ! dit-elle en riant. En été, ça sent plutôt les égouts. Mais en hiver la gelée blanche et les effluves salés vous piquent les narines.

— Décidément, il y a des régions de toi que je n'ai pas encore explorées, murmure Roman. Reviens vite sous la couette avant d'être transformée en statue de glace…

— Viens voir… Les lumières de Yalta éclairent de leurs reflets jaunes les nuages qui s'étendent sur la ville.

— Non merci. »

Avec un petit rire, Yulia referme la fenêtre. Du bout du doigt, elle dessine un cœur sur la buée qui s'est formée sur la vitre, puis une longue flèche qui le transperce. Après avoir traversé le plancher en silence et rejoint le lit étroit, elle se glisse à nouveau dans les bras de Roman. Celui-ci frissonne.

« Tu es gelée, dit-il. Mais tu me réchauffes quand même. »

Au bout d'un moment, Yulia lui dit :

« J'avais un chat quand nous habitions à Vilnius. Je l'avais appelé Tunnel parce qu'il était aussi noir qu'un trou au fond duquel on ne distingue pas la moindre lumière. Tunnel restait assis pendant des heures sur le rebord de ma fenêtre, à regarder les oiseaux. Et un beau jour…

— Un beau jour… l'encourage Roman en la voyant hésiter.

— Un beau jour un oiseau a volé un peu trop près de la fenêtre, l'instinct a parlé et mon petit chat a bondi sur lui. Nous habitions au septième étage. J'ai récupéré son corps disloqué encore chaud et l'ai fourré dans un sac en papier avant de l'enterrer dans le jardin, derrière notre immeuble.

— C'est pour ça que tu te tenais devant cette fenêtre ? Tu attendais qu'un oiseau s'approche pour bondir sur lui ? »

Yulia tend la main et saisit le pénis de Roman, qui est doux et chaud et lui rappelle curieusement son pauvre Tunnel.

« Mon oiseau désormais c'est toi, Roman.

— Tu ne m'aurais pas dit ça il y a deux ou trois semaines.

— Il y a deux ou trois semaines j'étais plus vieille que je ne le suis aujourd'hui. À tes côtés, je me sens rajeunir de jour en jour.

— Rajeunir ?

— Oui, rajeunir, comme si j'avais à nouveau le droit d'espérer… »

Au bout d'un moment elle ajoute d'une voix rauque :

« Tu le vois bien, Roman : nous sommes enfermés dans un tunnel, toi et moi. Si nous avons assez de chance pour en voir le bout, crois-tu que nous apercevrons la lumière ?

— Une loi naturelle, répond-il en se parlant à lui-même, veut qu'il y ait toujours de la lumière à la sortie d'un tunnel. »

17

« J'ai réglé la charge de manière à ce qu'elle n'explose qu'au bout d'un certain temps, une fois que le moteur a chauffé... »

Moscou
Vendredi 17 janvier 1992

Au volant de la fidèle Range Rover de feu le regretté Raspoutine, Travers de Porc tourne dans une artère blafarde de la banlieue moscovite et s'arrête en double file devant la distillerie Smirnoff, dernière étape de la tournée mensuelle destinée à récolter les enveloppes bourrées de roubles dues par les entreprises dont Timour assure la protection.

« Allez-y, je garderai la place, dit-il au Pou et à l'Araignée, le nouvel artificier recruté par Timour dans sa bande d'Ossètes.

— Et pourquoi aurais-tu le privilège de rester confortablement assis dans cette voiture si bien chauffée ? rétorque le Pou.

— Écoute, c'est moi qui suis allé récupérer l'enveloppe au bureau de change et dans le restaurant japonais de la rue Gorki. Chacun son tour, d'accord ?

— Même si je n'étais pas d'accord, qu'est-ce que ça changerait ? » marmonne le Pou en hochant la tête d'un air revêche.

Serrant chacun dans leur poing le revolver planqué dans la poche de leur duffle-coat, les deux hommes de main franchissent la porte d'entrée de la distillerie et s'engagent dans l'étroit passage qui débouche sur un dédale de locaux bien éclairés. L'Araignée arbore évidemment l'une de ses sempiternelles Belomorkanal, fichée au coin des lèvres. En traversant le bureau d'accueil, le Pou remarque que les trois secrétaires qui tapent sur les claviers de leurs ordinateurs flambant neufs n'ont pas quitté leurs écrans des yeux. Il s'arrête, grattant ses favoris d'un doigt jauni par la nicotine.

« Eh bien, mesdames, leur lance-t-il, où avez-vous donc été élevées ? Cela vous coûterait-il beaucoup de nous dire bonjour ? »

La plus jeune des secrétaires, aux cheveux teints en rouge et traversés d'une mèche argentée, lève les yeux de son écran.

« Bien sûr que non, dit-elle d'un air caustique. Bienvenue à vous, messieurs de la mafia, qui avez la bonté de venir récolter votre argent de poche mensuel.

— Va te faire voir, Baba Yaga ! lui rétorque le Pou.

— Si j'étais la célèbre sorcière, réplique la secrétaire sans se démonter, je vous prie de croire qu'un tocard obèse comme vous ne parviendrait même pas à franchir le portail magique que j'aurais édifié avec les ossements de mes victimes ! »

Les deux autres secrétaires pouffent discrètement de rire. Piqué au vif par l'impudence de la jeune femme, le Pou fait un pas dans sa direction mais l'Araignée le retient par la manche de son duffle-coat.

« Nous avons d'autres chats à fouetter », lui murmure-t-il.

Il se tourne et frappe à deux reprises sur la fenêtre en verre dépoli du bureau principal, avant d'en pousser la porte du bout de sa botte à lacets. Juste derrière lui, le Pou agrippe plus fortement son revolver en apercevant l'individu assis sur l'un des radiateurs de la pièce.

« Je vous connais, grimace-t-il. Oui, je le reconnais, ajoute-t-il en se tournant vers l'Araignée. Il s'appelle Axelrod, c'est l'un de ces bouffons qui travaillent au Sixième Bureau de la lutte contre le crime organisé.

— Je ne suis pas *l'un* de ces bouffons, rétorque Axelrod avec un sourire glacial. Je suis leur chef. (Il lève ses deux mains en l'air.) Comme vous pouvez le constater, je suis armé jusqu'aux dents. Je suis juste venu pour transmettre un renseignement utile à votre nouvel artificier.

— Et pour quelle raison un type comme vous me donnerait-il un tel renseignement ? » lui demande l'Araignée.

Axelrod montre du doigt la petite fusée à moitié effacée tatouée sous l'œil droit de l'Araignée, ainsi que l'anneau doré qui orne le lobe de son oreille.

« Pour que vous puissiez faire exploser votre engin au moment opportun et d'une manière qui convienne à mon supérieur – lequel est convaincu que la solution des problèmes que nous posent les *vory v zakone* consiste à les laisser s'entre-tuer…

— Nous sommes ici pour toucher le salaire mensuel qui nous est octroyé pour la protection de cette distillerie, lui dit le Pou. Aussi utiles soient-elles, vos informations ne nous intéressent pas.

— Quand vous aurez entendu ce que j'ai à vous dire, vous verrez que cela a plus de valeur que l'enveloppe bourrée de roubles qui vous attend sur ce bureau. »

Après avoir récupéré la liasse le Pou feuillette les billets, puis hoche la tête à l'intention de l'Araignée pour lui signifier que le compte y est. Il regarde ensuite Axelrod, qui a toujours les mains en l'air.

« Vous pouvez les baisser, grommelle-t-il. Allez-y, crachez le morceau : quel est donc ce renseignement de première importance ?

— Nahum Caplan occupe les deux derniers étages d'un hôtel dans le quartier juif. Il gare ses différents véhicules au premier niveau du parking situé dans le sous-sol de l'immeuble.

— Vous ne nous apprenez rien que nous ne sachions déjà, dit le Pou. Caplan possède trois Mercedes, trois BMW, une Saab et deux véhicules militaires blindés, des Studebaker datant de la Grande Guerre patriotique, dont l'un est en état de marche et l'autre attend toujours que le dieu des pièces détachées lui fournisse un nouveau carburateur. »

En feignant d'applaudir des deux mains, Axelrod abandonne son radiateur.

« Vous avez oublié la petite Porsche bleue 911 Turbo 3,3 litres…

— Ce n'est que le joujou de sa fille, répond le Pou d'un air méprisant. Je sais déjà ce que vous allez me dire, camarade chef du Sixième Bureau. Soyez assuré que nous avons étudié ce parking de fond en comble. L'escalier qui part du hall d'entrée de l'hôtel est une impasse, les portes ont été verrouillées à chaque niveau et solidement scellées – ce qui nous laisse l'ascenseur, pour lequel un passe s'avère nécessaire. À supposer qu'on parvienne à mettre la main sur ce passe, et même si le type dans la cabine de sécurité de l'hôtel a décidé de piquer un roupillon au lieu de garder les yeux rivés sur ses écrans de contrôle, des gardiens accompagnés d'un doberman patrouillent dans les sous-sols vingt-quatre heures sur vingt-quatre.

— Félicitations, vous avez bien fait vos devoirs ! Mais un détail troublant vous a échappé. Les deux gardiens qui surveillent les voitures de Caplan pendant la nuit sont d'anciens flics du Sixième Bureau et travaillent pour moi. Ce soir à minuit, la porte de l'issue de secours qui est d'ordinaire verrouillée et barricadée de l'intérieur restera ouverte pendant une heure. Cette porte de secours permet d'accéder à un escalier métallique débouchant sur l'allée qu'utilise le service de blanchisserie de l'hôtel. »

Le Pou et l'Araignée échangent un regard. L'Araignée exhale par les narines une bouffée de Belomorkanal.

« Et comment être sûr que vous ne nous précipitez pas dans la gueule du loup ? demande-t-il.

— Rien de plus simple, répond Axelrod. Il suffit de descendre l'escalier en colimaçon qui permet d'accéder à l'issue de secours : si la porte ne s'ouvre pas, vous pourrez toujours déposer une plainte au Sixième Bureau la prochaine fois que nos chemins se croiseront. À supposer qu'il y ait une prochaine fois. »

Timour le Boiteux termine sa soupe de betterave. Après avoir repoussé son bol il se penche vers la table pour s'essuyer la bouche avec le bord de la nappe.

« Alors ? demande-t-il en se rejetant dans son siège. Comment cela a-t-il marché ? »

Sa Belomorkanal poisseuse collée aux lèvres, l'Araignée lui répond :

« La porte de l'issue de secours était bien ouverte comme il l'avait dit, *pakhan*. Il n'y avait pas un flic en vue, aucun chien ne s'est mis à aboyer. Les petits-six et moi, nous avons piégé le Studebaker, celui qui n'a pas besoin d'un carburateur de rechange. Et pour faire bonne mesure, nous avons également piégé une autre voiture. Ensuite, comme l'heure était presque écoulée, nous avons grimpé quatre à quatre l'escalier métallique et regagné la ruelle où était garé notre pick-up. »

L'air préoccupé, Timour se tourne vers le Pou.

« Je n'ai pas vu Roman depuis la semaine dernière, lui dit-il. Où est-il ? »

Le Pou balance d'un pied sur l'autre son énorme poids.

« Je ne sais pas, *pakhan*.

— Comment ça, tu ne sais pas ? Maintenant que Mika Raspoutine est mort et enterré, je t'avais pourtant demandé d'avoir l'œil sur mon fils.

— J'avais l'œil sur lui tant qu'il était à Moscou, dans cette bicoque, explique le Pou. Roman n'est plus un bébé dont il faut sans arrêt changer les couches, *pakhan*.

— Es-tu en train de me dire que mon fils ne serait plus à Moscou ? »

Le Pou essuie du revers de sa manche la sueur qui perle à son front.

« Je suis en train de vous dire qu'il n'a pas dormi dans son lit ces derniers jours. Et qu'il est sans doute en train de faire la bringue quelque part avec une fille. Il ne vient pas me prévenir chaque fois qu'il veut s'envoyer en l'air, *pakhan*.

— Si jamais il est avec cette juive... »

Timour inspire profondément à plusieurs reprises pour repousser la vague de colère qui monte en lui. Secouant la tête d'un air excédé, il reporte son attention sur l'Araignée.

« Quand tu dis que vous avez *piégé* ces véhicules, qu'entends-tu exactement par là ? »

Soulagé qu'on revienne sur un terrain moins miné et relevant de sa compétence, l'Araignée écrase sa cigarette sous le talon de sa chaussure : remarquant le regard irrité que lui jette Timour, il s'empresse de ramasser le mégot et cherche des yeux un endroit où le déposer. N'en apercevant pas, il se résout à le fourrer dans sa poche.

« Je ne suis pas partisan de programmer la charge pour qu'elle explose à l'instant où l'on met le contact, *pakhan*. Quand j'étais dans les Forces armées de la mer Noire, mon supérieur, un ancien musulman qui avait les yeux en amande d'un Ouzbek et m'a appris à dessouder ses confrères intégristes en Afghanistan, m'a enseigné une technique qui ne permet pas aux enquêteurs de savoir où la bombe a été posée. Ce qui, dans le cas présent, les conduirait inéluctablement aux deux gardiens et à leur doberman, anciens membres du Sixième Bureau, et donc à cet Axelrod, puis au Pou et à moi-même, c'est-à-dire jusqu'ici. J'ai donc réglé la charge de manière à ce qu'elle n'explose qu'au bout d'un certain temps, une fois que le moteur a suffisamment chauffé. En clair, le véhicule explosera quand il sera déjà en route, à quelques kilomètres de son point de départ.

— Combien de temps faut-il attendre avant l'explosion ? s'enquiert Timour.

— Cela dépend de la vitesse du véhicule. Pour les sept attentats dont je me suis déjà occupé, cela a pris entre vingt minutes et une demi-heure. (L'Araignée pousse un grognement de satisfaction.) Ce qui signifie que les flics auront du pain sur la planche pour savoir si le camion a sauté à cause d'une bombe placée sur son passage, d'un missile antichar tiré depuis un toit voisin ou d'un accident provoqué par un Semtex qui se trouvait dans une caisse de munitions blindée, sous l'un des sièges du véhicule.

— Entendu. Je suis content de toi, l'Araignée. Tu as fait du bon travail. »

Timour se tourne ensuite vers le Pou et lui dit d'un air pensif :

« Cela fait longtemps que nous sommes ensemble…

— En effet, *pakhan*.

— Il faut absolument que je sache où se trouve Roman.

— Je vais me renseigner.

— Oui, fais-le. »

Mordechai, le frère de Caplan, apparaît pour le petit-déjeuner, un sachet de glaçons plaqué contre la joue.

« J'ai une rage de dents du diable ! dit-il à son frère. Je me suis bourré d'aspirine toute la nuit.

— Appelle notre dentiste.

— Qu'est-ce que tu crois que j'ai fait, sitôt levé ce matin ? Mais sa putain de secrétaire m'a dit qu'ils étaient surbookés jusqu'à mardi prochain. J'ai pris un rendez-vous pour mardi à la première heure mais je ne suis pas sûr de tenir le coup jusque-là.

— Écoute, lui dit Nahum, je devais justement y aller pour mon check-up annuel cet après-midi. Tu n'as qu'à prendre ma place aujourd'hui, j'attendrai bien jusqu'à mardi matin.

— Tu es sûr ?

— Évidemment que j'en suis sûr. Mon petit frère a mal aux dents, moi pas.

— Merci, Nahum, lui dit Mordechai en se relevant de sa chaise. Tu me sauves la vie.

— Où vas-tu donc ? Bois au moins ton café.

— Je vais chercher de l'aspirine.

— Prends le Studebaker pour aller chez le dentiste, lui dit son frère. Avec tous ces Ossètes sur le pied de guerre, on n'est jamais assez prudent. »

18

« Un fils d'Ossète doit se trouver aux côtés de son père lorsque la guerre a éclaté… »

Moscou
Vendredi, un peu plus tard

Le Pou pose le petit téléviseur portable est-allemand et son antenne sur le bureau de Timour avant de le brancher sur une prise murale.

« Il faut que vous voyiez cela, *pakhan*, dit-il. Ils l'ont diffusé au journal de 18 heures et vont probablement le repasser à 20 heures.

— Je ne regarde jamais la télévision, lui rappelle Timour.

— Vous ferez une exception, pour cette fois. »

Timour le Boiteux concentre son attention sur l'écran qui montre l'image un peu vacillante de la carcasse d'un véhicule militaire datant de la Grande Guerre patriotique dont les débris éparpillés jonchent la place Komsomolskaïa, en face de la sortie de la ligne Leningradski. La caméra fait un zoom sur une mare de sang et montre en gros plan une chaussure contenant un pied arraché. Des couvertures ont été étendues sur les trois cadavres qui gisent dans le caniveau. Une borne d'incendie détruite par l'explosion déverse des trombes d'eau dans la courbe d'un virage. Une onde de fumée rougeâtre flotte au-dessus de la vingtaine de badauds qui contemplent la scène, derrière les barrières installées par la police.

« Par bonheur, chuchote dans son micro un reporter excité, aucun passant ne se trouvait aux abords du véhicule lorsque celui-ci a explosé, sinon le nombre des victimes aurait été dramatiquement plus élevé. »

Le studio reprend l'antenne pour la suite du journal. La présentatrice, qui fixe la caméra de ses yeux lourdement maquillés, prend à son tour la parole : « Les trois victimes, tous des hommes, semblaient faire partie de la bande des *vory v zakone* de Nahum Caplan. L'un d'eux a même été identifié : il s'agit de son frère cadet, Mordechai Caplan. La police a confirmé que Caplan lui-même ne se trouvait pas à bord du véhicule, un Studebaker américain de 1943 destiné au transport de troupes. Les interrogations ne manquent pas : l'explosion est-elle due à un accident malheureux ou à la guerre des différents gangs qui cherchent à se partager le gâteau de l'ère post-soviétique ? Le chef du Sixième Bureau du Département de la lutte contre le crime organisé, Ossip Axelrod, penche pour la thèse de l'accident. Il estime que du RDX stocké dans le camion blindé aurait pu exploser à la suite d'un choc, si le Studebaker avait heurté un nid-de-poule sur la place Komsomolskaïa. Un officiel haut placé au bureau du procureur général, qui préfère garder l'anonymat étant donné qu'il n'est pas autorisé à commenter l'accident, estime pour sa part que l'explosion porte indubitablement la marque d'un attentat mortel préparé avec le plus grand soin. Si cette hypothèse se révélait exacte, il est probable que Moscou connaîtra au cours des prochaines semaines d'autres assassinats du même genre, dignes des gangsters américains, avant que cette guerre n'ait pris fin. Dans le reste de l'actualité… »

Le Pou tend la main en travers du bureau et éteint le téléviseur. L'écran se remplit de neige électronique avant de virer au noir.

« Joli travail n'est-ce pas, *pakhan* ? » lance-t-il sans grande conviction.

Timour lutte visiblement pour refréner la colère qui monte en lui. Une veine s'est mise à battre, bien apparente sur son maigre cou.

« Je ne vois pas ce que ce travail a de joli, lance-t-il d'une voix glaciale. Il ne t'aura pas échappé que Caplan ne se trouvait pas dans le Studebaker.

— Il était censé se rendre chez son dentiste ce jour-là, lui explique le Pou d'un air contrit. Nous avions graissé la patte de la secrétaire afin qu'elle nous prévienne dès que Caplan aurait pris rendez-vous. Ce coup-ci c'était sûr, il devait y aller cet après-midi. Comme nous savons qu'il utilise uniquement le Studebaker pour ses déplacements, l'affaire paraissait dans le sac. Ce n'est pas ma faute si au dernier moment c'est un autre Caplan qui est allé se faire détartrer les dents… »

Timour marche jusqu'à la fenêtre et contemple les lumières diffuses de Moscou qui brillent à travers le crachin du soir.

« Nous sommes revenus au point de départ, murmure-t-il. Caplan ne digérera évidemment pas un coup pareil. Sois sûr qu'il va chercher à venger la mort de son frère.

— Dites-moi ce que vous voulez que je fasse, *pakhan*, je vous obéirai aveuglément.

— Il me semble te l'avoir déjà dit : je veux, j'ai *impérativement besoin* que tu retrouves Roman. Un fils d'Ossète doit se trouver aux côtés de son père lorsque la guerre a éclaté. »

Le Pou s'empresse de regagner la porte à reculons. Timour lui lance :

« Et débarrasse-moi de ce fichu téléviseur avant de partir ! »

L'estafette de livraison anglaise, d'un noir étincelant et portant de chaque côté l'inscription « Les Petits Gourmands » calligraphiée en lettres dorées, se gare le long de la propriété de Timour, sur les monts Lénine. Après avoir baissé la vitre de sa portière le conducteur, vêtu d'un uniforme correspondant à l'idée que se font les Moscovites d'un livreur anglais, tend le bras et appuie sur le bouton de l'interphone.

« C'est Timofey, dit-il dans l'appareil. Je viens livrer la ration de chocolats hebdomadaire de votre patron.

— Je ne comprends toujours pas comment vous arrivez à conduire avec ce volant du mauvais côté, lui répond dans l'interphone le lieutenant chargé de la sécurité.

— Question d'habitude, dit Timofey en riant. Ce n'est pas si différent. »

Avec un grincement, la lourde grille de la propriété s'ouvre lentement.

« J'envoie un de mes hommes récupérer le paquet », ajoute la voix dans l'interphone.

Timofey attrape la boîte enveloppée d'un élégant tissu noir et nouée par un ruban rouge sur lequel est imprimé le logo des Petits Gourmands, avant de la tendre au jeune Ossète qui l'a rejoint près du portail.

Le petit-six, une nouvelle recrue qui s'avère être le petit-cousin d'un des plus anciens hommes de main de Timour, transporte le paquet jusqu'à la salle de contrôle, dans le sous-sol de la maison. Tout en gardant un œil sur les différents écrans, le lieutenant de garde écoute un bulletin d'informations en anglais diffusé sur Radio Maximum.

« Je ne savais pas que vous parliez l'américain, lui dit le petit-six.

— Je ne le parle pas, répond le lieutenant.

— Dans ce cas, pourquoi écoutez-vous Maximum en américain ?

— Il est plus facile d'ignorer les nouvelles quand on ne les comprend pas, lui explique le lieutenant avec le plus grand sérieux.

— Ça se défend, acquiesce le petit-six tout en plaçant son paquet sous le détecteur. J'espère que les rayons X ne feront pas fondre les chocolats du *pakhan*... »

Le lieutenant et lui examinent l'image figée qui vient d'apparaître sur l'écran.

« Cette machine peut vraiment voir à travers les objets ? demande-t-il.

— Comme tu peux le constater.

— À quoi reconnaît-on une bombe, dans ce cas ?

— S'il s'agit d'une charge de plastic, on peut lui donner n'importe quelle forme : un livre, une mandarine ou un sandwich au saucisson de foie.

— Où diable trouve-t-on du saucisson de foie à Moscou ?

— Il ne s'agirait pas d'un vrai saucisson de foie, gamin. Mais d'une charge de plastic *en forme* de saucisson de foie.

— Dans ce cas, comment distinguer un vrai sandwich d'une bombe en forme de sandwich ?

— S'il s'agit d'une bombe, elle sera munie d'un fusible qui déclenchera l'explosion.

— Ah oui, avec une mèche qui dépasse, comme pour un pétard.

— Plutôt comme un réveil réglé pour allumer le pétard au moment voulu, gamin. Tout ce qui ressemble de près ou de loin à un cadran est *a priori* suspect. »

Le petit-six retire le paquet des Petits Gourmands du détecteur à rayons X.

« Ça fait beaucoup de chocolats pour une seule personne, dit-il.

— Notre collègue le Pou, qui a passé pas mal de temps avec le vieux dans la Colonie pénitentiaire n° 40, m'a raconté qu'à l'époque tous les Ossètes de Timour recevaient des rations de cigarettes mais que le patron, même dans ce trou perdu de Koungour, s'arrangeait pour avoir son arrivage hebdomadaire de chocolats. »

Le petit-six émet un long sifflement.

« Ça devait lui coûter un bras...

— Pas sûr qu'il ait déboursé quoi que ce soit pour ça à l'époque, commente le lieutenant. Ni qu'il mette davantage la main à la poche aujourd'hui. Ce sont nous, les Ossètes, qui assurons la protection de cette boutique. (Il se recule dans son siège à roulettes pour faire face au mur des écrans.) Magne-toi le cul, gamin, et va livrer ses chocolats au *pakhan*. Cela lui rendra peut-être le sourire pendant quelques instants. »

19

« Le Grec m'avait bien dit que la gourmandise me per… me perdrait… »

Moscou
Samedi 18 janvier 1992

Zhoukaeva, la jeune employée de maison de seize ans, fille illégitime du cousin du Pou vivant à Tskhinvali, découvre Timour le Boiteux inconscient dans son étroit lit métallique des surplus de l'armée : ses yeux sont clos, sa bouche grande ouverte, sa main crispée sur un morceau de chocolat à moitié mangé. Sous sa tête, des traces de vomi séchées maculent l'oreiller. En se penchant, la jeune fille distingue l'une des dents en or qui brille dans la bouche du *pakhan*. Serrant contre son tablier la ration hebdomadaire de vitamines et le courrier du matin qu'elle lui apportait, elle reste figée au pied du lit en se demandant avec angoisse ce qu'elle doit surtout éviter de faire. Se souvenant comment on procède à Tskhinvali dans ce genre de circonstances, elle se dit qu'elle ne doit surtout pas toucher le corps, de peur d'attirer sur elle le mal qui l'a emporté. Et qu'elle ne doit pas se mettre à crier, pour éviter de réveiller les lieutenants qui dorment au grenier, sous les combles de la propriété. Elle quitte la chambre sur la pointe des pieds afin de ne pas troubler le sommeil éternel du *pakhan*. Après avoir refermé tout doucement la porte derrière elle, elle agrippe la rampe de l'escalier et se met à chuchoter :

« Au secours… au secours… le *pakhan* a été assassiné… »

Le Pou, qui passe par hasard sur le palier de l'étage inférieur, perçoit ses chuchotements. Grimpant l'escalier quatre à quatre il lui lance :

« Bon sang, gamine, qu'est-ce qui se passe ? »

Zhoukaeva le regarde d'un air terrorisé et ouvre la bouche pour lui apprendre la terrible nouvelle mais ses cordes vocales refusent de lui répondre. Paniquée, elle désigne du doigt la chambre du *pakhan*.

« Mais vas-tu donc parler ! lui lance le Pou.

— Le *pakhan* a été assassiné, parvient-elle enfin à articuler.

— Comment ça, assassiné ? Où donc ?

— Dans son lit », dit la jeune fille d'une voix plus assurée.

Le Pou ouvre grand la porte. Apercevant le morceau de chocolat et la tache de vomi sur l'oreiller, il traverse la pièce aussi vite que le permet son énorme poids et s'approche du lit militaire. Sur le seuil de la pièce, Zhoukaeva se met à sangloter en silence.

« Mon Dieu, murmure-t-elle, ayez pitié de l'âme de notre *pakhan* qui vient d'entreprendre son voyage dans la vallée d'ombre de la mort… »

Le Pou s'engouffre dans la petite salle de bains attenante à la chambre et en revient avec le rétroviseur de Mercedes dont Timour se sert en guise de miroir pour se raser, avant de le brandir devant les lèvres blêmes du *pakhan.* Apercevant une trace de buée à sa surface, il s'exclame : « Il est toujours en vie ! » et se précipite vers l'escalier pour faire ce que la villageoise fraîchement débarquée dans la grande ville n'a pas osé entreprendre quelques instants plus tôt : réveiller les lieutenants, les hommes de main et les petits-six, réveiller tout le quartier tant qu'à faire et l'ensemble des habitants de Moscou, les morts aussi bien que les vivants, en hurlant à pleins poumons dans la cage d'escalier :

« Pour l'amour de Dieu, qu'on appelle au plus vite une ambulance ! Notre *pakhan* a été empoisonné ! »

Au septième étage de l'Hôpital clinique n° 63 de la ville de Moscou, le Pou et Travers de Porc se relaient pour garder la porte, l'un à l'intérieur de la chambre, l'autre dans le couloir. Timour, qui respire de manière irrégulière, est étendu sur le lit d'hôpital incliné. Des fils et des tubes sont fixés de toutes parts par du ruban adhésif sur son corps dénudé. À travers la fenêtre sillonnée par la pluie on distingue le pâle éclat des trois quartiers de lune. Une doctoresse visiblement épuisée, vêtue d'une blouse chirurgicale maculée de sang séché, observe l'écran du moniteur relié au corps de Timour et affichant ses pulsations vitales.

« Alors ? demande le Pou. Il va s'en sortir ? »

La doctoresse étouffe un bâillement. Furieux, le Pou explose :

« Excusez-moi de vous importuner avec mes questions idiotes !

— Calmez-vous, monsieur… je ne sais trop qui…

— Mes amis m'appellent le Pou. Mes ennemis aussi, d'ailleurs.

— C'est votre nom de baptême ?

— C'est mon nom de guerre. »

La doctoresse lève les yeux au ciel.

« Bon… Pour tout vous avouer, monsieur Pou, je suis debout depuis 6 heures du matin. Et pour répondre à votre question : peut-être s'en sortira-t-il, peut-être pas. Cela dépend.

— De quoi ?

— De son état général, pour commencer. De la capacité de son organisme à combattre le mal dont son foie est atteint et qui est une complication habituelle dans les cas d'empoisonnement. Pour l'instant nous attendons les résultats du labo qui analyse cet échantillon de chocolat et nous dira de quel poison il s'agit. Cela peut prendre quarante-huit heures. (Elle consulte l'ardoise métallique fixée au lit.) Le médecin urgentiste qui était de garde lorsque vous l'avez amené ce matin lui a prescrit un sérum antiépileptique qui semble avoir produit ses effets. On lui a également administré une perfusion intraveineuse d'atropine pour neutraliser un éventuel empoisonnement par pesticide. Si son état général se détériore et s'il semble souffrir d'une douleur physique, nous nous résoudrons en dernier recours à le plonger dans un coma artificiel. »

Elle jette un regard en biais au Pou.

« Vous êtes son fils ? lui demande-t-elle.

— Plus que ça.

— L'infirmière m'a dit que vous étiez armé, ainsi que votre ami là-dehors…

— Oui, armés d'espoir. »

La doctoresse se fend d'un sourire fatigué.

« D'accord… ne perdez pas espoir, dans ce cas. Nous devrions être fixés dans les prochaines vingt-quatre heures. S'il passe la nuit, si nous parvenons à identifier le poison et à lui administrer l'antidote approprié… »

Elle laisse sa phrase en suspens.

Après s'être effondré sur la chaise placée au chevet du lit, le Pou remarque que les lèvres de Timour se sont mises à trembler, comme s'il essayait de dire quelque chose. Il rapproche la chaise et se penche vers lui, collant presque son oreille à la bouche du *pakhan*.

« Qu'essayez-vous de dire ?

— *Gdye*…

— Où ? Où quoi ?

— *Gdye*… Ro… Rom…

— Roman ? C'est cela que vous demandez ? »

Timour cligne imperceptiblement des yeux.

« J'aimerais bien savoir où il se trouve, *pakhan*…

— *Gdye… ya* ?

— Vous êtes à l'hôpital, *pakhan*.

— Pourquoi l'hôpital ? Je… suis… malade ? »

Le Pou s'empare timidement de sa main moite.

« On vous a empoisonné, *pakhan*. Avec ces chocolats.

— Du poison… (Timour émet une toux faible, comme un rire étouffé.) Le Grec…

— Quoi donc, le Grec ?

— À la Col… Colonie… 40… il m'av… m'avait pré… prédit que la… gourmandise… »

Un sifflement s'échappe de sa narine abîmée.

« Me per… me perdrait… »

20

« Après avoir enterré mon père, j'irai porter en terre celui qui l'a assassiné… »

Palais Lavidiya, Yalta
Dimanche 19 janvier 1992

La brume blafarde du petit matin commence tout juste à se dissiper lorsque Roman et Yulia s'engagent sur le sentier du Tsar pour explorer la falaise qui suit un cours sinueux entre les haies ou les pelouses à l'abandon de Lavidiya et la ville de Yalta, trois ou quatre kilomètres plus au nord. Depuis le chemin de terre ils entendent les vagues qui se brisent un peu plus bas contre les rochers, au pied de la falaise, bien avant que la brume ne se soit dissipée et qu'ils ne puissent voir la mer. Roman marche quelques pas devant elle mais quand le soleil perce enfin, Yulia tout excitée lui montre la grande coupole de la cathédrale Alexandre Nevsky qui domine Yalta dans le lointain, avant de le rejoindre en quelques enjambées.

« Je suis venue ici quand j'avais huit ou neuf ans, s'exclame-t-elle. C'était la première fois que j'avais réussi à convaincre mon père de me laisser partir avec mon école dans un camp d'éclaireurs. Oh, mon Dieu… je me souviens de la cathédrale et de la mer qui déferlait à nos pieds sur la digue… Notre auberge était située dans la rue Roosevelt, ce nom n'avait rien de russe mais je n'avais pas la moindre idée de qui il s'agissait. Notre moniteur nous avait expliqué que ce Roosevelt était un affreux impérialiste qui détestait notre bien-aimé *dyedye* Staline…

— J'espère que tu n'avais pas avalé toutes ces sornettes au sujet du "bien-aimé oncle Staline" ?

— Je n'avais que neuf ans, bordel !

— Quand j'avais neuf ans je méprisais ton "bien-aimé oncle Staline", comme mon père et ses Ossètes.

— Ce n'était pas *mon* bien-aimé oncle Staline, Roman, rétorque Yulia avant d'apercevoir une lueur amusée dans ses yeux. Tu te moques de moi mais ça ne fait rien, j'ai connu pire. J'ai eu une illumination qui a changé ma vie lors de ce séjour à Yalta mais elle n'avait rien à voir avec l'oncle Staline. Dès que les moniteurs nous eurent enfermées pour la nuit dans le dortoir du grenier, la fille la plus âgée du groupe – elle devait avoir quatorze ans – sortit un tube de rouge à lèvres : dans l'obscurité, éclairée par les faibles rayons de nos lampes de poche, elle en passa sur les lèvres de toutes les gamines, y compris les plus jeunes. Ce fut ainsi que j'eus la révélation du rouge à lèvres. »

Suivant le sentier, Roman et Yulia longent un marécage bourbeux et les restes d'une ancienne exploitation de tourbe, dont les tuiles et les charpentes en bois se sont effondrées à l'intérieur du bâtiment en ruine.

« Ça te plaît donc, d'avoir les lèvres rutilantes comme un camion de pompiers ? lui demande Roman.

— Si ça me plaît ? Tu veux dire que j'adore ça ! Ah, Roman… le rouge à lèvres… Je crois que j'ai entrevu pour la première fois ce jour-là qu'une autre vie m'attendait après l'enfance. En apercevant mon visage qui se reflétait sur une vitre, j'ai brusquement découvert à quoi j'allais sans doute ressembler une fois que j'aurais grandi. Et toi ? ajoute-t-elle en glissant le bras sous le sien. Aimes-tu que mes lèvres soient rutilantes comme un camion de pompiers ? »

Roman s'arrête de marcher.

« La première fois que je t'ai vue, dit-il, le soir de cette réception d'anniversaire au Métropole, tes lèvres avaient la même couleur que la minijupe que tu portais en patinant. Je suis très attiré par tes lèvres, qu'elles soient d'un rouge éclatant ou non, poursuit-il avec le plus grand sérieux. Je croyais t'en avoir donné la preuve. (Il perçoit une lueur amusée dans les yeux de Yulia.) Voilà, maintenant c'est toi qui te moques de moi. »

Un peu plus loin le sentier du Tsar s'enfonce à travers un épais bosquet de bouleaux dont les troncs sont penchés, courbés par les rafales de vents marins. Roman insiste :

« Dis-moi un peu… Pourquoi les filles éprouvent-elles le besoin de mettre du rouge à lèvres ? »

Ses questions commencent à agacer Yulia.

« Que signifie ce brusque intérêt pour le maquillage ? s'exclame-t-elle. Les filles mettent du rouge à lèvres pour qu'on les remarque, voilà tout.

— Et pourquoi certaines n'en mettent-elles pas ?

— Pour qu'on les remarque également, répond Yulia avec un petit rire rentré. Si une fille met du rouge à lèvres, on la remarque. Si elle n'en met pas, on la remarque aussi. Sincèrement, je ne vois pas où nous mène cette conversation. Tes questions me rappellent ces inquisiteurs du Moyen Âge qui expédiaient les femmes sur le bûcher pour la simple raison que c'étaient des femmes. Comme la plupart des mâles, tu ne comprends rien aux femelles de ta propre espèce.

— Je cherche à les comprendre, c'est déjà ça. Si j'ai bien saisi, cela se ramène au simple besoin ou au profond désir d'être remarquée ?

— Bon Dieu, Roman, les hommes sont-ils si différents ? Pourquoi certains d'entre vous portent-ils une chaînette en or autour du cou ou une bague au petit doigt ? Pourquoi frimes-tu avec ce blouson de la RAF dont tu dois être le seul en Russie à posséder un exemplaire ? Parce que tu as envie qu'on te remarque ! Et pourquoi possèdes-tu une montre suisse qui affiche le calendrier lunaire ? Si la chose t'intéresse à ce point, il suffit de regarder la lune, bordel !

— Je n'avais pas l'intention de provoquer une dispute.

— C'est bien ma veine, je suis tombée sur un fétichiste des lèvres ! Hé, tu es peut-être obsédé par ma bouche mais tu n'as guère prêté attention au reste de mon corps : sinon tu aurais remarqué que je m'étais curé le nombril. »

Roman essaie de dissiper par une boutade la tension qui s'est installée.

« Reste que tu ne peux pas faire grand-chose pour empêcher tes seins de pointer dans des directions opposées.

— Je peux changer de direction moi-même, en tout cas – ce que je fais visiblement depuis que je t'ai rencontré ! »

Elle tourne les talons et ajoute :

« Rentrons. Nous aurions dû prendre le petit-déjeuner avant de partir.

— Je pensais que l'air marin nous aiguiserait l'appétit.

— Cette discussion sur le rouge à lèvres m'a suffisamment donné faim. »

Anthony et Oleska, l'oncle de Yulia, sont assis l'un en face de l'autre à l'extrémité de la longue table de réfectoire que les moines de ce monastère de Crimée utilisaient jadis pour fabriquer leur pain. Des creux se sont formés dans l'épais plateau de chêne sur lequel on a pétri le levain pendant des siècles. Ni Oleska ni Anthony ne parlent une langue que leur vis-à-vis puisse comprendre, aussi sont-ils soulagés de voir arriver les deux promeneurs, de retour du sentier du Tsar. Anthony désigne d'un mouvement de tête le poste de télévision installé dans un coin et qu'Oleska a allumé sitôt entré dans la pièce où l'on prend le petit-déjeuner, jouxtant les immenses cuisines du palais.

« Peux-tu lui dire de baisser le son de ce maudit engin ? » lance-t-il à Roman.

Oleska a dû comprendre le sens de sa question car il intervient à son tour :

« Pouvez-vous lui expliquer, dit-il à Roman dans un russe particulièrement distingué, que nous sommes ici chez moi, qu'il n'est pas chez lui en tout cas, et qu'il est dans mes habitudes de regarder le journal télévisé tous les matins, pour savoir si la guerre n'a pas éclaté quelque part dans le monde durant mon sommeil. »

La femme de ménage d'Oleska, une paysanne au visage grêlé par l'acné originaire d'un village situé dans les collines qui dominent Yalta, apparaît dans l'encadrement de la porte, portant tant bien que mal un grand plateau chargé de nourriture. Roman se lève pour l'aider, lui prend le plateau des mains et le dépose sur la table. La femme de ménage remplit l'une après l'autre les assiettes de blinis et de crème fraîche, de saucisses de porc et de lamelles d'oignons rouges, que Yulia distribue à la ronde. Oleska sert de son côté dans de gros verres de table un vin blanc liquoreux de Crimée, célèbre pour ses vertus revigorantes.

« Du vin au petit-déjeuner ! s'exclame Anthony, émerveillé. S'il te plaît, dis à notre hôte qu'indépendamment de son addiction à la télévision, je commence à envisager de venir m'établir de façon permanente à Lavidiya.

— Il faudrait que tu parles couramment le russe pour venir vivre ici, lui répond Roman.

— Je n'avais pas pensé à ça… Voilà qui tempère un peu mon enthousiasme. »

Roman a mangé la moitié d'un blini lorsqu'une phrase au journal télévisé capte soudain son attention. Il se précipite vers l'appareil dont il monte le son avant de s'accroupir devant l'écran. Yulia s'arrête à son tour de manger et pivote sur sa chaise.

« … la guerre des gangs qui ravage Moscou a fait hier une nouvelle victime, une figure légendaire dans le cercle des *vory v zakone* : Timour Monsourov, plus connu sous le surnom de Timour le Boiteux en référence à Tamerlan, le guerrier mongol qui a fondé au XIVe siècle l'Empire timouride dans la steppe eurasienne. Monsourov, qui avait selon diverses sources un peu plus de soixante-dix ans, avait effectué deux longs séjours dans divers camps de détention soviétiques et était apparemment le *pakhan* des *vory* ossètes établis à Moscou. La police municipale attend le rapport du médecin légiste mais celui-ci devrait confirmer que Monsourov a été empoisonné dans sa forteresse des monts Lénine, le lendemain de l'explosion de la place Komsomolskaïa qui avait coûté la vie à Mordechai Caplan, le frère de son ennemi juré. Un membre haut placé du Sixième Bureau du Département de la lutte contre le crime organisé, qui surveille de près les diverses bandes opérant à Moscou, prédit pour les jours à venir le déchaînement d'un tsunami de violence dans la guerre qui oppose les différents *vory v zakone* cherchant à contrôler ces territoires. "Le seul point positif dans cette guerre des gangs, c'est qu'elle fait travailler nos entreprises de pompes funèbres", a déclaré ce responsable, qui n'était pas autorisé à s'exprimer officiellement sur le meurtre de Timour Monsourov. À Vladivostok, pendant ce temps… »

Yulia est venue s'accroupir aux côtés de Roman et pose sa main fraîche sur sa nuque.

« Je suis vraiment désolée », murmure-t-elle.

Roman écarte son bras et se remet debout.

« Et moi donc, lance-t-il. Je suis son fils, son seul descendant… Si seulement j'avais été là… *Si seulement* : ma vie entière semble se réduire à cette formule… »

Yulia se relève à son tour.

« Que vas-tu faire ?

— Anthony, lance Roman vers l'autre bout de la pièce, peux-tu me ramener en avion à Moscou ?

— J'imagine que c'est envisageable, vieux frère. »

Yulia veut enlacer Roman mais il la repousse sans ménagement.

« Et voilà ! s'écrie-t-elle, un peu déroutée. Qu'advient-il de *nous*, dans tout ça ? »

Roman la saisit violemment par les épaules.

« Il n'y a pas de *nous* possible pour l'instant, lui dit-il à mi-voix. Il y a *toi*, il y a *moi*. Et ce *moi* va partir enterrer son père.

— Et une fois que tu auras enterré ton père, que se passera-t-il ?

— Après avoir enterré mon père, j'irai porter en terre celui qui l'a assassiné. »

Yulia se recule et le dévisage, les yeux remplis d'un sombre pressentiment.

« Il y a des régions de toi que je n'ai pas encore explorées, moi non plus, murmure-t-elle. Finalement, tu n'es pas tombé si loin que ça de ton arbre, Roman Timourovich. Comme feu ton père, tu es un Ossète jusqu'au bout des ongles.

— Pendant un certain temps, Yulia, j'ai cru qu'il serait possible d'échapper à mon destin. Mais je n'ai pas couru assez vite. Je suis devenu l'homme que je craignais de devenir. Que cela te plaise ou non, je suis le fils de Timour le Boiteux. »

Une réplique que Mel Gibson dans le rôle de Hamlet prononce dans le film qu'il a vu à Londres lui revient à l'esprit et résonne soudain en lui d'une manière étrange :

« *Que désormais mes pensées soient sanglantes pour ne pas être dignes du néant…* » lance-t-il à voix haute.

Roman se sert du téléphone situé dans la cabane exiguë qui tient lieu de bureau à Oleska, à côté de l'entrée du palais, et appelle la salle de contrôle, au sous-sol de la propriété de Timour.

« Ici Roman, lance-t-il sèchement. Il faut que je parle au Pou ou à Travers de Porc.

— Je vous les passe, Roman. Concernant votre père…

— Passez-les-moi, bordel ! »

Au bout de plusieurs minutes, Travers de Porc arrive au bout du fil.

« Roman ! s'exclame-t-il. Je me sens misérable…

— Tu peux te sentir misérable, en effet… Tu n'as pas réussi à protéger mon père. C'était un coup de la bande de Caplan, j'imagine ? (Il n'attend même pas la réponse et poursuit.) Comment s'y sont-ils pris pour empoisonner mon père sous son propre toit, nom de Dieu ?

— Les Petits Gourmands nous ont livré leur colis de chocolats comme toutes les semaines. Caplan avait réussi à mettre la main dessus, d'une manière ou d'une autre. Nous avions bien passé le colis aux rayons X mais ils ne détectent pas le poison.

— A-t-il souffert ?

— Dès qu'il a donné l'impression de ressentir des douleurs les médecins de l'hôpital l'ont placé dans le coma, répond Travers de Porc en essayant de calmer les battements de son cœur. Il ne s'est pas réveillé, Roman… »

Un long silence s'installe sur la ligne, chacun des deux hommes entend la respiration de son interlocuteur à l'autre bout du fil.

« Les flics ont eu le rapport du médecin légiste ce matin, finit par reprendre Travers de Porc, ils nous ont dit au Pou et à moi-même que nous pouvions récupérer le corps du *pakhan*. Qu'allons-nous… que faut-il faire ?

— Je me souviens l'avoir entendu dire qu'il voulait être incinéré, plutôt qu'enterré. Occupe-toi de ça. Je vais rentrer, je serai à Moscou ce soir. Nous irons disperser ses cendres. Et nous verrons ensuite comment procéder pour donner un surcroît de travail aux employés du crématorium. »

21

« Tout va dépendre de la manière dont nous allons coordonner l'opération… »

Moscou
Dimanche, un peu plus tard

Jetant un coup d'œil de temps en temps hors du cockpit pour s'assurer qu'ils ne rasent pas de trop près le flanc d'une montagne, Anthony passe l'essentiel des six heures du vol de retour vers Moscou à tripoter les boutons des cadrans et à consulter le manuel d'instruction de son tout nouveau système de navigation par balise.

« Eurêka ! s'exclame-t-il au bout de trois heures de vol. Je crois que j'ai réussi à établir le contact avec Arkhangelsk.

— Nous n'allons pas à Arkhangelsk », lui fait sèchement remarquer Roman.

Enjoué comme à son ordinaire, Anthony lui répond : « Tu ne m'apprends rien, vieux frère. Mais Arkhangelsk est dans la bonne direction. Nous allons suivre leurs instructions et nous serons tirés d'affaire. »

Survolant l'épaisse couche de stratocumulus qui s'étend au-dessus de Moscou, Anthony réussit à joindre par radio le terrain d'aviation d'où ils ont décollé trois jours plus tôt.

« Ça y est, je suis en contact avec Bolshoye Gryzlovo ! s'écrie-t-il d'un air excité tout en vérifiant d'un œil inquiet le niveau de la jauge d'essence sur le tableau de bord du Cessna. Eh bien, il était temps… » marmonne-t-il entre ses dents.

Ses deux passagers n'ont pas échangé un mot depuis qu'ils ont décollé de Simferopol Vokzal, Roman somnolant sur le siège du copilote et Yulia, bien éveillée pour sa part, assise derrière Anthony et regardant en silence le paysage défiler à travers le hublot.

« Le réservoir principal est vide, à en croire l'aiguille, ajoute-t-il en se parlant à lui-même. Avec un peu de chance, il devrait rester assez d'essence dans celui de l'aile de tribord pour nous conduire à bon port.

— Pardon ? lance Roman. Que disais-tu ?

— Rien. »

Empoignant le manche à deux mains Anthony fait pencher le nez du Cessna qui traverse la couche de stratocumulus avant d'en émerger, à trois kilomètres de l'aéroport. Fermant un œil et plissant l'autre, il parvient à placer son appareil dans l'axe de l'unique piste d'atterrissage de Bolshoye Gryzlovo. Trente kilomètres plus loin, les sommets des gratte-ciel staliniens émergent du voile de pollution qui recouvre Moscou. Après avoir rebondi à plusieurs reprises sur le tarmac, le Cessna s'immobilise enfin sur la piste avant de se diriger vers le bâtiment délabré qui tient lieu de terminal. Le Pou et Travers de Porc, informés de l'arrivée de Roman par la tour de contrôle, sont là pour les accueillir.

« J'imagine que l'heure est venue de nous dire au revoir », dit Anthony tandis que Travers de Porc jette le duffle-bag de Roman dans le coffre de la Range Rover.

Il se penche vers Yulia et dépose un timide baiser sur ses joues pâlichonnes.

« Pas de larmes, je vous prie, lance-t-il en plaisantant.

— Qu'a-t-il dit ? » demande-t-elle.

Une fois que Roman lui a traduit la réplique d'Anthony, elle rétorque d'une voix chargée d'amertume :

« Dis-lui que je ne me lamente jamais, sauf sur le lait répandu.

— Qu'a-t-elle dit ? demande à son tour Anthony.

— Qu'elle espère que tu auras beau temps pour regagner l'Angleterre, répond Roman avant de le prendre à part. Merci, Anthony. La meilleure chose qui me soit jamais arrivée, c'est d'avoir loué cette chambre dans ta propriété londonienne. »

Embarrassé par ce brusque étalage d'émotion, Anthony se racle la gorge.

« Ce n'est jamais une partie de plaisir de rentrer chez soi pour enterrer son père, mon vieux. J'espère que tes Russes te traiteront mieux que mes compatriotes. »

Le Pou les rejoint et pose la main sur l'épaule de Roman.

« Il est temps d'y aller », lui dit-il.

Roman se tourne vers Yulia.

« Puis-je au moins te déposer quelque part ?

— Non merci. Pendant quelques jours, j'ai tout attendu de toi. Mais à présent je ne désire plus rien, pas même revenir en ville à tes côtés.

— Écoute… Je suis désolé de t'avoir déçue…

— Va te faire foutre, Roman l'extraterrestre.

— Je suis définitivement foutu, cette fois-ci », répond-il avec sincérité.

Ni l'un ni l'autre n'esquisse ne serait-ce que l'ombre d'un sourire.

Ne respectant aucun stop et brûlant les feux rouges sur l'avenue, la Range Rover file à toute allure en direction de l'est sur Volgogradski Prospekt. C'est le Pou qui est au volant, Travers de Porc occupe la place du mort à ses côtés et Roman est assis à l'arrière, l'urne en faïence posée sur les genoux : d'une main il maintient le couvercle pour éviter que son contenu ne se répande, car le véhicule penche dangereusement en doublant les camions les moins rapides, de l'autre il se masse les paupières pour dissiper la sensation d'épuisement tant physique que moral qui s'est abattue sur lui.

« Que j'aille me faire foutre... » murmure-t-il entre ses dents.

Travers de Porc se retourne.

« Qu'est-ce que vous dites, *pakhan* ?

— Depuis quand m'appelles-tu *pakhan* ?

— Maintenant que Timour est mort et incinéré c'est vous le *capo*, le chef des *vory* ossètes, Roman. Vous êtes le seul à pouvoir lui succéder. Nous avons besoin de vous pour rendre la monnaie de sa pièce à l'ennemi qui a osé assassiner notre *vozhd*. »

Roman serre plus fortement l'urne contre lui.

« Nous devons d'abord disperser les cendres de mon père. Ensuite, nous mettrons au point un plan susceptible de fournir d'autres cadavres au crématorium, ce qui ne manquera pas de réjouir le chef du Sixième

Bureau du Département de la lutte contre le crime organisé, ce cher Ossip Axelrod. »

La Range Rover accélère et dépasse le panneau indiquant l'entrée de la ville de Dzerjinski. Une pancarte de plus petite taille mentionne en dessous la direction du monastère orthodoxe de Saint-Nicolas-le-Thaumaturge. Le Pou jette un coup d'œil à Roman dans le rétroviseur.

« Par simple curiosité, lui dit-il, pourquoi avoir choisi Dzerjinski ?

— Timour m'a conduit un jour ici quand j'étais enfant, en me disant que je pourrais voir la Sibérie depuis le clocher du monastère.

— Et alors ? L'avez-vous vue, à deux mille kilomètres de distance ?

— Absolument. J'ai vu la grande steppe gelée, des ours polaires qui se dandinaient à grand-peine dans la neige, une renarde qui s'était réfugiée avec ses petits dans un nid de brindilles pour les protéger du froid… »

Le Pou se met à rire mais Travers de Porc lui donne un coup de coude dans les côtes et il s'arrête aussitôt. Au bout d'un moment, Travers de Porc se retourne à nouveau.

« Quel âge aviez-vous quand vous avez aperçu la Sibérie du haut de ce clocher, *pakhan* ?

— Je ne sais plus… Dix ou onze ans, sans doute. Je ne me souviens que de la Sibérie. »

Une bourrasque polaire balaie le monastère tandis que le Pou se gare au pied des quatre dômes. Roman remonte jusqu'au ras du cou la fermeture éclair de son blouson de la RAF avant de se diriger en compagnie de Travers de Porc vers le clocher blanc surmonté d'une coupole dorée. Au rez-de-chaussée, un moine orthodoxe barbu coiffé d'un épais *kamilavkion* noir et dont le sous-vêtement en laine dépasse de ses manches garde la petite pièce qui permet d'accéder à l'escalier métallique. Irrité qu'aucun des deux hommes n'ait mis un genou à terre pour le saluer, il considère l'urne que Roman porte entre les bras.

« Le clocher n'est pas ouvert au public », leur annonce-t-il.

Travers de Porc pose la main sur le couvre-chef du moine et l'oblige à reculer d'un pas.

« Il l'est à présent, mon très saint frère », lui dit-il.

Roman s'engage dans l'escalier en colimaçon, l'urne serrée contre la poitrine. Il arrive essoufflé au sommet et s'arrête quelques instants, la main sur la rampe, pour reprendre son souffle. Étrangement, la caisse en bois sur laquelle il s'était juché jadis pour mieux apercevoir le paysage se trouve toujours au même endroit. Roman fixe l'horizon, dans l'espoir de reconnaître ne serait-ce qu'un éclat de la Sibérie qu'il avait alors inventée, mais ne distingue que les ténèbres aveuglantes de la nuit sans étoiles qu'on perçoit à travers les ombres denses de la forêt. Il consulte le calendrier lunaire de sa Patek Philippe : la pleine lune qui aurait dû surgir derrière l'horizon au coucher du soleil est invisible dans le ciel, cachée par l'opaque purée de stratocumulus que le Cessna d'Anthony avait dû traverser avant d'atterrir à Bolshoye Gryzlovo.

Emplissant ses poumons de l'air glacial qui souffle autour de lui, Roman dépose l'urne sur la rambarde de sécurité et reste un long moment immobile, comme s'il répugnait à se détacher de son père – à se séparer à jamais de lui.

« Et puis, au diable… » murmure-t-il en soulevant l'urne et en déversant les cendres dans la nuit sans étoiles.

Essuyant du revers de la main les larmes qui ont gelé sur son visage avant d'avoir le temps de s'écouler, il dépose l'urne sur la caisse en bois et empoigne la rampe métallique avant d'entreprendre sa descente.

Le nouveau *pakhan* préside le conseil de guerre dans la salle à manger de Timour le Boiteux, au premier étage. Bien en vue, la grande photo prise lors du cinquième anniversaire de Roman trône sur le mur derrière lui. Un plan d'architecte de l'hôtel Narodnaya est déplié sur la table ovale, retenu aux quatre coins par une salière, un moulin à poivre, un pot d'aneth et un sucrier, provenant de divers restaurants. Le Pou, Travers de Porc, trois lieutenants, cinq hommes de main et un petit-six fraîchement promu pour renforcer l'équipe sont réunis autour de la table.

« Alors, où as-tu dispersé les cendres de ton regretté père ? demande le Grec qui observe l'assemblée depuis sa place habituelle, assis sur le bord de la fenêtre.

— En Sibérie, répond Roman.

— Comment ça, en Sibérie ? rétorque le Grec, interloqué.

— Tu as très bien entendu, grommelle Travers de Porc. En Sibérie, point final. »

Le Pou commence le conseil de guerre en résumant les données qu'ils ont pu réunir sur l'hôtel Narodnaya.

« Nahum Caplan occupe les deux derniers étages, commence-t-il. Nous avons réussi à infiltrer chez lui une femme de ménage originaire d'Areshperani, le village de Timour. Elle peut sans difficulté passer pour une Russe, ayant épousé un Moscovite : ils ont divorcé mais elle a conservé son nom. Grâce à elle nous avons accumulé depuis des mois quantité d'informations concernant l'organisation de Caplan. Selon elle, trente-huit de ses hommes logent au quinzième étage, la moitié d'entre eux en compagnie de leur femme ou de leur petite amie. Dix-huit de ses lieutenants ainsi que deux artificiers, deux juifs de Biélorussie ayant appartenu au légendaire 5e commando de la Spetsnaz, et un comptable partageant une chambre avec son compagnon, logent au seizième et dernier étage, tout comme Caplan lui-même. C'est cet étage qui sera la cible de notre attaque. (Le Pou désigne l'endroit sur le plan, du bout d'une baguette.) Caplan occupe une suite de quatre pièces, à l'extrémité de ce couloir. Sa fille, prénommée Yulia, occupe quant à elle une suite de trois pièces juste en face.

— Caplan est-il marié ? demande l'un des hommes de main.

— Il a une concubine, une israélite plus jeune de dix-huit ans que sa seconde épouse, mais elle se trouve pour l'instant à Vilnius pour s'occuper de son père, gravement malade.

— En supposant que nous parvenions à pénétrer dans l'hôtel sans attirer l'attention, intervient l'un des lieutenants, comment atteindrons-nous le dernier étage ? Par l'escalier ?

— L'escalier principal de l'hôtel est truffé de caméras de surveillance à tous les étages. Le personnel de sécurité de l'établissement observe constamment les écrans depuis une pièce située à l'entrée, derrière la réception. Et ces images sont transmises au quinzième étage et surveillées de près par les hommes de Caplan dans une pièce aménagée à cet effet. Difficile de lancer une douzaine d'Ossètes dans la montée d'escalier sans déclencher les sirènes d'alarme.

— Et les ascenseurs ? »

Le Pou désigne l'espace correspondant à la cage des ascenseurs, au rez-de-chaussée.

« Quatre ascenseurs de service partent d'ici mais seul l'un d'entre eux permet d'accéder au quinzième et au seizième étage.

— Tu as omis un détail savoureux, intervient Roman en s'adressant au Pou.

— De quel détail parlez-vous, *pakhan* ? »

Les deux hommes échangent un sourire complice. C'est la première fois que le Pou, qui s'est trouvé aux côtés de Timour le Boiteux dans la Colonie pénitentiaire de régime strict n° 40, s'adresse à Roman en l'appelant *pakhan*.

« Explique à nos hommes, mon ami, ce qu'il advient la nuit de cet ascenseur. »

Le Pou se tourne vers l'assemblée des Ossètes.

« Notre femme de ménage est arrivée un jour vingt minutes plus tôt qu'à l'ordinaire et voulait emprunter l'ascenseur pour aller vider les cendriers à l'étage de Caplan, celui-ci s'étant plaint que l'odeur des mégots l'importunait. Mais elle eut beau appuyer je ne sais combien de fois sur le bouton pour appeler l'ascenseur, celui-ci ne quitta pas le seizième étage. Elle alla signaler le problème et le réceptionniste de nuit lui apprit que les juifs coinçaient la porte de cet ascenseur avec une chaise pour être sûrs qu'il resterait bloqué à leur étage pendant la nuit.

— Vous n'avez toujours pas répondu à ma question, insiste le lieutenant ossète. S'il est exclu d'emprunter l'escalier et si Caplan a bloqué le seul ascenseur susceptible d'arriver jusqu'à son étage, comment allons-nous faire pour monter là-haut ?

— Nous allons passer par l'escalier de secours, répond le Pou en désignant celui-ci sur le plan. Il n'y a pas de caméras de surveillance de ce côté-là mais nous allons nous trouver confrontés à une difficulté supplémentaire : les portes qui donnent sur l'escalier de service sont barricadées de l'intérieur aux deux étages occupés par Caplan. Néanmoins, nous nous sommes dit que cela ne devait pas nous arrêter.

— C'est sur la porte du seizième étage que l'Araignée va exercer son talent, intervient Roman. Et justifier son salaire par la même occasion. »

Il ne se donne pas la peine de préciser sa pensée. Tout le monde a compris que l'Araignée, avec sa fusée en train d'exploser tatoué sous l'œil droit, est le nouvel artificier des Ossètes.

L'un des hommes lève la main.

« Nous ne sommes pas à la maternelle, lui lance Roman. Tu peux parler.

— À supposer que nous parvenions au seizième étage, les lieutenants de Caplan, qui sont plus nombreux que nous, ne vont pas rester les bras croisés lorsque l'attaque aura commencé. Nous serons en infériorité numérique et ils seront armés… »

Le Pou l'interrompt.

« Ils pourront tirer autant qu'ils voudront mais ils auront de la peine à distinguer leurs cibles dans l'obscurité. Nous avons eu un coup de bol, explique-t-il. Un jour, notre femme de ménage ossète était en train de passer l'aspirateur au seizième étage lorsqu'un violent orage a éclaté. Les plombs ont sauté, coupant l'électricité, et elle est descendue au sous-sol par l'ascenseur – qui fonctionne avec un circuit électrique autonome – en compagnie de l'homme à tout faire de l'hôtel. Grâce à elle, nous savons que le disjoncteur principal se trouve dans une petite pièce fermée à clef, à côté de l'endroit où sont gardés les bagages. Un panneau sur la porte indique "Accès réservé au personnel". Le disjoncteur est dans un boîtier fermé par un cadenas mais un simple pied-de-biche en viendra à bout. Sur le disjoncteur, chaque étage de l'hôtel est indiqué par un chiffre. L'interrupteur principal correspondant à l'étage de Caplan se trouve tout en bas et porte le chiffre 16 inscrit en rouge. »

Roman s'adresse au nouveau petit-six.

« Ta mission consistera à t'introduire dans cette pièce du sous-sol fermée à clef, Pavel. Il faudra régler ta montre sur celle de l'Araignée, à la seconde près. Tu débrancheras le fusible du seizième étage à 5 heures précises. Pas une seconde plus tôt, pas une seconde plus tard. »

Le petit-six, qui a déjà écrit à sa famille pour se vanter de sa promotion, opine vigoureusement du menton.

« Vous pouvez compter sur moi, *pakhan*.

— Nous allons tous compter sur toi, lui dit Roman. Tout va dépendre de la manière dont nous allons coordonner l'opération.

— *Pakhan*, intervient l'un des plus vieux lieutenants ossètes, il est de notoriété publique que Caplan a des informateurs à la réception de l'hôtel. Comment diable allons-nous pénétrer à une douzaine dans l'établissement avec notre artillerie sans nous faire remarquer ? »

Tous les regards se tournent vers le nouveau *pakhan*.

« Voici comment nous allons procéder », leur dit-il.

En se penchant sur le plan d'architecte, il leur explique la stratégie qu'il a élaborée.

22

Le *dénouement* [1]

Hôtel Narodnaya, Moscou
Mardi 21 janvier 1992

Les clients qui se bousculent en fin d'après-midi dans le hall de l'hôtel Narodnaya ne prêtent guère attention à l'arrivée d'un groupe de musiciens serrant contre eux les étuis de leurs violons, altos et autres violoncelles. Tous sont vêtus de longs pardessus qui leur tombent sur les chevilles, le cou emmitouflé dans une écharpe et les mains protégées par des gants qu'ils conservent curieusement une fois à l'intérieur. Arborant un costume strict et une cravate sous le manteau en cachemire de son père, Roman se dirige vers la réception et appuie sur une sonnette pour attirer l'attention de l'employée qui est en train de distribuer le menu du repas du soir dans les casiers des clients de l'hôtel.

« Bonsoir, dit-elle en se retournant. Que puis-je pour vous ?

— Mon nom est Lipschitz, je suis l'imprésario de l'orchestre de chambre de Vladivostok, dit-il en lui tendant une carte d'identité intérieure soviétique que la

1. En français dans le texte. (*N.d.A.*)

jeune femme regarde à peine. Nous devons donner un concert au conservatoire Tchaïkovski demain soir. J'ai téléphoné hier pour réserver six chambres pour deux et une pour une personne seule. Ainsi que votre auditorium où nous comptons répéter demain matin. »

Le badge que porte l'employée sur la poche de poitrine de sa veste violette indique qu'elle s'appelle Zinaïda. Elle se penche pour consulter l'écran de la réception.

« Pas de problème, dit-elle. Vos chambres ont été réservées au troisième étage, elles sont toutes équipées d'un téléviseur et d'un minibar. (Elle jette un coup d'œil derrière Roman sur le groupe de musiciens portant leurs instruments.) Vos bagages sont-ils encore dans l'estafette ?

— La compagnie aérienne les a égarés quelque part entre Vladivostok et Moscou, lui explique Roman avec une mimique irritée. On a promis de nous les livrer dans la soirée, demain matin au plus tard. Ils ont intérêt à les récupérer, j'imagine mal mes musiciens donnant ce concert demain soir dans leurs vêtements de tous les jours…

— Avez-vous l'intention, vous et votre troupe, de dîner chez nous ce soir ?

— On nous a déjà servi un repas dans l'avion et une rude journée nous attend, répond Roman. Je crois que nous nous contenterons d'une bonne nuit de sommeil.

— Pas de problème, dit Zinaïda qui se racle la gorge avant d'ajouter : Puis-je vous demander comment vous comptez régler votre séjour au Narodnaya ?

— Avez-vous une prévention quelconque contre l'argent liquide ? »

L'employée ne peut s'empêcher d'émettre un petit rire.

« Certainement pas, monsieur Lipschitz. S'agit-il de dollars ou de roubles ?

— De dollars américains. »

Zinaïda se penche pour regarder l'écran.

« Sept chambres à 30 dollars la nuit, cela fera 420 dollars pour deux nuits.

— On m'avait parlé d'un tarif de groupe au téléphone », dit Roman.

L'employée regarde à nouveau son écran.

« Le tarif de groupe est de 240 dollars, monsieur Lipschitz. Comme vous n'utilisez pas de carte de crédit, la direction de l'hôtel vous demande de régler cette somme à votre arrivée. Le service dans les chambres et le minibar peuvent être réglés au moment du départ. L'usage de l'auditorium au deuxième étage vous est offert, avec les compliments de la direction. Verriez-vous un inconvénient à ce qu'un client ou un membre de notre personnel assiste à votre répétition ?

— Absolument pas », dit Roman.

Il pose sur le comptoir la sacoche qu'il portait à l'épaule et en sort une enveloppe en kraft. Non sans peine, étant donné qu'il n'a pas quitté ses gants, il se met à compter les billets de 20 dollars flambant neufs.

« Ce serait plus facile si vous enleviez vos gants, lui suggère Zinaïda.

— J'ai froid aux mains », lui répond Roman.

Elle regarde la troupe de musiciens par-dessus son épaule.

« Ils doivent avoir froid aux mains, eux aussi, remarque-t-elle.

— Les mains des instrumentistes à cordes doivent impérativement rester au chaud, lui explique Roman en poussant la liasse de dollars vers elle sur le comptoir. Et comme vous avez un joli sourire, ceci est pour vous », dit-il en ajoutant un billet de 20 dollars sur la pile.

Zinaïda le gratifie d'un sourire pour le remercier puis remplit une fiche qu'elle tamponne avec le cachet de l'hôtel avant de la tendre à Roman, en même temps qu'un lot de sept clefs.

« Merci d'avoir choisi le Narodnaya pour le séjour à Moscou de l'orchestre de chambre de Vladivostok, monsieur Lipschitz. Et bonne chance pour votre représentation. J'espère que vos valises arriveront à temps pour le concert de demain.

— Le concert serait bien différent en effet si tel n'était pas le cas », lui répond Roman avec un petit sourire.

L'énorme Samsonite munie d'une étiquette plastifiée indiquant qu'elle appartient à un client du Narodnaya dénommé Lipschitz est livrée à l'hôtel à 23 h 15 par deux individus qui débarquent à bord d'une Range Rover noire aux vitres teintées. Le jeune portier de nuit qui la monte jusqu'à la chambre du troisième étage grommelle en arrivant :

« Qu'est-ce qu'il y a là-dedans ? Des briques ?

— Des partitions musicales, explique Roman en donnant un pourboire au portier. C'est pour ça qu'elle est lourde. »

Celui-ci examine le billet de 5 dollars.

« Qui est ce barbu ? demande-t-il.

— Un de leurs présidents, un certain Lincoln.

— Et que vaut M. Lincoln, converti en roubles ?

— Dans les 400 roubles, peut-être un peu plus. Cela change tous les jours. »

Avant de quitter la chambre le portier de nuit se retourne et considère Lipschitz.

« Cela ne me regarde pas, mais comment se fait-il que vous ayez gardé vos gants ?

— J'ai froid aux mains, ma circulation sanguine laisse à désirer. »

Le portier accepte l'explication avec un hochement de tête.

« Il y a des médicaments pour ça, dit-il. Ma grand-mère en prend. »

Voyant que Roman s'intéresse surtout à sa Samsonite, il hausse les épaules et referme la porte derrière lui.

Roman appelle l'Araignée par le téléphone intérieur de l'hôtel pour qu'il vienne l'aider à déballer les grenades à main, les magasins de cartouches et les charges de plastic, ainsi qu'une série de lunettes à infrarouge enveloppées dans du papier bulle. Une fois tout ce matériel étalé sur le lit, les Ossètes débarquent les uns après les autres, chacun récupérant l'armement qui lui revient.

« Ne me dis pas que tu as oublié le pied-de-biche, lance Roman au petit-six récemment monté en grade.

— Ne vous inquiétez pas, *pakhan,* lui répond le jeune homme. Je l'ai planqué dans mon étui de violon, à côté du Nagant et de la balle de tennis fixée au canon. La porte et sa pancarte “Accès réservé au personnel”, le boîtier du disjoncteur général, celui qui correspond en bas au seizième étage, le déclenchement à 5 heures pile… Je me suis répété ces consignes cent fois… »

Roman sommeille tout habillé sur le lit qu'il n'a pas défait lorsque la sonnerie de sa Patek Philippe se met à bourdonner. Il regarde le cadran.

« Déjà 4 h 30 », murmure-t-il pour lui-même.

Il se rend à la salle de bains et s'éclabousse le visage d'eau froide.

« Et voilà le travail », lance-t-il à son reflet dans la glace.

Après avoir enfilé le manteau de son père, il visse le silencieux à fond sur le canon du .357 Magnum et enlève les capsules de protection en plastique à chaque extrémité de l'étroit cylindre fixé sur l'arme. Il appuie sur l'interrupteur et un faisceau de lumière jaune, aussi fin qu'une épingle, se met à danser sur le mur de la pièce. À 4 h 45 – une bonne demi-heure après le coucher de la lune, à en croire le cadran de la Patek – le nouveau *pakhan* des Ossètes rejoint sur l'escalier de secours du troisième étage les musiciens de l'orchestre de chambre de Vladivostok, armés chacun d'un PPS-43 à crosse pliante et muni d'un silencieux artisanal. Les magasins de recharge sont fixés à l'envers sur ceux déjà insérés dans les pistolets-mitrailleurs. En file indienne, les Ossètes s'engagent dans l'escalier de secours. Arrivés au quinzième étage, trois hommes s'écartent du groupe et prennent position devant la porte de l'issue de secours au cas où les hommes de Caplan, réveillés par le bruit de la fusillade à l'étage supérieur, débloqueraient la porte pour emprunter l'escalier extérieur. Au palier du seizième étage, l'Araignée place trois petites charges de plastic sur les charnières de la porte, puis une autre plus importante sur la poignée.

« Ne déclenche pas l'explosion avant que l'électricité soit coupée », lui chuchote Roman.

L'Araignée et lui consultent leurs montres.

« Encore trente secondes », marmonne l'artificier.

Roman allume ses lunettes à infrarouge. Postés sur l'escalier, en dessous et au-dessus de lui, les Ossètes suivent la manœuvre du nouveau *pakhan* et allument à leur tour les leurs, avant de débloquer les crans de sécurité de leurs PPS-43.

« Encore dix secondes », annonce l'Araignée.

À l'instant où l'aiguille des secondes arrive sur 5 heures, l'unique lampe éclairant le palier de l'étage s'éteint. L'Araignée tire les cordons des quatre charges de plastic et recule aussitôt. Les charges explosent quelques secondes plus tard, arrachant de ses gonds la lourde porte métallique qui s'abat à l'intérieur sur la moquette du couloir de l'hôtel. Franchissant l'écran de fumée, Roman pénètre au seizième étage, suivi par sa troupe d'Ossètes. L'un des artificiers de Caplan surgit en sous-vêtements de l'une des chambres, un fusil à pompe à la main.

« Qu'est-ce qui se p... »

Il n'a pas achevé sa phrase que les balles de deux pistolets-mitrailleurs lui déchirent la poitrine et le rejettent à l'intérieur de la pièce. Plus loin dans le couloir, d'autres portes s'ouvrent et les lieutenants de Caplan, s'interpellant dans la plus totale confusion, émergent à leur tour de leurs chambres, aussitôt fauchés par les rafales ou par les grenades qui explosent à leurs pieds.

L'Araignée et Travers de Porc sur ses talons, Roman s'élance, dépassant à sa droite l'ascenseur dont la porte ouverte est effectivement bloquée par une chaise. Parvenu devant la dernière porte du couloir, il essaie de l'ouvrir mais elle est verrouillée. Il fait signe à l'Araignée, qui place une charge au niveau de la poignée et tire sur le cordon. La brève explosion fait voler en éclats la serrure et la porte s'ouvre violemment, se rabattant d'un coup vers l'intérieur. Traversant l'enfilade des pièces, Roman aperçoit enfin Nahum Caplan, pieds nus et en pyjama, qui tâtonne le long d'un mur à la recherche d'un interrupteur. Dans le halo verdâtre de ses lunettes à infrarouge, les cheveux hirsutes et retenant d'une main la ceinture de son pyjama afin qu'il ne tombe pas, Caplan ressemble à un nageur en eaux profondes. Il trouve enfin l'interrupteur et l'actionne à plusieurs reprises, constatant d'un air paniqué que le plafonnier ne s'allume pas. Il traverse alors la pièce en titubant, un bras tendu devant lui comme un aveugle, et parvient à atteindre dans l'obscurité un bureau massif dont il ouvre un tiroir pour en sortir un énorme Colt Navy et une boîte de cartouches. Il s'apprête à insérer les balles dans le barillet lorsqu'il remarque l'étrange insecte jaune qui s'est mis à danser sur son ventre. Il tente de le chasser du revers de la main : l'insecte remonte le long de sa poitrine jusqu'à son cou, puis sa mâchoire. Caplan s'obstine à vouloir le chasser jusqu'à ce qu'il comprenne enfin qu'il ne s'agit pas d'un insecte. Plissant les yeux, il scrute les ténèbres de la pièce, hypnotisé par l'étroit faisceau de lumière jaune qui parvient jusqu'à lui. À l'instant où sa bouche s'ouvre pour pousser un cri, l'insecte bondit dans le creux de sa gorge. Le bruit d'une explosion étouffée traverse la pièce, semblable à un pneu qui se dégonfle. Les bras écartés, son pantalon de pyjama tombant sur ses chevilles, Caplan est frappé par un impact d'une telle violence qu'il est soulevé et plaqué contre le mur, quelques mètres plus loin. Il s'effondre ensuite au sol, en position assise, sa tête ou ce qu'il en reste ballottant grotesquement sur le côté.

Roman quitte la pièce et regagne le couloir envahi par les cris, les jurons et les hurlements paniqués des femmes – à quoi s'ajoutent par intermittence les rafales des lieutenants de Caplan, accroupis dans l'encadrement des portes et tirant à l'aveuglette dans l'obscurité. Roman saisit la poignée de la porte située en face de la suite de Caplan et constate à son grand étonnement qu'elle n'est pas fermée à clef : il avait vaguement espéré que ce serait le cas. Après l'avoir repoussée de la main gauche, il pénètre dans la suite et aperçoit Yulia qui se dresse comme une statue au milieu de la pièce, aveuglée par les ténèbres ambiantes. Elle porte une salopette blanche et des bottines doublées de fourrure. Dans la lueur verdâtre des lunettes à infrarouge, elle donne l'impression de flotter au fond de l'eau.

« Il s'agit probablement de toi, Roman l'extraterrestre, lance-t-elle dans l'obscurité. Je savais que tu viendrais assassiner mon père.

— Les bains de sang appellent de nouveaux bains de sang, murmure Roman.

— A-t-il souffert ?

— Il a eu peur, pendant trente secondes. Mon père a mis deux jours à mourir.

— Encore du lait répandu, ma pauvre Yulia, dit-elle en poussant un sanglot muet. Es-tu venu pour me tuer à mon tour ? »

Roman s'avance dans le halo verdâtre de la pièce et la saisit par le poignet.

« Je suis venu pour t'emmener avec moi, dit-il.

— Je refuse de t'accompagner. »

Roman la gifle violemment, à deux reprises. Malgré la vision brouillée qu'imposent ses lunettes il distingue les larmes qui s'écoulent des yeux de Yulia. Serrant plus fortement son poignet, il l'entraîne derrière lui et regagne le couloir. Les Ossètes ont balancé des grenades lacrymogènes sur toute la longueur de la moquette jonchée de cadavres et de blessés agonisants. Après en avoir lancé quelques autres ils se retirent vers le palier de l'issue de secours tandis que l'Araignée dispose dans le couloir des charges d'explosifs programmées pour se déclencher toutes les deux minutes, afin de donner de la besogne supplémentaire aux lieutenants de Caplan qui auraient survécu à l'attaque. Roman écarte d'un coup de pied la chaise qui retenait la porte de l'ascenseur et s'y introduit en traînant Yulia derrière lui. Travers de Porc s'y glisse à son tour, juste avant que la porte ne se referme. Roman appuie sur le bouton du premier sous-sol.

Huit minutes plus tard le réceptionniste de nuit, qui ne cesse de recevoir des appels inquiets des clients du quatorzième étage affirmant avoir entendu des coups de feu au-dessus de leurs têtes, voit émerger avec ahurissement les musiciens de l'orchestre de chambre de Vladivostok munis des étuis de leurs divers instruments : ils traversent le hall à toute allure avant de franchir les portes de l'hôtel puis de rejoindre l'estafette qui les attend à l'extérieur et dont le moteur tourne déjà.

« Messieurs ! leur lance-t-il, vous devez régler vos notes de minibars avant de quitter l'hôtel… Merde, marmonne-t-il entre ses dents en voyant qu'ils ne lui prêtent aucune attention, je vais me faire remonter les bretelles. »

Le Pou compte ses troupes, une fois les musiciens en sécurité dans l'estafette. Ils sont douze Ossètes, dont l'un porte le bras en écharpe sous son manteau, une balle ayant malencontreusement ricoché sur lui.

« Où est le *pakhan* ? s'exclame-t-il. Quelqu'un a-t-il vu Roman ? »

Travers de Porc, qui a rejoint l'estafette en dernier, lui répond :

« Je les ai accompagnés au parking, lui et la fille.

— Quelle fille ? lance le Pou en se rapprochant.

— Celle qui était avec lui à Yalta. Il la traînait derrière lui en sortant de chez Caplan, j'imagine qu'il s'agit de sa fille.

— Pourquoi Roman est-il descendu avec elle au parking ? Notre plan ne prévoyait rien de tel ! Il n'a jamais été question de cette gonzesse, ni de ce putain de parking.

— Comment veux-tu que je le sache ? rétorque Travers de Porc. Peut-être le *pakhan* a-t-il pensé qu'un otage pouvait s'avérer utile. Elle n'avait pas l'air effrayée de partir avec lui mais de toute évidence il ne lui avait pas laissé le choix. Il l'a poussée dans une voiture et ils ont foutu le camp ensemble. »

L'Araignée décolle la Belomorkanal poisseuse vissée à ses lèvres.

« Quelle voiture ? demande-t-il.

— Qu'est-ce que ça peut foutre ? répond Travers de Porc.

— Quelle voiture, bordel ! insiste l'Araignée.

— La Porsche, si tu veux tout savoir. »

Le visage de l'Araignée devient blême. Il s'approche du Pou et saisit le revers de son manteau.

« Il faut les arrêter, murmure-t-il affolé.

— Comment veux-tu que nous les arrêtions alors que nous ne savons même pas où… (Le Pou s'interrompt, entrevoyant la terrible vérité.) Quand tu as fait sauter le Studebaker de Caplan, celui qui n'avait pas besoin de carburateur de rechange, tu as dit à Timour que tu avais également piégé un autre véhicule : lequel ?

— Il faut absolument les arrêter ! » hurle l'Araignée.

Yulia colle sa joue à la fenêtre de la Porsche, sensible à la fraîcheur apaisante de la vitre. Hormis l'équipe d'un camion poubelle ramassant les ordures et un homme revêtu d'un manteau de fourrure féminin qui promène quatre chiens en laisse, Volgogradski Prospekt est totalement désert, baignant dans le halo jaunâtre des lampadaires. Comme il n'y a pas la moindre automobile en vue sur le boulevard ni dans les rues perpendiculaires, Roman évite de s'arrêter quand le feu passe au rouge devant lui. Yulia retrouve enfin l'usage de la parole.

« Où allons-nous ? demande-t-elle.

— Tu m'as dit un jour que le climat de la Suisse ne te convenait pas parce qu'il n'y faisait pas assez froid. Je t'emmène donc en Sibérie. »

Disparaissant à moitié dans le manteau en cachemire de Roman, Yulia se fend d'un rire moqueur.

« La Sibérie se trouvant à plusieurs milliers de kilomètres, il va bien falloir que tu t'arrêtes à un moment donné pour faire le plein d'essence. Quand cela sera le cas, je te jure que j'appellerai au secours et que je demanderai à la police de t'arrêter pour le meurtre de mon père et l'enlèvement de sa fille.

— Nous ne nous arrêterons pas pour faire le plein d'essence. La Sibérie où je t'emmène est plus proche que tu ne l'imagines.

— Va te faire foutre, Roman.

— Je suis définitivement foutu, confirme-t-il. (La conscience de ce qui aurait pu avoir lieu le submerge brusquement.) C'est ma faute si nous sommes des amants dont les astres ont contrarié le sort.

— Ces putains d'étoiles n'ont rien à voir là-dedans, rétorque Yulia en secouant la tête. Il y a eu un moment à Yalta où nous aurions pu défaire les nœuds qui nous liaient toi et moi à nos pères respectifs, où nous aurions pu nous évader en attachant les draps bout à bout pour échapper à la malédiction de nos familles de *vory*. Mais tu as tout gâché, bordel ! Pourquoi, Roman ? Comment as-tu laissé les choses en arriver là ? Qu'avais-tu donc dans le ciboulot ? »

Elle se tourne pour regarder un ivrogne qui marche en titubant de lampadaire en borne d'incendie le long de Volgogradski Prospekt, avant de s'adresser à son propre reflet sur la vitre :

« Tu aurais dû savoir que tout cela finirait mal, Yulia. On ne peut pas compter sur un homme qui est incapable de comprendre le sens du mot *oui*. »

Elle prend une profonde inspiration et ajoute :

« Quelque chose ne tourne pas rond chez toi, Roman.

— J'ignorais qu'on enseignait la psychanalyse dans les pensionnats suisses, répond-il avec un sourire sans joie.

— Tu racontes n'importe quoi. La Sibérie n'est pas plus proche que je ne l'imagine. La vérité, c'est que lorsqu'on a la chance de rencontrer l'amour, ce qui n'arrive pas forcément au cours d'une vie, on ne le laisse pas s'échapper pour assouvir un fugace désir de vengeance. »

Elle le dévisage dans l'obscurité, captant par éclats l'expression tendue de son visage chaque fois que la Porsche passe dans le halo d'un lampadaire.

« Tu as l'air un peu cinglé, d'ailleurs. Il y a dans tes yeux une lueur qui n'y était pas auparavant.

— Elle y était déjà avant cette folie que fut mon amour pour toi, Yulia.

— Je t'ai aimé moi aussi, murmure-t-elle. Et je suis encore contaminée par cet amour. C'était une expérience sans précédent pour moi. Je la considère à présent comme une maladie. Je n'éprouve même plus d'affection à ton égard.

— Tu m'as pourtant dit un jour que l'affection durait plus longtemps que l'amour.

— Ce n'est pas ma faute si tu étais l'exception qui confirme la règle. »

Elle a soudain un terrible pressentiment.

« Cette Sibérie dont tu me parles est-elle censée te guérir de ta folie – ou t'achever ?

— Je suis déjà mort, Yulia, dit-il en lui jetant un rapide coup d'œil. Quant à toi, tu es simplement en sursis.

— Tu me fais peur, Roman. »

Elle se tourne sur son siège pour regarder les étoiles qui brillent comme des têtes d'épingle sur la voûte céleste.

« Les étoiles que tu regardes n'existent peut-être déjà plus, lui dit Roman.

— Qu'est-ce que tu racontes ? Bien sûr qu'elles existent, je les vois danser dans le ciel.

— J'ai lu quelque part qu'Arcturus se trouve à trente-huit années-lumière de la Terre. Ce qui veut dire que la lumière qui frappe en ce moment ton nerf optique a été émise par Arcturus l'année de la mort de Staline, en 1953.

— Qu'est-ce que cela vient faire dans…

— Tu ne comprends donc pas ? Il faudra attendre l'année 2030 pour savoir si Arcturus existait vraiment, le 21 janvier 1992.

— Encore une de tes énigmes à la noix… Si Arcturus n'existe pas, quelqu'un qui regarderait notre planète de l'extérieur pourrait tout aussi bien conclure que nous n'existons pas. Si nous n'existons pas, à quoi bon tomber amou

23

Post-scriptum : « Les balles coûtent moins cher que les vasectomies… »

Neuvième étage de l'immeuble circoncis
du ministère de l'Intérieur, Moscou
Treize heures après l'assaut de l'hôtel Narodnaya

Les bouchons de champagne sautent dans le Sixième Bureau du Département de la lutte contre le crime organisé. Le patron d'Ossip Axelrod, déjà passablement éméché, brandit son gobelet en plastique au-dessus de son crâne chauve.

« Rien de tel que le champagne pour étancher sa soif en célébrant l'extinction de quelques *vory* ! » s'exclame-t-il.

Après avoir sifflé son verre d'un trait il s'essuie les lèvres sur l'un des tournesols de sa cravate en soie et tend le bras pour qu'on le resserve.

Les trente-six membres du Sixième Bureau basés à Moscou, la plupart en civil même si quelques-uns arborent l'uniforme couleur café-crème de la police des frontières, sans parler des quatre secrétaires et de la réceptionniste, toutes en minijupes, trinquent avec leurs tasses ou leurs gobelets en plastique pour saluer comme il se doit les bonnes nouvelles qui viennent de tomber au sujet de la guerre des gangs. Ossip Axelrod saisit la baïonnette qui lui sert de coupe-papier et frappe trois petits coups sur une bouteille de champagne vide avant de prendre la parole.

« Je ne trahirai aucun secret d'État en vous confirmant que ce sont bien les *vory* ossètes qui ont tué Nahum Caplan, huit de ses lieutenants et l'un de ses artificiers, sans parler d'un malheureux comptable qui a été mal inspiré en venant loger au seizième étage du Narodnaya.

— Au mauvais endroit au mauvais moment, commente Misha, le stagiaire d'Axelrod, avec un petit ricanement.

— Six autres lieutenants de Caplan ont été blessés, reprend Ossip, dont trois se trouvent dans un état suffisamment grave pour qu'il paraisse difficile pour eux d'échapper au bois du cercueil. Ce carnage a fait suite au meurtre de Timour le Boiteux, le légendaire *pakhan* des *vory v zakone* ossètes, réputé pour n'avoir jamais cessé de respecter l'antique code d'honneur des voleurs. De toute évidence, le raid contre les *vory* de Caplan était un acte de représailles, une forme de vengeance si vous préférez, mais aussi une façon de remettre les pendules à l'heure.

— Puisque nous savons que les attaquants étaient ces Ossètes, qu'est-ce qui nous empêche de les arrêter et de les inculper pour meurtre ? » demande Boris Ivanov, qui a rejoint la semaine dernière le neuvième étage de l'immeuble circoncis du ministère de l'Intérieur après avoir dirigé l'antenne du Sixième Bureau à l'aéroport international de Cheremetievo.

Alexander Smirnov saisit l'un des zakouskis réchauffés par les secrétaires dans le four à micro-ondes du bureau.

« Nous avons aujourd'hui une bonne nouvelle et une mauvaise nouvelle, répond-il la bouche pleine. La bonne nouvelle, c'est qu'après la mort de Caplan il est difficile d'imaginer ce que vont pouvoir faire les rares youpins ayant échappé à cette *razborka.* »

Un peu gênés, plusieurs membres de l'équipe baissent la tête et regardent leurs chaussures. Ossip Axelrod reprend la parole pour combler ce silence embarrassant.

« Notre directeur ne sous-entend nullement que nous nous félicitions aujourd'hui de la disparition de Caplan parce qu'il était israélite. Nous nous en félicitons au contraire parce que c'était un truand qui saignait à blanc d'honnêtes hommes d'affaires, quand il n'était pas occupé à massacrer des Ossètes.

— Egg… zactement, approuve Smirnov d'une voix empâtée.

— Vous faisiez également allusion à une mauvaise nouvelle, lui rappelle Axelrod.

— Pourquoi ne pas zapper les mauvaises nouvelles, pour une fois ? » suggère la réceptionniste, suscitant quelques approbations discrètes au sein de l'équipe moscovite.

Mais cela n'arrête pas Alexander Smirnov.

« La mauvaise nouvelle, c'est qu'il n'y a aucun moyen d'inculper pour meurtre ces fichus Ossètes. »

Le directeur, pourtant rarement avare de paroles, semble soudain à court d'explications. Axelrod vient une fois encore à son secours :

« Les deux employés de l'hôtel qui ont vu de leurs propres yeux ce soi-disant imprésario – la réceptionniste ayant accueilli à son arrivée le prétendu orchestre de chambre de Vladivostok et le portier de nuit qui a monté dans sa chambre la Samsonite bourrée d'explosifs – jurent leurs grands dieux qu'il s'agissait d'un Ouïgour. Ils ont bien trop peur l'un et l'autre des *vory v zakone* pour témoigner contre eux devant la barre d'un tribunal.

— Ils ont bien laissé des empreintes », intervient Boris Ivanov.

Ossip Axelrod le regarde d'un air méprisant. Il a détesté cet homme au premier coup d'œil lorsqu'il est venu occuper son poste à Moscou en arborant un badge du Parti communiste au revers de sa veste.

« Si vous aviez pris la peine de lire le rapport d'autopsie et notre propre compte rendu, lui lance-t-il, vous auriez appris que ces soi-disant musiciens portaient des gants et ne les ont jamais quittés. (Il regarde sa tasse où il ne reste plus une goutte de champagne.) Pour ce qui est des Ossètes, reprend-il en tendant sa tasse à Misha pour qu'il le resserve, je peux vous dire qu'après l'empoisonnement de leur *pakhan*, Timour le Boiteux, nous étions convaincus que son fils Roman prendrait naturellement sa succession. On a beau nous apprendre dans notre métier à prévoir constamment l'imprévisible, je dois vous avouer que ce qui s'est passé à la suite du raid nous a pris par surprise. Nous avons des raisons de croire que le nouveau *pakhan*, Roman Timourovich, ainsi que la fille de Caplan, Yulia Nahumovna, se trouvaient à bord de la Porsche qui a explosé ce matin à l'aube sur Volgogradski Prospekt. La police a ramené un sac contenant les débris des cadavres, nous attendons encore que le rapport des médecins légistes confirme leur identité. »

Vexé d'avoir été rabroué en public par Axelrod et cherchant à avoir le dernier mot, Boris Ivanov lance en ricanant :

« Bon débarras ! J'ai personnellement interrogé ce Roman Timourovich à l'aéroport lorsqu'il est revenu d'Angleterre et je peux vous dire que c'était un petit connard, aussi prétentieux qu'arrogant. Il voulait que nous lui remboursions le tube de crème à raser que nous avions vidé en fouillant ses affaires. Si ça n'avait tenu qu'à moi, je l'aurais volontiers renvoyé en Angleterre par le premier avion. Mais les types du MI5 n'apprécient guère qu'on leur retourne la marchandise qu'ils ont pris la peine de nous expédier. »

Alexander Smirnov, qui n'aime pas trop percevoir ce genre de dissension au sein de ses troupes, s'empresse de changer de sujet.

« En supposant que les médecins légistes confirment l'identité des victimes, demande-t-il au responsable du Sixième Bureau, avons-nous un indice, l'ombre d'une explication si ce n'est d'une théorie, nous permettant de comprendre ce que cette juive et cet Ossète fabriquaient ensemble dans la Porsche qui a été pulvérisée ? Drôle de couple, tout de même, ajoute-t-il avec un éclat de rire.

— C'est un mystère en effet, reconnaît Axelrod. Étant donné ce qui est arrivé à leurs pères respectifs, on aurait pu penser qu'ils se seraient plutôt mutuellement égorgés, si l'occasion s'était présentée. Mais ce n'est pas la seule énigme, patron. La Porsche roulait en direction de l'est quand elle a explosé. S'ils fuyaient l'un ou l'autre – ou ensemble – la scène du crime qui venait d'avoir lieu, la logique aurait voulu qu'ils se dirigent vers l'ouest – vers Berlin, par exemple, maintenant que le Mur est tombé, en passant par la Pologne.

— Peut-être comptaient-ils se rendre au Japon après avoir traversé la Sibérie, dit l'une des secrétaires en manière de plaisanterie, tout en faisant circuler les zakouskis.

— Personne ne met les pieds en Sibérie de son propre chef, rétorque une autre.

— Qui sait où ils se rendaient, grommelle Alexander Smirnov. Et d'ailleurs, on s'en br… (il se reprend en se rappelant qu'il y a des femmes dans l'assistance) …on s'en contrefiche. Le problème de fond… le fond du problème… J'ai perdu le fil, je ne sais plus ce que je voulais dire, ajoute-t-il en se retenant à un bureau pour ne pas perdre l'équilibre.

— Vous parliez du fond du problème, dit Axelrod en lui tendant la perche.

— Ah oui… Ce qui importe, c'est de saluer le travail impeccable de notre équipe de lutte contre le crime organisé – et tout particulièrement du Sixième Bureau dirigé par Ossip Axelrod, grâce à qui le monde des voleurs se voit aujourd'hui sinon décimé, du moins significativement amputé.

— Nous avons peut-être découvert une nouvelle forme de régulation des naissances, lance la réceptionniste avec un sourire en coin.

— Les balles coûtent moins cher que les vasectomies, rétorque un autre membre de l'équipe.

— Aux funérailles des voleurs ! éructe Smirnov en levant son verre pour porter un toast. Un bon *vor* sera toujours un *vor* mort ! »

Soucieux de flatter l'ego de son supérieur, Boris Ivanov lève à son tour sa tasse pour saluer le directeur du Département de la lutte contre le crime organisé.

« Hourra, honoré Alexander Smirnov ! »

Sachant ce qu'on attend d'eux, tous les membres de l'assistance reprennent à leur tour son mantra d'un air un peu gêné, le répétant à trois reprises comme s'il s'agissait de la Sainte-Trinité :

« Hourra ! Hourraa ! Hourraaa ! »

Perdu dans ses réflexions – l'archaïque code des voleurs de Timour le Boiteux était-il une simple excroissance des soixante-dix années de peste soviétique, ou sa grâce salvatrice ? – Ossip Axelrod est le seul à ne pas joindre sa voix à ce chœur laborieux. Le silence assourdissant de la conscience collective de la mère Russie résonne douloureusement à ses oreilles – tout comme la responsabilité qui aura été la sienne dans cet échange « de balles moins coûteuses que des vasectomies ».

Table

Cet ouvrage a été mis en pages par

<pixellence>

CET OUVRAGE
A ÉTÉ ACHEVÉ D'IMPRIMER
SUR ROTO-PAGE
PAR L'IMPRIMERIE FLOCH
À MAYENNE EN AVRIL 2022

N° d'édition : L.01ELHN000484.N001. N° d'impression : 100297
Dépôt légal : mai 2022
Imprimé en France